돌아온 여기사 4

초판 1쇄 인쇄 2019년 8월 8일
초판 1쇄 발행 2019년 8월 30일

지은이 이하린
발행인 오영배
편집 편집부
디자인 디자인그룹 헌드레드
본문 디자인 오정인
제작 조하늬

펴낸곳 (주)삼양출판사 · 피오렛
주소 서울시 강북구 도봉로 173
대표 전화 02-980-2112 / **팩스** 02-983-0660
편집부 전화 02-987-9393 / **팩스** 02-980-2115
블로그 blog.naver.com/dan_gul
출판등록 1999년 3월 11일 제9-00046호

ISBN 979-11-283-9699-1 (04810) / 979-11-283-9695-3 (세트)

fi ret 은 (주)삼양출판사의 로맨스 판타지 문학 브랜드입니다.

돌아온
여가사

이하린 장편소설

IV

fioret

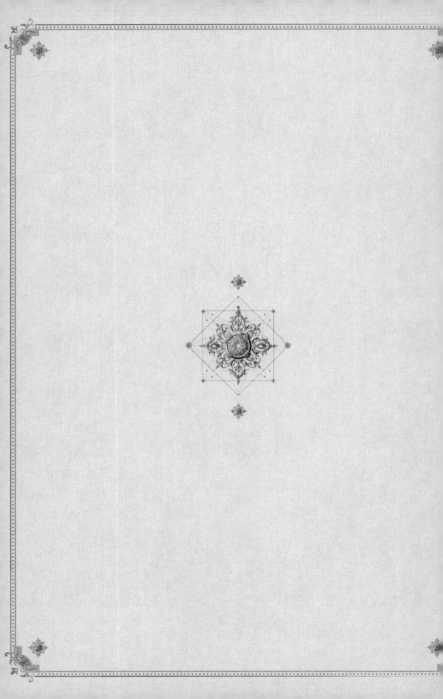

목차

26

우리의 첫날밤

이레나는 피로연장에서 많은 사람들을 만나고 난 뒤, 언제부터인지 혼자 상석에 앉아 있던 칼라일의 곁으로 돌아왔다.

하지만 이레나의 시선은 여전히 미라벨과 글렌에게로 고정이 되어 있었기 때문에, 칼라일이 못마땅한 표정으로 입을 열었다.

"결혼식 첫날부터 신랑을 너무 혼자 내버려 두는 거 아닌가?"

그 말에 이레나의 붉은 눈동자가 불만스러운 분위기를 풍기고 있는 칼라일에게로 향했다.

하지만 칼라일의 주장은 조금 틀렸다. 지금 주변에는

어떻게든 그와 말 한 마디라도 섞어 보고 싶어서 안달이
난 사람들이 태반이었다.

오히려 그가 특유의 분위기로 사람들을 압도하며, 가
까이 다가오는 것을 허용하지 않고 있었다.

"카릴이 혼자 있고 싶어서 다른 사람들의 접근을 막고
있었던 게 아닌가요?"

"다른 이들의 접근을 원하지 않은 건 사실이지만, 혼
자 있고 싶었던 것은 아니지. 난 그대와 함께이고 싶으니
까."

그의 직설적인 화법에 이레나는 조금 당황하고야 말았
다.

칼라일이 이렇게 대답할 줄은 몰랐다. 조금 심통을 부
리는 것 같기는 했지만, 자신과 함께 있고 싶다고 말할
줄이야.

이레나는 잠시 멈칫했지만, 곧이어 부드러운 표정으로
대답했다.

"……그랬군요. 카릴이 이렇게나 저를 기다리고 있을
줄은 몰랐네요. 저를 소개해 주고 싶은 이들이 있다고 했
죠? 피로연이 끝나기 전에 그들부터 먼저 만나러 갈까
요?"

아마도 칼라일이 자신을 기다린 가장 큰 이유는 같이
만나고 싶은 귀족들 때문이라고 생각했다. 피로연장에서

무엇보다 중요한 것은 황태자로서, 또 황태자비로서 이 자리를 견고하게 다지는 것뿐이라 여겼으니까.

칼라일도 그 뜻을 파악하고 그저 피식 웃어 보였다. 하지만 굳이 그게 아니라는 부정의 말을 꺼내지는 않았다.

칼라일은 그저 나지막한 목소리로 이렇게 말했다.

"가끔 보면 난 그대에게 조련을 당하고 있는 것 같아."

"조련이요?"

"그래. 그대가 그렇게 부드러운 말투로 얘기하면, 뭐든 다 괜찮아지거든."

그럼 원래는 안 괜찮았었다는 건가? 왜?

이레나가 의문스러운 눈빛으로 칼라일을 쳐다보았지만, 그는 가타부타 말없이 앉아 있던 자리에서 벌떡 일어났다.

그리곤 이레나에게 손을 내밀어 에스코트를 신청하고는, 나지막한 목소리로 말을 이었다.

"중요한 사람 딱 한 명만 만나고, 우리는 이제 여기서 나가지."

그 말과 동시에 칼라일이 갑자기 이레나를 향해 가깝게 상체를 기울이며, 그녀에게만 들릴 정도로 자그맣게 뒷말을 속삭였다.

"……오늘이 우리의 첫날밤이잖아."

이레나의 붉은 눈동자가 크게 떠졌다. 계약 결혼의 조

건 중에 '황후가 되기 전까진 같이 잠자리를 갖지 않는다'
라는 내용이 포함되어 있는 상황이었다.

"그게 무슨⋯⋯!"

하지만 이레나가 뭐라고 제대로 된 반박을 하기도 전
에, 칼라일이 짓궂은 표정을 지으며 허공에 있는 그녀의
손을 낚아챘다. 그리고는 일방적으로 이레나를 끌고 어
딘가를 향해 걸어갔다.

이레나는 뒤늦게야 칼라일이 자신을 상대로 장난을 친
것 같다는 사실을 깨달았다. 사실 생각해 보면, 잠자리를
갖지 않는다고 해서 오늘이 첫날밤이 아닌 것은 아니었
다.

'⋯⋯깜짝 놀랐잖아.'

이레나는 약간 원망스러운 눈빛으로 한 발자국 앞서
걸어가는 칼라일의 뒷모습을 쳐다보았다.

항상 휘둘리지 말아야지 하고 다짐하면서도 어느샌가
보면 칼라일의 페이스에 말려들어 가는 기분이었다.

그리고 더 큰 문제는⋯⋯

그에게 휘말리는 이러한 상황이 점차 익숙해지고 있다
는 사실이었다.

칼라일과 함께 도착한 장소에는 나이가 지긋한 노인과
그의 손자뻘로 보이는 젊은 소년 한 명이 자리하고 있었

다.

그들의 정체를 모르는 이레나가 궁금한 표정으로 쳐다보고 있을 때였다.

칼라일이 먼저 입을 열었다.

"오랜만이야. 크라우스 경."

크라우스라는 이름에 이레나의 눈동자에 이채가 어렸다. 그들이라면 이레나가 가장 만나 보고 싶었던 사람들이었다.

나이대로 추측하건대, 지금 눈앞에 있는 노인은 크라우스 상단을 이끄는 에반스 백작 같았고, 어린 소년은 그의 후계자로 일컬어지는 손자 해리인 듯했다.

에반스와 해리가 동시에 정중한 인사를 건넸다.

"제국의 황태자 전하와 비전하를 뵙습니다. 루퍼드 제국에 무한한 영광을—"

칼라일은 고개를 까딱하는 것으로 그들의 인사를 받아 주었고, 이레나는 들뜬 마음을 가라앉히며 차분하게 입을 열었다.

"처음 뵙겠습니다. 저는 오늘 전하와 결혼식을 치른 블레이즈……."

이레나는 아무렇지 않게 '블레이즈'라는 성을 말하려다가 멈췄다. 결혼을 하면 남편의 성씨를 쓰게 되었기 때문이다.

더 이상 이레나는 자기 자신을 '이레나 블레이즈'라고 소개할 수 없었다.

이레나는 잠시 멈췄던 뒷말을 부드러운 미소와 함께 자연스럽게 이어 나갔다.

"블레이즈가의 여식이었던 이레나 루퍼드라고 합니다."

에반스는 그저 허허롭게 웃으면서 이레나를 반겨 줄 뿐이었다.

"네, 비전하. 결혼식장에서부터 뵈었습니다. 저는 크라우스 상단을 이끄는 에반스라고 하옵니다. 그리고 이쪽은 제 손자 해리입니다. 다시 한 번 두 분의 결혼식을 진심으로 축하드립니다."

군더더기 없이 점잖고 적절한 인사말이었다. 사교계의 귀부인들도 말솜씨가 보통이 아니었으나, 이런 장사꾼들과 비교한다면 하찮은 수준이었다.

그만큼 대 크라우스 상단을 이끄는 총수인 에반스 백작은 마음속에 능구렁이 수백 마리쯤은 키우고 있다고 봐도 무방했다.

'이 사람을 카릴의 편으로 만들 수만 있다면 얼마나 좋을까?'

현 정치판에서 에반스는 모두가 탐내 하는 인물이었다.

지금까지 황제와 황후 측의 세력이 비등비등해서, 에반스가 손을 들어 주는 쪽으로 급격하게 판세가 기울 수밖에 없는 상황이었다.

둘 중 누구라도 크라우스 상단이 가진 재력을 얻게 된다면, 세력의 구도가 그쪽으로 아예 치우칠 것이라는 건 자명한 사실이었다.

그러므로 에반스는 가장 갖고 싶은 아군이자, 가장 무서운 적군인 셈이다.

그때였다.

에반스의 옆자리에서 조용히 이레나와 칼라일을 지켜보던 해리가 입을 열었다.

"두 분의 연애 스토리는 귀가 따갑게 들었습니다. 황태자 전하가 비전하의 웨딩드레스에 다이아몬드를 박아 주셨을 뿐만 아니라, 지참금도 받지 않으셨다고 해서 다른 귀족 남성들의 불만이 크더라고요."

그 말에 이레나가 의아한 표정으로 쳐다보자, 해리가 빙긋 웃으면서 설명하듯이 재차 입을 열었다.

"모든 영애들이 로맨티시스트인 황태자 전하와 자신을 비교해대니, 다른 귀족 남성들이 불만을 가질 수밖에요."

"아……."

그제야 이레나는 해리의 말뜻을 완벽히 이해할 수 있었다.

요즘 칼라일의 인기는 하늘을 찌르고 있었다. 수많은 귀족 영애들이 그가 한 행동을 두고 부러워하니, 상대적으로 다른 남성들은 곤혹스럽게 느껴질 것이다.

이레나는 이 상황을 어떻게 대처할지 고민하다가, 곧이어 자연스럽게 칼라일의 단단한 팔뚝에 자신의 손을 끼워 넣으며 팔짱을 꼈다.

갑작스러운 스킨십에 칼라일의 몸이 살짝 굳어진 것 같았지만, 워낙 무표정한 남자라 아무도 눈치를 채지 못한 듯했다.

"전하께서 제게 많은 것을 배려해 주셨지요. 정말 감사하게 생각하고 있답니다."

이레나는 최대한 행복한 표정을 지어 보이며 웃었다.

쿤이 조사해 준 바에 의하면 에반스는 평생 한 명의 부인만을 사랑한 것으로 유명했다.

현재 에반스의 부인은 세상을 떠난 상태였지만, 아직까지 다른 여인을 들이지 않은 채 홀로 지내고 있는 중이었다.

크라우스 가문에 대한 내용은 몇 차례나 읽어 보았기 때문에 이레나는 어렵지 않게 기억해 낼 수 있었다. 그렇다면 칼라일이 바람둥이라는 이미지보다, 일편단심 사랑꾼이라는 게 더 좋게 보일 확률이 높았다.

이레나의 말을 들은 해리가 유쾌한 표정으로 물었다.

"역시 소문이 사실이었나 보네요. 그렇다면 비전하께서는 어떤 프러포즈를 받으셨나요?"

연이은 해리의 질문에 옆에 있던 에반스가 눈짓을 줬다.

"어허, 그런 걸 묻는 건 실례다. 전하의 사생활이 무어그리 궁금한 게냐?"

에반스는 곧이어 죄스러운 표정으로 칼라일과 이레나를 향해 다시 말을 이었다.

"죄송합니다. 아직 호기심이 많은 아이라 그러니 부디이해해 주십시오."

이레나는 서둘러 고개를 저으면서 입을 열었다.

"아니에요. 모두가 궁금해하는 건데요. 저희가 굳이 감출 일도 아니고요."

하지만 여유로운 겉모습과 달리 이레나는 머릿속으로는 무슨 말을 해야 할지 속이 시꺼멓게 타들어 가고 있었다.

지금까지 어떤 말로 에반스의 환심을 살까 고민하고있었는데, 오히려 해리가 두 사람의 연애 스토리에 관심이 있어서 천만다행이었다.

이레나는 이런 기회를 허투루 놓치고 싶지 않았기에 재빠르게 머리를 굴렸다.

사실 두 사람은 계약 결혼으로 맺어졌기 때문에 딱히

프러포즈를 한 적이 없었다. 굳이 꼽자면, 이레나가 칼라일의 목숨을 구해 준 순간이라고 해야 할까?

하지만 그걸 사실대로 말할 수는 없었기에 남들이 생각하는 판타지를 충족시켜 줄 만한 그럴듯한 스토리가 필요했다.

"음…… 어느 날 전하와 만나기로 한 약속 장소에 가 봤더니, 저 모르게 이벤트를 준비하셨는지 사방이 온통 촛불로 장식이 되어 있더라고요."

에반스의 제지에 퉁명스러웠던 해리의 표정이 순간 호기심으로 반짝거렸다.

"한쪽은 인공 호수가 있고, 다른 한쪽은 아름다운 꽃으로 꾸며진 정원이 있는 아주 운치 있는 장소였어요. 거기서 전하와 같이 밤길을 거닐며 하늘에 떠 있는 수많은 별들을 구경하는데…… 어느 순간 제게 반지를 내미시더라고요."

그 말에 해리가 저도 모르게 감탄사를 내뱉었다.

"오—"

아무래도 정략결혼이 만연한 귀족 사회에서 로맨틱한 프러포즈라는 건 생소할 수밖에 없는 상황이었다.

비단 이 이야기가 흥미로운 건 해리뿐만이 아닌 듯했다. 안 그런 척했지만 에반스도 의외라는 눈빛으로 쳐다보았고, 무엇보다 칼라일이 아주 관심 있는 표정으로 듣고 있었다.

"그러면서 제게…… 오래 전부터 전하의 반려는 저 하나뿐이었다며, 청혼을 하셨지요. 아이참, 이런 걸 말로 설명하려고 하니 부끄럽네요."

실제로 이레나의 얼굴이 살짝 붉게 달아올랐다.

있지도 않은 일을 억지로 막 지어내다 보니, 저도 모르게 장황하고 길어진 부분이 있었다. 하지만 다행히 여기 있는 누구도 이 이야기가 이상하다는 점을 눈치채지 못한 듯했다.

이레나가 속으로 깊은 안도의 한숨을 쉬고 있을 때였다.

예상외로 에반스가 먼저 입을 열었다.

"전장에서만 지낸 전하께서 이렇게 로맨틱한 부분이 있으신 줄은 몰랐습니다."

그 말에 칼라일이 힐끔 이레나를 쳐다보면서 흐릿한 미소를 지었다.

"누구나 사랑에 빠지면 다 똑같기 마련이지. 나라고 다를 게 있겠나."

칼라일이 직접 이런 말을 내뱉자, 그 파급력이 더욱 커진 느낌이었다.

이레나는 예상보다 맞장구를 잘 쳐 주는 칼라일을 대견스럽게 쳐다보며 흡족한 표정을 짓고 있을 때였다.

해리가 감사하다는 듯, 고개를 살짝 숙이며 입을 열었다.

"제 질문에 이토록 친절하게 답변해 주실 줄 몰랐습니다. 감사합니다, 비전하."

"뭘요. 그냥 있었던 일을 말해 드린 것뿐인걸요. 나중에 언제 한 번 황궁으로 놀러 오세요. 궁금하시다면 다른 이야기도 더 들려드릴 뿐만 아니라, 전하께서 승마나 검술도 잘 가르쳐 주신답니다."

그 말에 칼라일이 슬쩍 미간을 구겼지만, 이레나는 여전히 부드러운 미소를 짓고 있을 뿐이었다.

다행히 해리는 그 제안이 꽤 마음에 든 듯, 고민하지 않고 고개를 끄덕거렸다.

"알겠습니다. 실례가 안 된다면 언제 한 번 들르겠습니다."

"꼭이에요. 맛있는 음식을 만들어 놓고 기다리고 있겠습니다."

이레나는 아주 자연스럽게 해리와 다음번에 만날 약속을 잡고 있었다.

이번 피로연장에서 많은 사람들을 황궁으로 초대했지만, 그중에 가장 귀한 손님을 꼽으라면 단연 해리일 것이다.

그리고 그런 이레나를 에반스가 알 수 없는 표정으로

바라보고 있었다. 그가 어떠한 생각을 하고 있는지는 겉으로만 봐선 전혀 읽을 수가 없었다.

그때 칼라일이 힐끗 시간을 확인하더니 나지막이 말했다.

"그럼 나중에 또 보지. 크라우스 경."

작별의 말에 에반스는 깍듯하게 칼라일을 향해 고개를 숙이며 인사했다.

"네, 다음에 또 뵙겠습니다. 전하."

그러자 옆에 있던 해리도 따라 말을 이었다.

"감사했습니다. 조심히 들어가세요."

칼라일이 적절한 시기에 대화를 잘 끊어 주었다. 이레나는 약간 아쉬운 마음을 추슬렀다.

첫 만남에 이 정도였으면 그리 나쁘지 않은 성과였지만, 어떻게든 더 말을 나누고 싶은 욕심이 생기는 건 어쩔 수 없었다.

하지만 사람은 물러나야 할 때를 알아야 했고, 그건 바로 지금이었다.

"그럼, 다음에 봬요."

이레나는 여전히 칼라일의 팔짱을 낀 채로 다정하게 피로연장을 빠져나왔다.

피로연장은 아직도 각지에서 모인 수많은 귀족들로 인해 시끌벅적했지만, 칼라일은 처음 그녀에게 말했던 대로 딱 에반스만 만난 뒤 바로 출구로 향했다.

이레나도 이미 만나야 할 사람들은 다 본 상태였고, 에반스를 직접 만나고 나니 왠지 생각이 많아져서 딱히 저지할 마음은 들지 않았다.

그렇게 두 사람은 결혼식의 최종 코스인 피로연까지 완벽하게 끝마칠 수 있었다.

*   *   *

점점 멀어져 가는 칼라일과 이레나의 뒷모습을 지켜보고 있던 에반스가 자신의 손자인 해리를 향해 무뚝뚝한 목소리로 말했다.

"갑자기 왜 그런 질문을 한 게냐?"

"할아버지는 궁금하지 않아? 정말로 연애해서 한 결혼인지, 아니면 정치적으로 한 결혼인지 말이야."

"그런 게 우리와 무슨 상관이더냐."

"에이, 그런 것치곤 아까 비전하가 얘기할 때 나름 주의 깊게 듣고 있던걸."

에반스는 딱히 부정하지 않았다. 칼라일의 로맨틱한 면이 의외이기도 했고, 생각보다 이레나의 이미지가 나쁘지만은 않았기 때문이다.

하지만 그뿐이다.

어차피 그 둘은 황실 사람이었다. 그리고 그 말은 다 거기서 거기라는 소리였다.

"쓸데없이 비전하와 친하게 지내지 말거라. 괜한 분란에 휩싸일 수 있으니."

"나 못 믿어? 내가 알아서 할게. 할아버지."

해리는 그 말과 함께 장난스러운 미소를 지어 보였다.

아직 어린 나이 때문인지 해리는 평상시에도 장난기가 다분했지만, 그렇다고 생각 없이 일을 벌일 만큼 철없는 스타일은 아니었다.

만약 해리가 앞뒤 분간도 못 하는 철부지였다면, 결코 다음 대 크라우스 상단의 후계자라는 소리는 듣지 못했을 것이다.

그는 가벼운 겉모습과 달리 모두가 인정하는 천재 중의 천재였다.

에반스는 내심 어린 해리의 통찰력을 믿고 있었기에 이번 일도 알아서 하도록 맡겨 보자는 생각이 들었다.

"무슨 생각인지는 모르겠지만, 크라우스 상단에 피해를 주지 않는 선에서 마음껏 해 보려무나."

"응!"

이제는 완전히 사라진 칼라일과 이레나의 방향을 바라보며, 두 사람은 서로 각기 다른 생각을 품고 있었다.

이레나는 한참이나 칼라일에게 팔짱을 낀 상태로 걷고 있다가, 문득 자신의 손이 어디에 있는지를 깨닫고 후다닥 손을 떼었다.

"아, 잠시 생각을 하다 보니…… 미안해요."

"팔짱을 낀 것 때문에 사과하는 거라면, 굳이 할 필요 없어. 난 개인적으로 아까 그 자세가 더 마음에 들었으니까."

왠지 짓궂게 들리는 그 말에 이레나는 힐끔 칼라일을 쳐다볼 수밖에 없었다.

그러고 보니 피로연장에서 꽤나 멀리까지 걸어온 상태였다.

"그런데 어디로 가는 거예요?"

"어디긴 어디겠어. 우리의 침실로 가야지."

"……!"

그 말을 듣자마자 새삼 오늘부터 칼라일과 한 침대를 써야 한다는 사실이 떠올랐다.

이미 예상은 하고 있었지만 그동안은 결혼식 준비에 너무 바빠 잠시 생각에서 미뤄 놓았었던 부분이다.

결혼식, 피로연장, 어려운 고비를 하나씩 넘겼다고 생각했는데 이제야말로 최종 보스가 등장한 느낌이었다.

이레나의 안색이 급격히 어두워졌다.

'……큰일이네.'

결혼식을 치르고 하루 종일 사람들을 만나고 다녔더니, 지금은 다리도 아프고 온몸에 성한 곳이 한 군데도 없는 것 같았다.

그런데 칼라일과의 하룻밤이라니…….

오늘 무수히 많은 일을 치렀지만, 지금만큼 막막하게 느껴지는 것은 없었다.

그렇게 묘한 적막에 휩싸인 채로 이레나와 칼라일은 황태자궁에 도착했다.

침실로 들어서는 문 앞에서 이레나가 약간 머뭇거리고 있을 때였다.

끼이이익—

칼라일이 먼저 성큼성큼 걸어가서 침실 문을 열었다. 그러자 작은 마찰음과 함께 방 안의 풍경이 이레나의 눈에 들어왔다.

"……아!"

이레나의 입이 절로 벌어졌다.

이미 몇 차례나 와 본 적 있는 칼라일의 방은 지금까지와 달랐다. 모던하고 심플했던 그의 방 안이 완벽한 신혼의 분위기로 꾸며져 있었다.

사방에는 붉은 꽃이 장식되어 있었고, 널찍한 테이블에는 와인이 놓여 있었으며, 조명조차도 밝기를 낮춰 뭔가 야릇한 느낌이었다.

이레나가 저도 모르게 걸음을 멈춘 채 멍하니 구경을 하고 있자, 칼라일이 나지막한 목소리로 말을 건넸다.

"어서 들어오지 뭐해."

왜일까. 그 말을 하는 칼라일의 눈가가 달게 웃고 있는 것처럼 보였다.

이레나는 저도 모르게 꿀꺽, 마른침을 삼킬 수밖에 없었다.

"시, 신경 써서 준비한 모양이에요. 붉은 꽃까지 장식한 걸 보니…… 벨루에 광장을 꾸몄던 보라색 라벤더가 많이 남았는데, 이럴 줄 알았으면 이쪽으로 보내 드릴 걸 그랬나 봐요."

이레나는 사방에 꾸며진 붉은색의 꽃을 바라보며 당장 머릿속에 생각나는 말을 아무 말이나 횡설수설 내뱉었다. 그렇지 않으면 긴장하고 있다는 걸 칼라일에게 들킬 것만 같았다.

칼라일은 아무렇지 않은 표정으로 푹신한 가죽 소파에 앉으며 말했다.

"벨루에 광장을 꾸미고 있던 게 라벤더였나? 몰랐군."

보라색은 결혼식 날 흔하게 쓰이는 색상이 아니었기 때문에 벨루에 광장에서 상당히 포인트가 되는 부분이었다.

거기서 결혼식을 치른 당사자가 그걸 몰랐다는 게 이레나로서는 놀라울 따름이었다.

"어딜 봐도 라벤더 꽃이 보였을 텐데 그걸 모르고 계셨어요? 결혼식장에서 대체 뭘 보고 계셨기에⋯⋯."

이레나는 말을 하다가 저도 모르게 멈추고 말았다. 문득 떠오르는 장면이 있었기 때문이다.

바로 칼라일의 푸른 홍채가 자신을 뚫어지게 쳐다보던 순간이었다.

'설마⋯⋯.'

이레나의 붉은 눈동자가 믿지 못하겠다는 듯 흔들렸다.

"내가 뭘 보고 있었는지, 그대가 모를 줄은 몰랐군."

"그게⋯⋯."

"궁금하면 알려 줄까?"

이레나는 왠지 그 뒷말을 더 이상 듣지 않아도 알 것만 같았다.

칼라일은 다름 아닌 이레나에게 한눈이 팔려서 결혼식장의 다른 장식품 같은 건 기억에 남지 않는 것이다.

그리고 그건 상상만으로도 얼굴에 뜨거운 열기가 몰릴 만큼 낯부끄러운 일이었다.

"아, 아니에요. 결혼식장에 무슨 색 꽃이 있었는지 모를 수도 있죠."

이레나는 칼라일이 뭐라고 더 대답하기 전에 서둘러 얼버무리고 말았다.

눈치 빠른 칼라일은 그런 이레나의 쑥스러운 마음을 알아차렸는지, 그의 나른한 얼굴에 일순 희미한 웃음기가 어렸다.

"그런데 언제까지 거기에 서 있을 셈이지?"

"아……."

칼라일의 지적에 이레나는 새삼 자신이 방 안에 들어서지 않은 채, 아직도 문가에 서 있다는 사실을 깨달았다.

이 결혼은 다른 누구도 아닌, 자신이 직접 선택한 길이었다.

이레나는 술렁거리는 마음을 진정시키며, 결연한 표정으로 방 안에 한 발자국을 들여놓았다.

어떻게 보면 고작 한 걸음을 떼었을 뿐이지만 그 안에 담겨 있는 의미는 상당히 컸다.

끼익―

곧이어 방 안에 완전히 들어선 이레나가 열려 있던 침실의 문을 닫았다.

그렇게 이곳은 완벽히 두 사람만 존재하는 공간이 되었다.

이레나는 남몰래 심호흡을 하며, 최대한 아무렇지 않

은 척 칼라일이 앉아 있는 소파로 다가갔다.

칼라일은 그런 그녀의 모습을 말없이 바라보고 있다가, 테이블 위에 놓인 레드 와인을 쥐면서 평소보다 약간 가라앉은 목소리로 물었다.

"그대도 한잔할 텐가?"

"……괜찮아요."

순간 이레나의 머릿속에 '마실까?' 하는 생각이 들었지만, 이럴 때 술의 힘을 빌리는 건 좋지 않을 것 같았다.

칼라일은 더 이상의 권유 없이 혼자서 와인을 따라 한 모금을 마셨다.

언젠가부터 그를 보면서 느꼈던 거지만, 조금의 흐트러짐도 없이 와인을 마시는 모습이 무척이나 섹시하게 보였다.

이레나가 물끄러미 눈앞에 있는 칼라일을 쳐다보고 있을 때였다.

칼라일은 그녀와 시선을 마주치지 않은 채, 조용히 와인만 비우다가 먼저 나지막한 목소리로 입을 열었다.

"자꾸 긴장하지 마. 그대가 그렇게 의식하면…… 나도 쓸데없는 생각이 들거든."

"……!"

애써 감춘다고 감췄는데도 역시 칼라일은 이레나의 긴장한 마음을 눈치채고 있었던 모양이다.

딱히 반박할 말이 없어서 이레나가 가만히 듣고만 있자, 칼라일이 다시금 가라앉은 목소리로 말을 이어 나갔다.

"이제부터 이 방에서 혹시 날 의식하게 되더라도 내 앞에서는 가능한 잘 감추는 게 좋을 거야. 그대가 빈틈을 보이면 파고들고 싶어질 테니까."

마치 경고처럼 들리는 그 말은 여러 가지 의미로 해석될 수 있었다.

'빈틈이라……'

하지만 그중에 이레나의 머릿속에 가장 먼저 떠오르는 건, 황후가 되기 전까지 잠자리를 갖지 않는다는 조건이었다.

아무래도 성인 남녀가 한 방에서 같이 지내면서 아무런 일도 생기지 않는다는 건 말처럼 쉬운 일이 아니었다.

그 정도는 연애의 경험이 아예 없는 이레나라 할지라도 모르는 바가 아니었다.

결국에는 칼라일과 같이 잠자리를 가져야 하는 순간이 찾아올지도 모른다. 하지만 그게 지금이어서는 안 됐다.

칼라일이 황제가 되기 전까지 이레나는 그에게 여자이기보다, 그의 가장 날카로운 검이어야만 했으니까.

이레나는 지금껏 자신을 감싸고 있던 알 수 없는 설렘이 차분하게 가라앉는 걸 느꼈다. 이제부터 자신이 해야 할 일이 무엇인지, 다시 한 번 상기할 수 있었으니까.

"우리의 계약을 지키지 못하겠단 말씀은 아니시죠?"

이레나의 예리한 질문에 칼라일은 가볍게 고개를 저었다.

"당연히 아니야. 지키지 않을 생각이었다면 이런 말을 하지도 않았겠지. 괜히…… 날 힘들게 하지 말라는 소리야."

힘들어? 왜?

이레나는 순간 의아한 눈빛으로 칼라일을 쳐다보았다. 그러자 그가 쓴 미소를 머금으며 나지막이 말을 이었다.

"그대가 긴장하는 모습이 누군가의 눈에는 기대하는 것처럼 보일 수도 있어. 누구든 기대를 받으면 부응하고 싶어지기 마련이니까."

이레나가 억울하다는 듯 목소리를 높였다.

"긴장과 기대는 엄연히 다른 거예요!"

"알아. 하지만 그렇다고 지금처럼 너무 싫어하는 티를 내지도 마. 그럼 괴롭히고 싶어질 것 같거든. 그러다가 멈출 수 없게 될지도 모르고……."

뭐가 이렇게 복잡해?

이레나가 점점 납득이 안 간다는 표정으로 칼라일을 쳐다보고 있을 때였다.

그가 묘한 열기가 담긴 눈으로 이레나를 빤히 쳐다보며, 조금 전보다 가라앉은 목소리로 말을 내뱉었다.

"어쨌든 난 이렇게 성실히 계약을 이행하고 있는 중이니, 그대야말로 나중에 우리가 한 계약의 내용을 잊지 마."

이레나가 황후가 되기 전까지 잠자리를 갖지 않는다는 조건은, 반대로 말하자면 황후가 되는 순간부터 두 사람은 같이 잠자리를 해야 한다는 것이었다.

칼라일은 지금 그 부분을 정확히 짚고 넘어가려는 것이다.

잠시 멈칫한 이레나가 작게 대답했다.

"……알고 있어요."

사실 당시에는 어떻게든 시간을 벌기 위해 유예기간을 만들어 놓은 것이었다.

칼라일이 황제가 되고 이레나가 황후가 되면, 블레이즈가의 멸문은 사실상 막은 것이나 다름없었다.

그렇다면 저번 생과는 완전히 다른 미래가 펼쳐지게 될 것이다.

그때가 찾아오면 이 관계가 어떻게 될지, 아직은 그 무엇도 확신할 수 없었다.

우선 이레나에겐 가족들을 살리는 게 가장 중요했기에 칼라일과의 계약 같은 부분들은 시간을 두고 천천히 생각해도 늦지 않았다.

'그때까지 다른 곳에 한눈을 팔 겨를은 없어.'

현재까진 모든 것이 계획대로 순탄하게 흘러가고 있었지만, 지금 느끼는 행복으로 인해 벌써 저번 생의 아픔을 잊은 것은 아니었다.

냉혹한 여검사로 살았던 십여 년의 시간은 무척이나 길고 혹독했으니까.

이레나는 이제 막 황태자비가 되었을 뿐이었다. 앞으로 황후가 되기 위해선 넘어야 할 산들이 아직도 많이 남아 있었다.

"그럼 됐어. 그대가 약속만 잘 지켜 준다면……."

칼라일이 손에 들고 있던 와인 잔을 다시 테이블 위에 내려놓으며, 본인 스스로에게 다짐하듯 나직하게 읊조렸다.

그는 그 말을 끝으로 앉아 있던 자리에서 일어났다. 그리곤 한쪽 벽면에 장식처럼 걸려 있던 장검을 하나 빼내었다.

스르릉―

검집에서 검을 뽑은 칼라일은 망설임 없이 예리한 칼날 부분을 맨손으로 쥐었다. 그리곤 그대로 검을 움직여, 자신의 손바닥을 그어 버렸다.

이레나가 미처 말릴 새도 없이 눈 깜짝할 사이에 벌어진 일이었다.

뚝뚝뚝.

붉은 핏방울이 그의 손을 타고 흘러내리기 시작했다.

갑작스러운 칼라일의 행동에 이레나는 자리에서 벌떡 일어나고 말았다.

"카릴!"

이레나의 당황한 외침에도 칼라일의 표정은 태연하기만 했다.

처음에는 뭐 하는 짓이냐고 묻고 싶었지만, 곧이어 칼라일이 하는 행동을 보고 자연스럽게 납득이 되었다.

톡톡, 칼라일은 자신의 손바닥에서 흐르는 핏방울을 일부러 침대에 가서 떨어트렸다.

루퍼드 황실에선 결혼식 첫날밤에 새하얀 침대보를 깔아 놓는 오래된 전통이 있었다.

다음 날 신부가 순결을 잃은 흔적이 남아 있는 침대보를 불에 태우면 건강한 아이를 낳는다는 미신이 있었기 때문이다.

이레나는 순간 말문이 막힐 수밖에 없었다.

뭐라고 말로 형언할 수 없는 복잡한 감정으로 칼라일을 물끄러미 쳐다보고 있자니, 그가 먼저 피식 웃으면서 아무렇지 않은 목소리로 말했다.

"쓸데없는 말이 나오게 할 필요는 없지."

그래도 이럴 필요까진 없었다. 피가 묻어 있지 않았다고 해서 결혼식을 무를 수 있는 것도 아니고, 그저 형식적인 거였으니까.

만약 하게 되더라도 이레나의 손에서 피를 내면 될 일이었다.

입 안에선 많은 말들이 맴돌았지만, 이레나는 정작 아무런 말도 꺼내지 못했다. 그가 자신을 위해 주는 마음이 다시 한 번 확실하게 느껴졌기 때문이다.

결혼식을 준비하는 내내 그랬지만, 그는 정말로 이레나를 위해 많은 부분을 신경 쓰며 배려해 주고 있었다.

"……갚아야 할 빚이 자꾸만 늘어나네요."

이레나는 왠지 복잡한 심정이었다.

가족들의 안전이 보장될 때까지는 어디에도 한눈팔지 말자고 수차례나 다짐하고 있는데, 칼라일은 마치 그런 자신의 생각을 비웃듯 억지로 비집고 들어오는 느낌이었다.

복잡한 이레나의 표정을 바라보며, 칼라일이 묘한 미소와 함께 대꾸했다.

"그대에게 받아야 할 빚이 하나 더 늘었다니, 그거 듣던 중 반가운 소리로군."

그는 이상하게도 이레나에게 빚을 지게 만드는 상황이 좋은 모양이었다.

이레나는 급한 대로 가지고 있던 손수건을 꺼내서 서둘러 칼라일에게 다가갔다. 그리곤 손바닥에 난 상처 부위를 세게 동여매 주었다.

더 이상의 피가 흐르는 것을 방지하도록 하기 위함이었다.

"내일, 제대로 치료해 드릴게요."

이레나가 저도 모르게 칼라일의 상처 부위를 씁쓸하게 바라보고 있을 때였다.

"그런 표정으로 보지 마."

"……네?"

"그대가 걱정해 주면 상처를 만들어 오고 싶어질 것 같으니까."

생각지도 못한 칼라일의 말에 이레나의 눈빛에는 당혹감이 스쳐 지나갔다.

"저한테…… 걱정 받고 싶으세요?"

"정확히는 관심을 받고 싶지."

"그렇다면 그건 신경 쓰지 않으셔도 될 것 같네요."

태연한 이레나의 대답에 이번엔 칼라일이 궁금하다는 듯한 표정을 지어 보였다.

그러자 이레나가 작게 미소를 지으며 대꾸했다.

"제 최대의 관심사가 카릴인 거 모르셨어요?"

그 말에 순간 칼라일의 푸른 홍채에 이채가 감돌았다. 그는 곧 어쩔 줄 모르겠다는 표정으로 미간을 찡그리면서 입가로는 웃음을 지었다.

"꽤나 듣기 좋은 소리를 하는군."

"전 당신의 계약 아내이기 전에, 안전을 책임지는 호위 기사이기도 하니까요."

그 순간 칼라일의 입가의 미소가 서서히 사라져갔다.

"뒷말은 안 듣는 게 좋았을 뻔했군."

"……네?"

"그럼 피곤할 텐데, 그만 자도록 해."

그 말에 이레나는 어떻게 해야 할지를 몰라 잠시 얼어붙고 말았다.

잠은 당연히 자야 했지만, 둘이 어디서 어떻게 자느냐는 아직 결정되지 않은 중요한 문제였다.

'어떻게 하지? 아무래도 내가 소파에서 자는 게…….'

이레나가 열심히 머리를 굴리고 있는 동안, 칼라일은 그대로 그녀를 지나쳐 소파를 향해 걸어갔다. 그리곤 가타부타 말도 없이 소파 위에 자신의 몸을 눕혔다.

다행히 그가 누운 소파는 여러 명이 함께 앉을 수 있도록 만들어진 기다란 모양이었지만, 그럼에도 칼라일의 큰 키 때문에 다리가 삐쭉 튀어나온 모양새였다.

그 모습을 본 이레나가 서둘러 입을 열었다.

"제가 소파에서 잘게요. 카릴이 거기서 자기엔 너무 불편……."

"그대는 거기, 나는 여기. 우리 잠자리의 변동은 없어."

칼라일은 더 이상의 반박은 허용하지 않겠다는 듯 팔꿈치를 올려서 눈가를 가려 버렸다. 마치 금방이라도 잠에 빠질 것만 같은 모양새였다.

이레나는 제자리에 서서 잠시 고민했지만, 그렇다고 누워 있는 칼라일을 억지로 일으켜 세울 수도 없는 노릇이었다.

결국 혼자 자기엔 지나치게 널찍한 침대를 힐끔 쳐다보면서 이레나가 어쩔 수 없다는 듯 입을 열었다.

"알겠어요. 그럼 저 먼저 씻을게요."

"……그러든지."

제대로 잠자리에 들기 전에 화장도 지워야 했고, 잠옷으로도 갈아입어야 했기에 이레나는 서둘러 욕실을 향해 걸어갔다.

곧이어 샤아아— 물이 떨어지는 소리가 들려왔다.

소파에서 금방이라도 잠에 빠질 것처럼 누워 있던 칼라일이 목에 메고 있던 크라바트를 갑갑하다는 듯 느슨하게 풀었다.

그리곤 어두운 천장을 짙어진 눈동자로 바라보면서 혼잣말을 중얼거렸다.

"……얼른 황제가 되든가 해야지 오래는 못 버틸 것 같군."

　빠르게 샤워를 마친 이레나는 조심스럽게 욕실에서 나왔다.

　바깥은 이미 칼라일이 건드렸는지 조명이 어둡게 바뀌어 있었고, 그 또한 잠자리에 들 수 있는 편안한 복장으로 갈아입은 상태였다.

　'최대한 빨리 씻는다고 씻었는데, 그새 카릴도 잠잘 준비를 마쳤나 보네.'

　황태자의 침실에 달린 욕실이 하나는 아니었다.

　부부가 각자 사용할 수 있는 욕실이 따로 있었을뿐더러, 곧바로 파우더 룸으로 향할 수 있는 문이 개별적으로 연결되어 있었다.

　소파 위에 누워 있는 칼라일의 머리카락도 살짝 젖어 있는 걸 보면, 이레나가 씻는 동안 그도 간단한 샤워를 마치고 나온 것 같았다.

　하지만 여전히 팔꿈치로 이마를 가린 채로 누워 있었기에 얼굴은 볼 수 없었다.

　'생각보다 불편하지는 않네.'

　결혼식 첫날밤이라고 긴장한 것에 비해 둘이 같은 방을 쓰는 것이 크게 힘들지는 않았다.

　칼라일이 먼저 잠을 자고 있어서인지도 모르겠지만,

이 정도면 이레나가 상상했던 것보다 굉장히 편안한 편이었다.

이레나는 혹시나 잠든 칼라일이 깰까 봐 조용히 커다란 침대에 누웠다.

침대엔 조금 전 칼라일이 떨어트린 핏방울 자국이 남아 있었지만, 다행히도 침대의 크기가 워낙 컸기에 그 부분은 피해서 누울 수 있었다.

'……왠지 묘하네.'

이제부터는 완전히 블레이즈 저택을 떠나 이곳에서 새롭게 지내야 된다고 생각하니, 괜스레 마음이 싱숭생숭해지는 건 어쩔 수 없었다.

그렇게 이런저런 생각에 잠겨 있던 이레나는 어느 순간 저도 모르는 사이 스르륵 깊은 잠에 빠지고 말았다.

결혼식부터 피로연까지, 하루 종일 바쁘게 움직였던 이레나의 몸이 순식간에 노곤하게 변하는 건 당연한 일이었다.

그렇게 얼마나 지났을까?

잠결에 누군가 자신의 머리카락을 매우 조심스럽게 쓰다듬는 손길이 느껴졌다.

그게 마치 머리카락을 처음 쓰다듬는 사람처럼 서투르기 짝이 없어서, 이레나는 잠결임에도 불구하고 의아하다는 생각이 들었다.

"으음."

잠을 방해받은 이레나가 살짝 몸을 뒤척거리자, 그 손길이 거짓말처럼 멈춰졌다.

그렇게 다시금 편안한 상태가 된 이레나가 곧바로 잠에 취하듯이 빠져들 때였다.

왠지 익숙한 목소리가 귓가에 어렴풋이 들려왔다.

"잘 자, 부인."

온몸이 물먹은 솜처럼 무거웠던 이레나는 눈을 떠 상대의 정체를 확인하기보다는 그 인사말처럼 새근새근 잠이 들고 말았다.

27

이 기회에 가르쳐 주지

번쩍!

잠에서 깬 이레나는 곧바로 두 눈을 부릅떴다.

간밤에 누군가에게 잠을 방해받았던 기억이 떠올랐기 때문이다.

'……뭐지? 누가 내 옆에 있었던 것 같은데?'

곰곰이 기억을 되짚으며 서둘러 침대에서 몸을 일으키려 할 때였다.

이레나는 눈앞에 펼쳐진 광경을 보고 저도 모르게 입을 벌리고 말았다.

"아……!"

지금 자신이 잠들어 있던 침실 안에는 어젯밤엔 보이

지 않았던 커다란 상자가 다섯 개나 존재하고 있었다.

그리고 그 다섯 개의 상자 안에는 전부 휘황찬란한 보석들이 흘러넘칠 정도로 가득 차 있었다.

마치 하룻밤 사이에 부유한 귀족 가문 하나를 통째로 약탈이라도 해 온 것 같은 풍경이었다.

"이게 대체……."

오랜 시간을 잤더니 머리는 맑아졌지만, 예상치 못한 풍경에 이레나는 아침부터 놀라움을 금치 못했다.

잠시 정신을 추스른 이레나가 주변을 둘러보았지만, 그 어디에도 칼라일의 모습은 보이지 않는 상황이었다.

이레나가 서둘러 침대 머리맡에 놓여 있는 종을 울리자, 바깥에서 대기하고 있던 황궁 하녀들이 소리를 듣고 곧장 방 안으로 들어왔다.

"안녕히 주무셨어요? 비전하."

아직 익숙지 않은 호칭에 이레나가 어색한 표정을 지으면서 입을 열었다.

"이 보석들은 누가 갖다 놓은 거죠?"

"아, 이건 전하께서 보내신 답례품이에요. 아마 루퍼드 제국 역사상 이렇게 많은 보석을 받으신 건 비전하가 처음이실 거예요. 정말로 축하드려요!"

"답례품……!"

이레나는 지금까지 까맣게 잊고 있었던 황가의 결혼

전통에 대해 떠올렸다.

보통 황가와 결혼하는 여성은 어마어마한 지참금을 가지고 왔기 때문에 결혼식 첫날밤을 치르고 난 뒤에 신랑이 거기서 약간의 금액을 돌려주는 관습이 존재했다.

그런데 시간이 갈수록 그게 변질이 되어서, 신부를 얼마나 사랑하느냐에 따라서 그 금액이 천차만별로 달라졌다.

말대로 신부에 대한 어느 정도의 예의일 뿐, 그게 꼭 일정한 금액을 돌려줘야 하는 부분이 아니었기 때문이다.

그래서 대다수의 귀족들은 황실 남자들이 첫날밤을 치른 이후에 주는 금액을 보고 결혼한 신부에게 갖는 사랑을 평가하곤 했다.

결과적으로 칼라일은 지참금을 받지 않은 상태에서 이레나에게 루퍼드 제국 역사상 가장 많은 보석을 선물한 남자가 되었다.

놀라움에 굳어 있는 이레나를 향해 황궁 하녀가 다시 한 번 기쁜 목소리로 말을 건넸다.

"벌써부터 이 보석에 대한 소문이 퍼졌는지 비전하를 부러워하는 영애들이 셀 수도 없이 많다고 해요."

"……그렇군요."

이레나는 대충 고개를 끄덕이면서 저도 모르게 관자놀

이를 지그시 눌렀다.

'이 남자가 정말……!'

머릿속으로 어젯밤 보았던 칼라일을 떠올리며, 이레나는 남몰래 한숨을 내쉬었다.

"전하는 지금 어디 있죠?"

황태자궁에서 첫 외출 준비를 마치자마자, 이레나는 칼라일이 있다고 전해 들은 개인 훈련장으로 걸음을 옮겼다. 그리고 이동하는 동안 마주친 모든 사람들에게서 선망 어린 시선을 받았다.

그 이유는 바로 칼라일이 보낸 어마어마한 답례품 때문이었다.

이미 황태자가 자신의 아내를 너무 사랑해서 엄청난 양의 보석들을 결혼 선물로 보냈다는 말이 파다하게 퍼진 상태였다.

또각또각—

예상치 못한 이레나의 등장에 훈련장 근처에 모여 있던 기사들이 전부 고개를 숙이며 인사를 건넸다.

"제국의 비전하를 뵙습니다. 루퍼드 제국에 무한한 영광을—"

아직 익숙하지 않은 인사말이었지만, 이레나는 당황하지 않고 우아하게 고개를 까딱거리며 그들의 인사를 받아 주었다.

이미 제너드의 안내를 받으며 한 차례 와 본 적이 있는 곳이었기에 훈련장으로 향하는 길목에 전시되어 있는 각양각색의 무기들이 이제는 어색하게 느껴지지 않았다.

그렇게 칼라일의 훈련장으로 가까워지자, 저번처럼 바람을 가르는 파공음이 들려왔다.

휙, 휘익!

곧이어 이레나의 눈에 검을 들고 쉴 새 없이 움직이고 있는 칼라일의 모습이 들어왔다.

지난번과 마찬가지로 그는 상반신에 아무것도 걸치지 않은 채 검술 훈련에 열중하고 있는 중이었다.

하지만 이레나는 전처럼 그의 검술 실력을 구경하고 있지만은 않았다.

"카릴."

이레나의 나지막한 부름에 칼라일의 움직임이 바로 멈췄다. 그리곤 그가 느릿하게 이레나가 있는 곳을 향해 고개를 돌렸다.

거짓말처럼 그의 시리도록 차가워 보이는 푸른 홍채가 이레나를 발견하고 묘한 열기를 머금었다.

"벌써 일어났나? 어젯밤 꽤나 피곤해 보여서 더 잘 줄 알았는데."

칼라일은 일찍 일어난 이레나의 몸 상태를 걱정했지

만, 오히려 그야말로 평상시보다 잠을 설친 것처럼 피곤한 기색이 역력했다.

"전 지금까지 잔 거로 충분해요. 그보다 카릴이 잠을 못 잔 거 아니에요? 평소보다 안색이 좋지 않은 것 같네요."

"뭐, 아무래도……."

이레나는 당연히 그가 먼저 잠들었다고 생각했기 때문에 의아한 표정으로 되물었다.

"간밤에 뭐 불편한 거라도 있으셨어요?"

"그런 거 없었어. 그저…… 잠이 오지 않았을 뿐이야."

먼저 피곤하단 듯이 소파에 누운 칼라일이 잠이 오지 않았다는 게 이상했지만, 이레나는 별로 대수롭지 않게 생각하고 넘겼다.

지금은 그런 것이 중요한 게 아니었기 때문이다.

이레나는 칼라일을 똑바로 직시하면서 여기까지 온 본론을 꺼냈다.

"저한테 주신 답례품을 봤어요."

"그랬군."

칼라일은 예상대로 전혀 아무렇지 않은 표정이었지만, 이레나는 이에 관해서 할 말이 아주 많은 상태였다.

"우선 그 덕분에 우리의 사이가 엄청나게 과장되어서 소문이 난 건 마음에 들어요. 의도한 부분이라면 고맙게 생각하고 있어요."

객관적으로 좋은 건 좋은 거였다. 문제는 모든 게 좋지만은 않다는 것이었지만.

"하지만 여기서 더 이상 받는 건 제게 너무 부담스러운 일이에요."

"그렇다면 빚으로 하나 더 달아 둬."

"아니요. 전 여기서 더 이상 카릴한테 빚을 지고 싶지 않아요. 어느 정도 갚고 난 다음이라면 모를까, 계속해서 받기만 하는 건 제 성미에 맞지 않아서요."

칼라일은 지금 이레나가 하는 말의 의미를 파악할 수 있었다.

대내외적으로 그가 이런 어마어마한 답례품을 보내 위신을 살려 준 건 고맙지만, 이 선물들을 실제로 받고 싶지는 않다는 뜻이었다.

칼라일의 입가에 삐딱한 웃음이 걸렸다.

"난 그대에게 준 선물을 돌려받을 생각은 없는데."

"지금껏 카릴의 뜻대로 많은 부분을 따랐어요. 저도 더 이상의 양보는 못 해요. 이미 충분히 많은 것들을 받았으니 이제 그만 주세요."

칼라일은 강경한 표정을 짓고 있는 이레나를 빤히 쳐다보았다. 그러다가 이내 저도 모르게 피식하고 웃고 말았다.

"가끔 그런 생각을 해. 그대가 다른 여인들처럼 보석이나 드레스 같은 사치품을 좋아하는 여자였다면 편했을까 하고."

나지막한 말과 함께 칼라일이 손에 들고 있던 검을 원래 놓아두었던 자리에 꽂아 두었다. 그리곤 상반신에 아무것도 걸치지 않은 상태 그대로 이레나를 향해 뚜벅뚜벅, 다가왔다.

그 몸짓 하나하나가 평상시보다 더욱 섹시하게 느껴지는 건 어쩔 수 없었다. 실전으로 다져진 그의 근육들이 지나치게 야성적이었으니까.

그렇게 이레나의 바로 앞에서 걸음을 멈춘 칼라일은 그윽한 눈빛으로 그녀를 내려다보았다. 그리곤 천천히 손을 들어 이레나의 흘러내린 머리카락을 조심스레 귀 뒤로 넘겨 주었다.

이 상황이 왜인지 야릇하게 느껴지는 건 이레나의 착각일까?

이레나가 떨리는 눈동자로 가만히 칼라일을 올려다보고 있자, 그가 다시금 낮게 가라앉은 목소리로 말을 이었다.

"그대가 단순히 보석을 잔뜩 쥐여 주는 것만으로 얻을 수 있는 여자라면 좋았을 텐데 말이야. 그렇다면 온갖 부귀영화로 그대의 눈을 현혹시켰을 텐데."

"……무슨 뜻이에요?"

"그대가 내겐 너무 어렵다는 거야."

이레나는 대화의 방향이 조금 이상한 곳으로 흘러간다는 생각이 들었다.

하지만 그러한 생각이 더 길어지기 전에 칼라일이 재차 입을 열었다.

"그대의 의견을 받아들이지. 결혼하고 첫날부터 부부 싸움을 할 수는 없는 노릇이니까."

"……정말이에요?"

생각보다 순순히 자신의 의견이 받아들여지자 이레나의 표정이 밝아졌다.

하지만 칼라일의 말은 거기서 끝이 아니었다.

"이번에 내가 보내 준 답례품은 앞으로 그대에게 지급될 품위 유지비 중의 일부라고 생각해 줘."

황실에서 황태자비에게 지급되는 금액은 상당히 컸다. 하지만 그게 칼라일이 답례품으로 준 보석보다 많은 금액은 아니었다.

순간 이레나의 표정이 찡그려졌다.

"제가 받을 품위 유지비가 아무리 크다고 해도, 카릴이 보내 준 답례품만큼 많지는 않아요."

"그렇다면 몇 년 치 금액을 한꺼번에 지급받았다고 생각해."

"하지만⋯⋯."

"이미 준 걸 돌려받을 생각은 없어. 이 정도면 꽤 양보한 거라고 생각하는데."

단호한 칼라일의 말에 이레나는 잠시 고민에 빠졌다.

분명 그의 고집도 만만치 않을 거라고 생각했는데, 예상했던 것보다 순순히 물러나 준 것은 맞았다.

이레나가 여기서 더 돌려주려고 해 봤자 칼라일이 허락하지 않을 게 뻔했다. 그렇다면 이레나는 더 영특하게 머리를 굴리기로 결심했다.

"좋아요."

이레나의 시원한 대답을 듣고 칼라일이 의외라는 눈빛으로 쳐다볼 때였다.

이레나가 다시금 말을 이어 나갔다.

"대신에 답례품의 금액을 정확하게 계산해서 한 치의 오차도 없이 품위 유지비에서 제외해 해 주세요. 결혼식 때 사용한 웨딩드레스의 다이아몬드도 포함이에요. 말대로 몇 년 치의 금액을 한꺼번에 받은 거라고 여길게요."

그냥 어림짐작만으로 계산한다면 칼라일은 분명 얼마 안 있어 이레나에게 다시 품위 유지비를 지급하려고 할지도 몰랐다.

그전에 확실하게 선을 그어 놓아야 마음이 편했다.

칼라일이 하는 수 없다는 표정으로 나직하게 대꾸했다.

"……그대가 원한다면 그러도록 하지."

"또 있어요."

"이번엔 뭐지?"

"카릴이 저한테 과분한 선물을 줬듯이, 앞으로 제가 주는 선물도 거부하기 없기에요."

그 말에 순간 칼라일의 입가에 짙은 웃음이 그려졌다.

"내게 선물을 줄 생각인가?"

"전 뭐든 받은 만큼은 돌려주려는 편이에요."

"……그거 기대되는군."

이레나의 의도와 달리 그는 그저 선물을 받는다는 것만으로도 무척이나 만족스러운 모양이었다.

칼라일이 일말의 망설임도 없이 고개를 끄덕거리며 대답했다.

"그대가 주는 선물이 뭐든 불평 안 할 테니, 그런 걱정은 하지 않아도 좋아."

"약속이에요."

"내가 한 말은 지켜."

그렇게 두 사람 사이에 새로운 약속 하나가 생기는 순간이었다.

이레나는 칼라일에게 직접적으로 말을 할 순 없었지만, 이미 그의 답례품을 받고 마음속으로 하나의 결론을 내린 상태였다.

'조만간 투자를 시작해야겠어.'

처음부터 여기까지 내다본 건 아니었다. 하지만 칼라일이 자꾸만 이레나에게 물질적인 지원을 해 주다 보니 자연스레 이 많은 돈을 어디에다가 써야 될까 고민을 하게 되었다.

그러다 오늘 아침 문득 자신이 미래를 알고 있다는 사실을 깨달았다.

이레나가 장사에 소질이 있는 편은 아니었지만, 앞날을 알고 있는 상태에서 투자를 한다면 그건 당연히 대박이 날 수밖에 없는 상황이었다.

이번에 예상치 못한 답례품으로 어마어마한 자금이 들어왔으니, 무언가를 시작하기엔 더 없이 좋은 기회였다.

'기다려요. 제가 군자금을 엄청나게 불려 줄 테니까요.'

이레나는 나중에 칼라일이 준 것 이상으로 그에게 되돌려 줄 생각이었다. 그래서 일부러 그가 값비싼 선물이라고 거절을 할 수 없게끔 미리 이런 약속을 해 놓은 것이다.

그렇게 이레나는 조만간 자신에게 남아 있는 기억을 바탕으로 사업 계획을 짜야겠다는 다짐을 하고 있을 때였다.

칼라일이 말했다.

"지금 우리가 결혼하고 처음으로 의견 충돌을 한 건가?

뭔가 새롭군."

"그러네요."

여태까진 이런 대화에 크게 의미를 두진 않고 있었지만, 막상 칼라일의 말을 들으니 뭔가 달리 보이긴 했다.

"앞으로도 가능한 대화로 풀어나가도록 하지."

"그래요. 저도 같은 생각이에요."

"그럼 여기서 잠시만 기다려, 부인. 아침 식사는 같이 하지."

부인이라는 말에 잠시 멈칫했지만, 곧이어 이레나는 고개를 끄덕거렸다.

어차피 이건 두 사람의 계약 결혼 조항에도 있는 것이었다.

[4. 특별한 일이 없는 한, 매끼 식사를 함께한다.]

왜 굳이 이런 항목을 넣었는지 아직까지 이해할 순 없었지만, 이게 칼라일이 원하는 것이라면 가능한 따라 줄 생각이었다.

이레나가 땀을 흘리고 있는 칼라일을 물끄러미 바라보다가, 문득 좋은 아이디어가 떠올랐다.

"카릴."

이레나의 부름에 칼라일의 시선이 움직였다.

"사실 그동안 블레이즈 저택에서 아무도 모르게 훈련을 하느라 조금 힘들었거든요. 여긴 카릴의 개인 훈련장이라고 들었는데 저도 좀 사용해도 될까요?"

이레나가 검술을 익혔다는 건 황궁 사람들에게도 비밀이었기에 이곳만큼 적합한 장소가 없었다.

안 그래도 하루 빨리 전생의 실력을 완벽하게 되찾고 싶었는데, 제대로 된 훈련을 시작한다면 그 시일도 앞당겨질 터였다.

칼라일은 잠시 고민을 하다가 나지막한 목소리로 대답했다.

"상관은 없어. 하지만 여긴 기사들의 훈련장과도 가까워서 생각보다 내 수하들이 쉽게 드나드는 곳이야. 물론 함부로 오지 못하도록 명령을 내릴 순 있겠지만……."

칼라일이 말꼬리를 흐리자 이레나가 귀를 쫑긋 세우며 경청했다.

그 모습이 귀여웠는지 칼라일이 피식 웃으면서 말을 이었다.

"그대가 이 훈련장에 오래 머문다는 걸 알면, 누군가 이상하게 생각할지도 몰라. 보통의 여인이라면 잠시 들를 수는 있을지 몰라도 오랫동안 머물지는 않을 테니까."

"그렇군요. 그건 제가 미처 생각하지 못한 부분이네요."

이레나가 곰곰이 생각에 잠겼다. 가능한 한 마음껏 검술을 사용할 수 있는 장소가 있었으면 좋겠는데, 그게 마음처럼 쉽지가 않아서 고민이었다.

칼라일은 곧 무언가 좋은 생각이 떠올랐는지 푸른 홍채를 번뜩거렸다.

"나한테 한 가지 방법이 있긴 해."

"방법이요? 뭔데요?"

"그대가 들으면 반대할지도 모르겠지만, 분명한 건 이보다 확실한 건 없다는 거야."

"그런 방법이 있다면 제가 반대할 리가 없죠. 훈련 장소만 얻을 수 있다면 그게 뭐든 상관없어요."

칼라일을 황제로 만들기 위해선 여러 방면으로 힘을 써야 했다. 그리고 그중에 이레나가 가장 잘하는 건 바로 검을 다루는 일이었다.

특기를 굳이 죽일 필요도 없을뿐더러, 위급한 순간에 사용할 수 있도록 검술 실력을 최대한 빨리 되찾는 게 무엇보다 급선무였다.

그때였다.

저벅저벅, 누군가가 칼라일의 훈련장으로 다가오는 발소리가 들려왔다.

이레나와 칼라일은 모두 뛰어난 검술 실력을 가졌기 때문에 이곳으로 걸어오는 다른 사람의 기척을 모를 수가 없었다.

그런데 그에 맞춰서 갑자기 칼라일이 이레나를 향해 한 발자국 다가왔다.

안 그래도 그리 멀지 않은 거리에 서 있던 두 사람이었기에 고작 한 걸음의 차이가 엄청나게 크게 느껴질 수밖에 없었다.

이레나가 의아한 시선으로 칼라일을 쳐다보았다. 그러자 그가 평상시보다 더욱 탁해진 목소리로 낮게 속삭였다.

"……마지막으로 물어. 방법이 뭐든 정말 상관없다는 거지?"

뭔가 이상하다는 생각이 들어서 찜찜하긴 했지만, 이레나는 별 고민 없이 고개를 끄덕거렸다.

마음껏 검술 훈련을 할 수 있는 건, 절대로 포기할 수 없는 유혹 중의 하나였으니까.

"네, 맞……."

하지만 이레나의 말이 채 끝나기도 전이었다.

"그렇다면 내 목에 손을 둘러."

"……네? 흐읍!"

갑자기 칼라일이 입술을 부딪쳐 오는 바람에 이레나는 하려던 말을 끝까지 다 내뱉지 못한 채, 눈을 동그랗게 뜰 수밖에 없었다.

칼라일은 마치 며칠은 굶주린 사람처럼 이레나의 입술을 거칠게 탐했다. 그리곤 진한 키스를 나누는 와중에도 부족하다는 듯, 양손으로 그녀의 허리를 잡아 들어 올렸다.

순식간에 이레나의 발이 공중에 떠올랐고, 키가 큰 칼라일보다 더 높은 곳에 위치하게 되었다.

중심을 잃은 이레나의 몸이 자연스레 아래쪽으로 쏠리게 되니, 가뜩이나 숨 막힐 듯이 진한 키스가 더욱 깊게 마찰이 되는 느낌이었다.

그렇게 갑작스럽게 이루어진 두 번째 키스는 이레나의 머릿속을 어지럽히기에 충분했다.

숨 쉴 틈조차 주지 않고 몰아치는 강렬한 키스에 이레나의 정신이 아득히 멀어져 가는 순간이었다.

"전하, 오늘은…… 헉!"

아무것도 모른 채 이곳으로 걸어오던 제너드가 두 사람의 뜨거운 키스신을 목격하고 우뚝, 걸음을 멈췄다.

그리고 제너드는 들어올 때보다 더욱 빠른 속도로 훈련장 밖으로 사라졌다.

뒤따라 들어오고 있던 사람이 더 있었던 모양인지, 제너드가 더 이상 들어오지 말라고 소리치는 목소리가 저 멀리서 들려오는 것 같았다.

하지만 지금 이레나는 그런 것에 일일이 신경을 쓸 겨

를이 없었다. 고작 키스 하나만으로도 칼라일에게 포획당한 사냥감처럼 꼼짝할 수가 없었으니까.

그렇게 긴 키스가 이어지고, 이레나의 호흡이 점점 가빠질 때였다.

계속해서 집요하게 자신을 몰아붙이던 칼라일의 입술이 떨어지자, 이레나는 간신히 참고 있었던 거친 숨을 토해 냈다.

"하아!"

곧이어 정신을 차린 이레나가 잔뜩 혼란스러운 눈동자로 칼라일을 쳐다보았다.

눈앞에 보이는 칼라일의 입술은 평소보다 붉었다. 그리고 그의 입술이 이렇게 붉게 변한 이유를 알기에 이레나는 어쩐지 낯 뜨거워지는 기분이었다.

칼라일이 짓궂은 미소를 지으며 나지막이 속삭였다.

"숨은 쉬어야지, 부인."

"이게 대체⋯⋯."

"내 훈련장이 이제 이렇게 애정 행각을 나누는 장소로 바뀌었다고 소문이 나면, 아무도 이곳에 접근하지 않고 그 누구도 그대가 여기서 머무르는 시간을 의심하지 않겠지."

그제야 칼라일의 말이 무슨 뜻인지 이해가 갔다. 하지만 먼저 동의를 구할 수 있는 부분인데도 칼라일은 이레나가 마음의 준비를 할 틈조차 주지 않았다.

물론 무슨 방법이든 상관이 없다고 말한 건 이레나였지만, 왠지 칼라일에게 제대로 사기를 당한 느낌이었다.

칼라일은 딱딱하게 굳어 있는 이레나를 물끄러미 바라보다가 다시 한 번 입술을 촉, 부딪쳐 왔다.

연이어 이어지는 가벼운 버드키스에 이레나가 놀란 눈빛을 하자, 칼라일이 눈가를 누그러트리며 달게 웃었다.

"이 기회에 키스하면서 숨 쉬는 법을 가르쳐 주지."

* * *

황궁의 입구.

성문을 지키는 문지기가 가까이 다가오려고 하는 노파를 확인하곤 앞길을 막으며 물었다.

"누구십니까?"

"급하게 사람을 좀 만나러 왔습니다."

문지기가 저도 모르게 노파의 행색을 한 번 훑어보았다.

귀족이라고 확신할 수는 없었으나 묘한 위압감이 느껴지는 기묘한 노파였다. 머리가 새하얗게 셀 정도로 나이가 들었음에도 아직도 눈빛에 형형한 기운이 감돌았다.

혹시나 하는 마음에 문지기가 여전히 말을 높인 채로

물었다.

"누구를 찾아오셨습니까?"

"이레나, 이레나 블레이즈 아가씨를 찾아왔습니다."

"그분이라면……!"

곧바로 문지기의 머릿속에 어제 성대하게 치러진 황태자의 결혼식이 떠올랐다.

요즘 수도에서 가장 많이 거론되는 이름이 바로 이레나였다. 현 황태자비가 블레이즈가의 아가씨였던 사실을 모르는 이는 없었다.

문지기는 당황한 기색을 감추지 못한 채 물었다.

"황태자비 전하를 찾아오셨단 말입니까? 비전하께 누구라고 전해 드리면 될까요?"

"아아, 벌써 결혼식을 치르신 모양이군요."

노파의 깊은 눈동자에 순간 아쉬움이 짙게 배어 나왔다.

곧이어 깊은 한숨을 쉰 노파가 천천히 말을 이었다.

"멀리서 유모가 찾아왔다고 전해 주십시오."

*   *   *

이레나가 칼라일을 밀치고 훈련장을 빠져나오긴 했지만, 그럼에도 쿵쾅대는 심장은 멈출 줄을 모르고 있었다.

아직도 귓가에선 칼라일이 속삭였던 말이 맴돌았다.

—이 기회에 키스하면서 숨 쉬는 법을 가르쳐 주지.

무엇이든 처음이 어렵지, 두 번째는 쉽다고 했나?

갑자기 이런 행동을 하는 게 어디 있냐고 칼라일에게 따지고 싶었지만, 그러기엔 이레나가 무슨 방법이든 괜찮다고 허락한 상황이라 할 말이 없었다.

'……뭐가 이렇게 거침이 없어.'

결혼한 지 얼마 되지 않았음에도 불구하고 부쩍 두 사람 간의 스킨십이 늘어난 기분이었다.

계약에 따라 잠자리까진 갖고 있지 않았지만, 마치 평범한 연인들처럼 벌써 뜨거운 키스를 두 차례나 나눴다.

키스는 또 어찌나 격정적인지 아직까지도 입술에 생생한 감촉이 남아 있는 듯했다.

이레나는 재빨리 머리를 흔들면서 쓸데없는 망상을 지워 버리기 위해 노력했다.

'정신을 똑바로 차려야겠어.'

까딱 잘못했다간 이대로 한없이 휘둘리기만 할 것 같았다.

하지만 그래선 안 되었다. 칼라일을 황제로 만들기 위해 이레나가 앞으로 해야 할 일들이 너무나 많았으니까.

콩닥콩닥.

이레나는 세차게 뛰는 심장 위에다 손을 얹은 채 나지막이 혼잣말을 중얼거렸다.

"……그러니까 진정 좀 해."

칼라일의 개인 훈련장을 마음껏 쓰기 위해선 사실 나쁘지 않은 방법이었다. 그래서 한편으론 이레나도 '고작 키스쯤이야'라며 태연하게 넘기고 싶었다.

하지만 머릿속으로 아무리 되뇌어 봐도, 마음은 아직 이런 스킨십에 면역력이 없는 모양이었다.

이레나가 남몰래 한숨을 쉬며, 다시 방으로 돌아가고 있을 때였다.

아침에 얼굴을 본 적이 있는 하녀가 다급히 다가오더니, 서둘러 이레나를 향해 고개를 숙이며 말을 전했다.

"비전하, 황궁으로 손님이 찾아오셨다고 합니다."

"손님?"

피로연장에서 황궁으로 와 달라고 권유한 사람이 꽤 되었다. 과연 그중에서 누가 자신을 찾아왔을까 궁금증이 들었다.

그런 이레나의 마음을 알아차렸는지 하녀가 빠르게 뒷말을 이었다.

"비전하의 유모라고……."

"뭐라고?"

전혀 생각지도 못한 손님의 정체에 이레나의 붉은 눈동자가 크게 뜨여졌다.

또각또각!

이레나의 다급한 마음만큼이나 빠른 발자국 소리가 바닥에 울렸다.

'유모가 찾아오다니!'

결혼식을 치르기 전에 유모에게 편지를 보낸 적이 있었는데, 거기에는 아픈 곳은 없는지 일상적인 안부를 묻는 내용을 적었을 뿐 결혼식이나 칼라일에 관련한 내용은 하나도 없었다.

안 그래도 유모에게서 답장을 기다리고 있는 중이었는데, 이렇게 직접 찾아올 거라고는 생각조차 하지 못했다.

도대체 어떻게 알고 여기까지 왔을지 궁금했지만, 그보다 반가운 마음이 가장 먼저 들었다. 어렸을 때부터 이레나와 미라벨을 키워 준 유모는 오랫동안 엄마의 빈자리를 채워 준 가족이나 다름없는 존재였으니까.

이레나가 유모가 기다리고 있다고 전해 들은 응접실의 앞에 도착했을 때였다.

기쁜 마음으로 막 문고리를 잡는 순간, 불현듯 칼라일과 함께 아침 식사를 하기로 한 약속이 떠올랐다.

갑작스러운 키스 때문에 도망치긴 했지만, 아무런 기

별도 없이 참석을 안 한다면 그가 기다릴 것만 같았다.

방금 전의 상황이 내심 괘씸했지만, 그렇다고 칼라일을 마냥 기다리게 내버려 둘 수는 없는 노릇이었다.

이레나는 고개를 돌려 유모가 찾아왔다는 사실을 전해 준 하녀에게 말했다.

"황태자 전하께 제가 하는 말을 좀 전해 주세요. 오늘 아침 식사는 갑작스러운 손님이 찾아와서 못 할 것 같다고, 다음번에 함께 하자고요."

"아, 네. 알겠습니다. 비전하."

하녀는 대답과 동시에 곧바로 어딘가를 향해 부리나케 뛰어갔다. 아마도 칼라일이 있는 곳으로 향하는 것 같았다.

잠시 그 뒷모습을 지켜보고 있던 이레나는 설레는 마음을 가라앉히며, 다시 유모가 기다리고 있는 응접실의 문손잡이를 잡았다.

끼이익, 문이 열리자 고급스럽게 꾸며진 응접실 안에 유모가 곧은 자세로 앉아 있는 모습이 눈이 들어왔다.

새하얀 머리카락을 단정하게 뒤로 넘긴 모습이 예나 지금이나 조금도 변함없었다. 저번 생에서부터 그리워하던 유모의 모습 그대로였다.

"유모!"

이레나는 평상시의 침착한 모습은 온데간데없이 서둘

러 유모에게로 달려갔다.

그 모습을 확인한 유모는 인자한 미소를 지으면서 특유의 차분한 목소리로 말을 건넸다.

"이제 비전하가 되신 분께서 이리 뛰면 안 되십니다."

하지만 이레나의 귓가에는 아무런 소리도 들리지 않았다.

전생의 기억까지 포함한다면 자그마치 이십여 년 만에 만나는 것이었다. 더구나 그때는 사망한 유모의 무덤까지 직접 눈으로 보았었다.

무덤 앞에 놓았던 새하얀 국화꽃이 아직도 생생한데, 이렇게 유모가 살아 있는 모습을 다시 보게 되니 감격스러움에 눈물이 맺혔다.

이레나는 마치 어린 시절로 돌아간 것처럼 유모에게 달려가 덥석 끌어안았다.

"보고 싶었어."

"이런, 못 본 사이에 어리광만 느신 듯합니다."

꾸짖는 듯한 말투와 달리 유모는 다정한 손길로 이레나의 가녀린 어깨를 토닥여 주었다.

그 별거 아닌 행동에도 이레나는 왠지 지금까지의 모든 고생을 위로받는 듯한 느낌이 들었다. 신기하게 유모라는 존재 자체만으로도 마음을 편안하게 해 주는 마력이 있었다.

그렇게 한참 동안이나 유모를 끌어안고 있던 이레나가 불쑥 고개를 들면서 물었다.

"그런데 여기까진 어떻게 온 거야? 내가 이럴까 봐 일부러 결혼한다는 소식도 알리지 않은 건데."

"제가 지금 얼마나 섭섭한지 아십니까? 아가씨의 결혼식을 보지 못하다니 제 삶의 낙이 사라진 듯한 기분입니다."

주름이 자글자글한 유모의 얼굴에 서운하다는 기색이 역력했다.

하지만 지금 이레나의 눈에는 그 모습조차도 기껍게 보이기만 할 뿐이었다.

"혹시라도 유모의 건강이 안 좋을까 봐 그랬지. 그리고 결혼식은 나중에 나 말고 미라벨이 하는 걸 보면 되잖아."

"제가 그때까지 살아 있을지……."

"그런 소리 하지 마. 언제까지나 내 옆에서 오래오래 살아 줘."

이레나의 말에 유모가 어쩔 수 없다는 듯 눈가를 접으며 웃었다.

"네, 아가씨."

유모는 곧이어 몰라보게 자란 이레나의 모습을 자세히 살펴보듯, 그녀의 어깨를 짚은 채 이리저리 둘러보았다.

"이제는 정말 성숙한 아가씨가 다 되셨네요. 그동안 더 아름다워지셨습니다. 돌아가신 주인마님께서 이 모습을 보셨다면 정말 기뻐하셨을 거예요."

"……그랬을까?"

"그럼요."

단호한 유모의 말에 이레나는 작게 웃고 말았다.

"그런데 황태자 전하와는 어떻게 결혼하게 되신 거예요? 백작님께서 직접 정해 주신 혼처인가요?"

"아, 그게 말이지……."

이레나는 솔직하게 모든 걸 다 털어놓을 수 없었기에, 어쩔 수 없이 그동안 세간에 알려진 칼라일과의 거짓 연애 이야기를 말해 주었다.

유모와는 꼭 칼라일과 연관된 이야기가 아니더라도 그동안 못다한 말들이 너무 많았기에 시간은 순식간에 흘러갔다.

이른 아침에 만났는데 어느새 점심시간이 다가오고 있을 정도였다.

그렇게 이레나와 유모가 응접실에서 정신없이 대화를 나누고 있을 때였다.

똑똑, 누군가 두 사람이 있는 응접실의 문을 두들겼다.

이레나는 노크 소리가 들린 방향으로 시선을 주며 말했다.

"들어오세요."

유모는 타인이 등장하자 순식간에 분위기를 바꾼 이레나의 모습을 기특한 시선으로 쳐다보았다.

곧이어 응접실의 문이 열리고 하녀복을 입은 여자가 들어왔다.

이레나는 처음 보는 하녀였다. 어쩌면 당연한 건지도 몰랐다. 황태자궁에서 일하는 사람들이 워낙 많았기에 아직 얼굴을 다 익히지 못한 상태였으니까.

"비전하, 황후 폐하께서 친히 결혼 선물을 보내 주셨습니다."

"선물?"

그 말에 이레나는 의아한 마음이 들었다.

물론 황후가 황태자의 결혼식을 축하하는 건 이상한 일이 아니었으나, 오펠리아와 칼라일의 사이는 한 꺼풀만 벗겨 보면 꽤나 살벌하다는 것을 이미 알고 있었기 때문이다.

"제게 어떤 선물을 보내셨죠?"

"황후궁의 전령에게 듣기론 저 멀리 남쪽에 위치한 시베나 왕국에서만 자라는 아주 귀한 화초라고 합니다. 잘 키우면 분홍색의 꽃을 피우며, 그게 화목과 다산을 의미한다고 하네요."

이야기만 들어서는 전혀 문제가 될 게 없는 선물이었다.

그 말처럼 희귀한 화초라면 적당한 성의는 보이되, 크게 부담스럽지 않은 알맞은 선물이라고 볼 수 있었다.

잠시 고민하던 이레나가 위엄 있는 목소리로 입을 열었다.

"이쪽으로 가지고 오세요. 제가 직접 한 번 확인해 볼게요."

"네, 비전하."

하녀는 꾸벅 고개를 숙이더니, 곧이어 건장한 시종과 함께 다시 응접실 안으로 들어왔다.

시종은 커다란 화초가 심겨 있는 화분을 들고 있었는데, 아직 꽃이 피기 전이었음에도 불구하고 화초를 응접실 안에 들여놓는 순간 향긋한 냄새가 확 풍겨 왔다.

향기에 민감하지 않은 이레나조차도 달콤하다고 느껴질 정도로 좋은 향이었다.

이레나는 혹시나 하는 마음에 직접 눈으로 확인한 것이지만, 외향상으로는 전혀 문제 될 게 없었기에 이내 고개를 끄덕였다.

지금은 유모와 함께 있는 자리였으니 나중에 다시 확인하더라도 일단은 이대로 받아 두면 될 것 같았다.

"향이 좋네요. 그럼 제 방에……."

이제 선물을 확인했으니 자신의 방으로 옮겨 놓으라는 말을 하려는 찰나였다.

하지만 그 화초를 확인한 유모의 표정은 무척이나 어둡게 변한 상태였다.

지금까지 가만히 옆에서 듣고만 있던 유모가 갑자기 차분한 목소리로 끼어들었다.

"아가씨, 굳이 지금 바로 방에 갖다 둘 필요가 무어 있겠습니까? 잠시 여기에 두어서 향을 즐기시다가 올리시지요."

갑자기 이런 제안을 한다는 게 조금 이상하게 느껴졌지만, 이레나는 유모의 말을 따르기로 결정했다. 어차피 화초를 언제 옮기든 그건 어렵지 않은 일이었으니까.

"그래요. 그럼 잠시 화초를 여기에 두죠."

"아…… 네. 비전하."

하녀는 약간 당황한 기색이었지만, 곧이어 화초를 들고 있던 건장한 시종에게 눈짓을 보냈다.

그러자 시종은 묵묵히 커다란 화분을 응접실 가운데에 위치한 테이블 위에 올려놓았다.

그저 화초 하나만 더 두었을 뿐인데도 고급스러운 응접실의 분위기가 한층 살아난다는 느낌이 들 정도였다.

그렇게 하녀는 다시 응접실을 나가기 전, 이레나에게 당부하듯이 말을 건넸다.

"비전하께서 다시 방으로 돌아가실 때 저를 불러 주시면, 제가 지금처럼 시종과 함께 안전하게 옮겨 드리겠습니다."

그 말에 이레나가 알겠다는 듯이 가볍게 고개를 끄덕
거렸다.

무언의 허락이 떨어지자 하녀는 친절한 미소와 함께
총총히 바깥으로 사라져 갔다.

끼익, 탁!

유모는 그들이 사라지자마자 자리에서 벌떡 일어나서
응접실에 있는 모든 창문들을 열어 방 안을 환기시키기
시작했다.

갑작스러운 유모의 행동에 이레나가 의아하다는 듯 물
었다.

"날씨가 아무리 많이 풀렸다지만, 이렇게 창문을 열어
두면 추울 텐데 괜찮겠어?"

"전 괜찮습니다. 아가씨. 그리고 이 화초의 향은……
오래 맡으시면 몸에 좋지 않을 것 같아요."

"……뭐?"

그 말에 이레나가 무슨 소리냐는 듯이 쳐다보았다.

유모는 방 안의 환기를 마치고 다시금 이레나의 곁으
로 돌아와서 설명하듯이 입을 열었다.

"저도 제 눈으로 직접 본 게 아니라 확신할 수는 없지
만, 시베나 왕국에서 나는 향기로운 화초 중에 몸에 해로
운 영향을 끼치는 게 있다고 들은 적이 있어요."

"해로운 영향? 어떤 걸 말하는 거지?"

"여성이 그 화초의 향을 오랫동안 맡으면…… 임신하기가 어려워진다고 해요."

"……!"

전혀 생각지도 못한 사실에 이레나는 깜짝 놀라고 말았다.

임신이라니, 지금까지 자신과는 너무 무관하다고만 생각했던 단어였다.

애초에 칼라일과는 황후가 되기 전까지 잠자리를 갖지 않기로 계약을 했기 때문에 후사와 관련하여 더더욱 깊게 고민해 본 적이 없었다.

하지만 그렇다고 화가 나지 않는 건 아니었다. 황후가 보내온 선물이 매우 악랄하다는 것만은 변함없는 사실이었으니까.

"……하."

이레나의 입가에서 나지막한 웃음소리가 새어 나왔다. 하지만 그게 결코 즐거워서 웃는 게 아님을 알 수 있었다.

짐작은 하고 있었지만 황궁은 예상대로 무서울 곳이었다.

'내 안전을 너무 과신했어.'

사실 이레나는 웬만한 암살자들을 혼자서 거뜬히 물리

칠 정도로 검술 실력이 뛰어나다 보니, 누군가가 자신을 해치기란 쉽지 않을 거라는 생각이 강했다.

하지만 황실의 권력 암투라는 것이 굳이 힘으로만 이루어지는 것은 아니었다.

이레나는 다시 한 번 그 사실을 상기할 수 있었다.

"알려 줘서 고마워, 유모. 모르고 지나쳤으면 큰일 날 뻔했어."

"아직 확실한 건 아니지만 뭐든 조심하는 게 좋으니까요. 제가 벌써부터 이런 말씀을 드리긴 뭣하지만, 황실의 여인들에게 가장 힘이 되어 주는 건 결국 자식밖에 없어요. 그러다 보니 여인의 암투는 임신에 대해 많이 초점이 맞춰져 있죠."

"……그래."

유모는 먼 미래까지 생각해서 하는 말이었지만, 사실 이레나는 이제껏 단 한 번도 깊게 생각해 본 적이 없는 부분이었다.

칼라일을 황제로 만드는 것만으로도 벅찬 상황에서, 그 후의 일까지 고민한다는 건 쓸데없다고 판단했기 때문이다.

하지만 유모의 말이 결코 틀린 소리는 아니었다.

황제가 많은 첩들을 거느리게 되면, 언젠가 총애는 자연스레 다른 여성들에게 넘어가게 되어 있었다. 그러면 나중에 곁에 남는 건 결국 황위 계승권을 가진 자식밖에 없었다.

그 때문에 아무리 과분한 총애를 받더라도 임신을 하지 못하면, 나이가 들어서 권력의 구도에서 물러날 수밖에 없었다. 그래서 황실 여자들의 최종 승리자는 결국 황제의 어머니인 황태후가 되는 것이었다.

'하지만…… 나하곤 상관없는 일이지.'

이레나와 칼라일은 말 그대로 계약 결혼이었다.

궁극적으로 이레나는 가족들을 지키고, 칼라일은 황제가 되기 위해 함께 걸어가는 파트너인 셈이다.

그 후에는 어떻게 변할지도 알 수 없었을뿐더러, 설령 두 사람이 부부의 인연을 끊지 않은 채 진짜로 맺어진다고 하더라도 이레나는 권력의 뒷전으로 물러날 생각이었다.

칼라일의 애정을 갈구하며 수많은 첩들과 싸운다는 선택지는, 지금까지 단 한 번도 고민해 본 적이 없는 내용이었다.

'언젠가 그런 상황이 온다면…… 카릴은 나한테 했던 행동들을 다른 여자에게도 똑같이 한다는 뜻이겠지?'

어젯밤 어서 침실로 들어오라며 달게 웃었던 칼라일의 얼굴이 떠올랐다.

그뿐만이 아니었다. 오늘 아침 그와 나눈 키스도 아직까지 눈만 감으면 떠오를 정도로 머릿속에 생생했다.

그 모든 것들을 나중에 다른 여성과 나누게 된다고 생각하니 마음이 이상했다.

욱신, 이레나는 갑자기 상처가 난 듯이 아려 오는 가슴을 손으로 짚었다.

'왜 이렇게 마음이 불편하지?'

애초부터 칼라일이 바람둥이일 확률이 크다고 생각했다.

그가 황제가 되기 전까지 이레나에게 권력을 몰아 주기 위해 다른 여자들을 만나지 않는 것만으로도 충분히 감사한 일이었다.

무엇보다 지금은 소중한 가족들을 지키는 것만 생각하기에도 벅찬 시간이었다.

이레나는 애써 자신의 통증을 무시하며, 눈앞에 있는 유모를 쳐다보았다.

처음 편지를 보냈을 때부터 오랫동안 고민해 왔다. 유모가 시녀장을 맡아 주었으면 좋겠다고 생각했는데, 직접 보고 나니 이보다 더 잘 어울리는 사람이 없을 거란 생각이 들었다.

유모는 언제나 이레나의 편이 되어서 생각해 줄 사람이었고, 해박한 지식으로 황궁 암투를 헤쳐나갈 수 있게 도와줄 조력자였다.

마음을 정한 이레나가 조심스레 입을 떼었다.

"유모, 내가 하나 부탁하고 싶은 게 있는데…… 미리 말해 두는 거지만, 내 이야기를 듣고 혹시나 어렵다고 생각된다면 거절해도 돼."

"혹시 저더러 시녀장을 맡아 달라는 말씀을 하시려는 건가요?"

이레나는 자신의 마음을 꿰뚫어 본 유모를 신기하게 쳐다보며 말을 이었다.

"어떻게 알았어?"

"지금까지 아가씨를 키워 온 게 저예요. 눈빛만 봐도 무얼 원하는지 다 알고 있답니다."

"설마 그래서 여기까지 찾아온 거야?"

"네. 아가씨가 편지에 적어 놓진 않으셨지만, 결혼 소식을 듣자마자 분명 제 도움을 필요로 할 거라고 생각했어요. 제가 가장 잘할 수 있는 일이 무얼까 고민하다가 시녀장이란 추측이 들었죠. 아가씨. 아니, 이젠 비전하라고 불러야 되겠지요?"

유모의 부드러운 미소를 바라보며, 이레나는 점점 가슴이 벅차 오는 것을 느꼈다.

말로 표현할 수 없을 만큼 고마운 감정이 밀려들었다. 원래 자신의 삶에는 이토록 좋은 사람들이 곁에 많았다.

그래서 다들 허무하게 죽지 않도록 지켜 주고 싶었다.

이제는 아무도……

이레나의 곁을 함부로 떠날 수 없도록.

이레나는 자꾸만 잠기려는 목소리를 가다듬으며, 세월의 흔적이 고스란히 남아 있는 유모의 손을 붙잡았다.

"……고마워."

"별말씀을요. 이미 마음의 준비를 다 하고 온 상태였는데, 아가씨가 시켜 주지 않으시면 저 혼자서 시위라도 벌일 참이었어요."

이레나는 일부러 자신의 마음을 가볍게 하기 위해 유모가 농담을 던진다는 걸 알았다.

이레나가 촉촉해진 눈가를 감추며 억지로 입가를 끌어올렸다.

"대신 한 가지만 약속해 줘. 유모의 건강이 허락할 때까지만이야. 절대로 무리하면 안 돼. 알겠지?"

"네. 비전하."

서로 맞물리는 시선에는 오랫동안 함께해 온 사람만이 느낄 수 있는 다정한 감정이 담겨 있었다.

그렇게 유모와 애정 어린 시선을 주고받던 이레나의 눈에 문득 오펠리아가 보낸 희귀한 화초가 들어왔다.

곧 오후가 되면 설리반과 오펠리아에게 첫 문안 인사를 드리러 가야 했다.

그때 지금 받은 이 화초에 대한 보답을 해 주고 싶은데……

'우선 간을 좀 봐 볼까.'

벌써부터 움직일 생각은 아니었지만, 황후가 먼저 손을 쓴 이상 이레나도 이대로 당하고 있을 수만은 없었다.

이레나는 천천히 앉아 있던 자리에서 일어나며 붉은 눈동자를 반짝 빛냈다.

"아까 화초를 가지고 온 하녀 말이야. 내 눈에는 조금 수상하게 보였는데 유모는 어떻게 생각해?"

"저도 같은 생각입니다."

"그래, 여기에 황후 측의 사람이 없을 수는 없겠지."

이미 칼라일도 어딘가에 첩자가 숨어 있다는 건 짐작하고 있는 부분일 것이다. 하지만 이제부터는 지금까지와 많은 것들이 달라질 터였다.

바로 이 황태자궁에 안주인이 생겼으니까.

잠시 생각을 마친 이레나는 곧바로 응접실의 문을 열었다.

그러자 이레나의 얼굴을 알아본 하녀가 재빨리 다가오며 허리를 굽혀 인사했다.

"비전하, 무슨 시키실 일이라도 있으십니까?"

"제너드 경을 좀 불러 줘요."

"아! 네, 알겠습니다!"

이레나는 그동안 황실을 몇 번 들락날락하면서 쿤을 제외하면 칼라일의 수하 중에서 제너드를 가장 많이 마주쳤었다.

일단 제너드는 칼라일의 최측근이라는 부분에서 신뢰를 가질 수 있었고, 몇 차례 이레나와 안면을 익힌 상태라 서로 익숙하다는 장점이 있었다.

그렇게 여러 가지로 종합해 봤을 때, 제너드는 황실에 들어온 지 얼마 안 되는 이레나가 무언가를 부탁하기에 적합한 인물이었다.

부드러운 은발에 무척이나 단정한 이미지를 가진 제너드를 떠올리며, 이레나는 앞으로 해 나가야 할 일들을 하나씩 머릿속으로 정리해 나갔다.

'자, 그럼 슬슬 움직여 볼까?'

잠시 후, 제너드가 응접실로 찾아왔다.

그는 이레나의 얼굴을 보자마자 곧바로 고개를 숙이며 정중하게 인사를 올렸다.

"제국의 비전하를 뵙습니다. 루퍼드 제국에 무한한 영광을."

"앞으로 자주 마주칠 사이인데, 볼 때마다 그렇게 딱딱한 인사를 건넬 필요는 없어요."

"아닙니다. 비전하. 제가 잘 지켜야 다른 이들도 보고 배우지요."

완고한 말투가 묘하게 쿤과 닮은 것 같으면서도, 한편

으론 완전히 다른 느낌이었다.

쿤은 기본적으로 타인에 대한 무관심이 밑바탕에 깔려 있다면, 제너드는 원리 원칙을 지키는 고지식한 스타일 이랄까.

이레나는 자신의 제안을 거절하는 제너드를 향해 굳이 다시 인사를 생략하라는 권유를 할 생각은 없었다.

그녀는 그저 알겠다는 듯이 고개를 살짝 끄덕이며, 원래 하려던 말을 꺼냈다.

"제너드 경을 부른 건 다름이 아니라 황태자궁에서 일하는 사람들을 직접 한 번 만나 보고 싶어서예요. 모두 한자리에 불러 모으고 싶은데, 지금은 이런 부탁을 할 사람이 제너드 경밖에 떠오르질 않았네요."

"아, 그러셨습니까?"

제너드가 반색하는 얼굴로 고개를 들었다.

예전부터 그의 눈빛에선 마치 선망하는 대상을 바라보 듯, 부담스러울 정도로 초롱초롱한 빛이 감돌았다.

제너드는 확실히 호위 기사 렌은 꺼림칙하게 생각할지 몰라도, 이레나에 대한 호감도는 상당히 높은 것으로 보였다.

'제너드 경은 내가 호위 기사일 때와 황태자비일 때의 온도 차가 너무 커서 적응이 안 된단 말이지.'

이레나로서만 본다면 제너드에게 딱히 안 좋은 감정을

가질 만한 일이 없었지만, 호위 기사 렌으로 활동할 때 본 제너드는 솔직히 좋은 인상은 아니었다.

그래서일까. 이상하게 거리감이 느껴지는 부분이 있었다.

이레나가 호위 기사로 활동할 때 가장 다정하게 대해 준 건, 커다란 덩치에 험상궂은 외모를 지닌 메건뿐이었다.

문득 메건은 잘 지내고 있을지 궁금해졌지만, 지금은 다른 것에 신경 쓸 겨를이 없었다.

"제너드 경이 자리를 마련해 주시면 이번에 제가 뽑은 시녀장을 모두에게 소개시켜 주고 싶어요."

"아……."

제너드가 새삼스러운 눈빛으로 이레나의 옆에 서 있던 유모를 쳐다보았다.

시녀장과 시종장은 언제나 주인의 곁에 있는 사람으로서 꽤나 큰 역할을 지니고 있었다.

지금껏 조용히 이레나의 옆자리를 지키고 있었던 유모가 먼저 점잖게 입을 열었다.

"안녕하세요, 비전하를 어렸을 때부터 돌봐 온 유모랍니다. 이번에 운이 좋아서 시녀장을 맡게 되었으니 잘 부탁드려요."

"아닙니다. 저야말로 잘 부탁드립니다, 시녀장님. 이미 들으셨겠지만 제 이름은 제너드라고 합니다. 앞으로 부탁할 일이 있으시면 편히 말씀해 주십시오."

두 사람이 서로 간략한 인사를 주고받는 모습을 이레나가 흡족하게 바라보다가 말했다.

"폐하께 문안 인사를 드리기 전에 모두를 살펴보고 싶은데 가능할까요?"

"네. 가능한 전원이 참석할 수 있도록 하겠습니다."

"고마워요."

이레나의 감사 인사에 제너드는 말없이 허리를 깊게 굽히며 경의를 표했다.

이제 마지막으로 남은 건 오펠리아가 보낸 화초에 대해서 정확하게 조사해 보는 것이었다. 만약 정말로 안 좋은 효능이 있다면 이걸 빌미로 약점을 잡을 수도 있었다.

이레나는 지금까지 이런 부탁을 쿤에게만 해 왔지만, 그는 블레이즈 저택에 있는 상황이었기에 말이 나온 김에 제너드에게 이야기를 해야겠다고 마음먹었다.

이레나가 테이블 위에 올려놓은 화초를 가리키며 입을 열었다.

"이 화초는 황후 폐하께서 제게 보내신 선물이에요. 시베나 왕국에서만 자라는 귀한 화초라는데 정확히 어떤 효능을 지녔는지 알아봐 주실 수 있을까요?"

"황후…… 폐하께서요?"

그 말을 들은 제너드의 눈빛이 순식간에 예리하게 변했다. 그도 무언가 좋지 않다는 예감이 든 모양이었다.

"제가 바로 가지고 가서 알아보겠습니다."

"아니요. 이 화초는 일단 제가 자주 지나다니는 곳에 놔둘 거예요."

"하지만 혹시라도 위험한 성분이 있다면……."

"그러니까 더욱 그럴 생각이에요."

제너드가 이해가 안 된다는 듯이 쳐다보았다.

그러자 이레나는 빙긋 웃으면서 나지막하게 말을 이어 나갔다.

"이걸로 황태자궁에 숨어 있는 황후 측의 첩자들을 파악해 볼 계획이거든요. 그래서 일단은 그들이 방심할 수 있도록 허술한 척 연기를 좀 해 볼까 해요."

이레나의 답변에 제너드가 정말로 놀란 표정을 지어 보였다.

제너드는 곧 감탄한 표정을 감추지 않은 채 입을 열었다.

"역시 황태자비 전하십니다."

그의 과도한 칭찬에 이레나는 조금 어색한 미소를 지을 뿐이었다.

은혜든 원한이든, 뭐든 받은 만큼은 돌려주자는 게 원칙이었지만 이번만큼은 조금 다르게 행동해 볼 계획이었다.

'무조건 발톱을 드러내 보일 필요는 없지.'

서로에 대해 정확히 파악하지 못한 상태에서 이쪽의 패를 교묘하게 감추는 것도 능력이었다.

이레나는 자신의 본모습을 감춘 채 황후가 어떻게 나오는지 한 번 지켜볼 심산이었다. 그러다가 상황을 봐서 먼저 공격할 수 있다면 더없이 좋은 일일 것이다.

제너드가 말했다.

"그럼 제가 빠르게 가서 일단 황태자궁의 하녀와 시종들을 모아 놓겠습니다."

"네, 그래 주세요."

제너드는 서둘러 응접실 바깥으로 나가려다가, 문득 발걸음을 멈추고 이레나가 있는 곳을 돌아보았다.

그리곤 고지식한 그답지 않게 조심스러운 표정으로 입을 열었다.

"참, 비전하……."

"말씀하세요."

"이제부터는 전하의 개인 훈련장에 아무도 얼씬거리지 못하도록 제가 으름장을 놓았으니 염려하실 필요 없습니다."

"……네?"

처음엔 무슨 뜻인지 몰라 눈을 깜빡이던 이레나가 곧이어 그 말뜻을 깨닫고 얼굴이 시뻘겋게 달아올랐다.

생각해 보니 오늘 아침 칼라일에게 기습 키스를 받았을 때, 훈련장에서 제너드의 목소리를 들었던 기억이 언뜻 나는 것 같았다.

화초를 받고 난 다음부터 황후 오펠리아를 상대하는 것만 생각하는 바람에 오늘 아침 제너드와 마주친 것에 대해선 까맣게 잊고 있었다.

'……부끄러워.'

이레나는 애써 태연한 척 서 있었지만, 마음 같아선 쥐구멍에라도 숨고 싶을 정도로 창피하기 그지없었다.

다른 사람들은 부부인 그들의 애정 행각이 당연하게 생각될지 모르겠으나, 정작 이레나는 쑥스러워서 죽을 것만 같았다.

아무것도 모르는 유모가 옆에서 궁금한 표정으로 물었다.

"훈련장? 거기서 무슨 일이 있었나요?"

그 말에 제너드도 그 정도의 눈치는 있는지, 고개를 세차게 흔들며 대답했다.

"아무것도 아닙니다. 그럼 저는 이만 가 보겠습니다, 비전하."

그렇게 제너드는 이레나의 심정도 모른 채 뿌듯한 표정을 지으며 바깥으로 나갔다.

이레나가 뒤늦게 뜨거운 얼굴을 손바닥으로 부채질하

며 식히고 있을 때였다.

유모가 궁금하다는 눈빛으로 재차 물었다.

"개인 훈련장에서 무슨 일이 있으셨기에 아무도 접근
하지 못하게 한다는 거죠?"

"……아무것도 아니야. 유모."

이레나는 애써 유모의 시선을 피하며 멀리 창밖을 쳐
다보았다.

이대로라면 칼라일의 계획대로 그의 개인 훈련장에서
수련을 할 수 있을지도 모르겠다. 하지만 그곳에서 두 사
람이 뜨거운 애정 행각을 나눈다는 소문은 멀리 퍼질 것
만 같은 예감이 들었다.

불현듯 이레나의 머릿속에 칼라일이 그윽한 시선으로
자신을 내려다보며 속삭였던 말이 떠올랐다.

   ─……마지막으로 물어. 방법이 뭐든 정말 상관없다는 거
   지?

아무리 마음껏 검술 수련을 할 수 있는 훈련장이 욕심
이 났다지만…….

그래도 이런 방식은 이레나에게 마음의 준비가 많이
필요할 것만 같았다.

이레나는 아무런 예고도 없이 다짜고짜 입술부터 부딪

쳐 온 심술궂은 칼라일을 떠올리며, 발갛게 달아오른 얼굴을 찡그렸다.

'……못됐어.'

*　　　*　　　*

제너드는 최대한 빨리 황태자궁에서 일하는 모든 사람들을 한자리에 불러 모았다.

사실 황태자궁에 안주인이 생겼기 때문에 조만간 치러져야 할 과정이었지만, 지금 이런 자리가 마련된 것은 사람들의 예상보다 훨씬 빠른 시기였다.

오늘은 이레나가 황태자비로 즉위한 지 단 하루밖에 되지 않은 시점이었으니까.

웅성웅성―

제너드는 모두가 모인 것을 확인하고, 이레나를 향해 깍듯한 자세로 인사하며 말했다.

"분부대로 준비하였습니다. 비전하."

"네, 수고했어요."

지금 이들이 모여 있는 장소는 황태자궁에서 가장 넓은 공간을 가지고 있는 야외 정원이었다. 실내에서는 고용인들의 인원수가 너무 많아서 한꺼번에 수용하기가 힘들었기 때문이다.

이레나는 생각보다 더 많은 고용인의 숫자를 바라보며, 제너드가 준비해 놓은 높은 단상 위로 천천히 올라갔다.

그러자 황궁에서 일하는 눈치 빠른 이들답게 모두 입을 모아 한목소리로 외쳤다.

"제국의 비전하를 뵙습니다. 루퍼드 제국에 무한한 영광을!"

모두가 함께 말하자 그 목소리가 꽤나 멀리 울려 퍼졌다.

이레나는 아직까지 이런 성대한 인사를 받는다는 게 적응이 되진 않았지만, 짧은 기간 동안 시도 때도 없이 듣다 보니 조금씩 익숙해지고 있는 느낌이었다.

단상 위에 기품 있게 선 이레나가 천천히 고용인들을 둘러보며 차분한 목소리로 입을 열었다.

"모두 반가워요. 오늘부터 제가 황태자궁의 안살림을 맡게 되었으니 제 뜻에 잘 따라 주기를 바라요."

"네, 비전하."

"그럼 먼저 제가 직접 고른 시녀장을 소개할 테니, 앞으로는 저를 대하듯이 대해 주세요."

사실 황태자궁에서 일하는 고용인들에게는 이레나보다 더 직접적으로 부딪쳐야 할 상대가 바로 시녀장이었다.

황태자비인 이레나는 너무 멀리 위치한 사람이었지만, 시녀장은 바로 그들의 직속상관이라고 봐도 무방했으니까.

모두의 관심과 걱정 어린 시선을 받으며, 높은 단상 위로 유모가 올라섰다.

새하얀 머리의 유모는 인자해 보이는 인상이었지만, 동시에 함부로 대할 수 없는 묘한 위압감을 풍기고 있었다.

"안녕하세요. 오늘부터 제가 시녀장의 직책을 맡게 되었습니다. 황태자궁 내에서 정해지는 규칙들을 어기지만 않는다면, 서로 얼굴 붉히는 일은 없을 테니 모두 자신의 소임을 다해 주기를 바랍니다."

"네, 시녀장님."

유모의 부드러운 카리스마에 모두가 고개를 숙이며 대답했다.

그 모습을 만족스럽게 지켜보던 이레나는 곧이어 여기에 모인 고용인들의 얼굴 하나하나를 살펴보았다.

그중에는 짧은 기간 동안 이미 몇 번 마주친 적이 있는 하녀들도 더러 있었다.

그리고…… 황후 오펠리아의 선물을 직접 응접실로 가지고 왔던 하녀의 얼굴도 보였다.

이레나는 그 하녀를 콕 집어 가리키며 입을 열었다.

"이름이 뭐죠?"

"아, 저는 아사베라고 합니다. 비전하."

"그래요, 아사베. 오늘부터 내 전속 하녀로 시중을 들어 줬으면 좋겠군요."

생각지도 못한 이레나의 말에 아사베가 놀란 듯이 눈을 크게 떴다. 그리곤 감격스러운 표정으로 곧바로 고개를 숙이며 크게 외쳤다.

"가, 감사합니다. 비전하!"

이레나는 겉으론 아무렇지 않은 척 표정을 감추고 있었지만, 이미 남몰래 유모와 허공에서 시선을 주고받은 터였다.

만약 짐작대로 아사베가 황후와 연관이 된 첩자라면, 앞으로 그녀를 통해 더 많은 배후를 알아낼 생각이었다.

첩자들의 신원이 파악되면 제거를 할지, 아니면 오히려 역으로 이용을 하게 될지는 아직 알 수 없었다. 하지만 중요한 것은 어떤 식으로든 요긴하게 쓸모가 있을 거라는 사실이다.

'첩자라고 굳이 멀리 둘 필요는 없어. 오히려 내 옆에 더 가까이 두고 거짓 정보를 흘릴 수도 있지.'

그러려면 누가 아군이고, 누가 적군인지를 파악하는 게 가장 시급했다.

분명 이 자리에 모인 많은 고용인들 중에는 황후뿐만

아니라 다른 곳에서 심어 놓은 첩자들도 더러 섞여 있을 것이다. 그건 비단 황태자궁만이 아니었다.

황실의 곳곳에는 보이지 않는 눈들이 숨어 있었다.

어찌 보면 당연한 일이었다. 루퍼드 제국은 수많은 귀족들과 더 나아가서는 여러 왕국들의 관심을 한 몸에 받고 있는 곳이었으니까.

'아예 감시를 안 받을 수는 없겠지만……'

이레나는 이곳에 모여 있는 고용인들을 쳐다보며 조용히 눈을 빛냈다.

'……최대한 적이 누구인지 알아낼수록 이득을 볼 수 있겠지.'

우선은 의심이 가는 아사베부터 한 번 확인해 볼 생각이다.

이레나가 황실에서의 생활에 막 첫발을 내디뎠다.

* * *

그 시각, 황후궁.

오펠리아는 화려한 의자에 몸을 기댄 채 앉아 있었다.

편안한 자세로 손에 곰방대를 쥔 오펠리아가 허공에 뿌연 연기를 내뿜고 있을 때, 뒤편에서 누군가가 소리 없이 다가왔다.

"황후 폐하."

자신을 부르는 소리에 오펠리아가 슬그머니 고개를 돌렸다.

그러자 거기에는 오펠리아의 수족이나 다름없는 시녀장, 카사나가 서 있었다.

"황태자궁에 선물이 잘 전달되었다고 합니다."

"……그래?"

심드렁한 오펠리아의 반응에 카사나가 조심스럽게 입을 열었다.

"그쪽에서 전혀 눈치채지 못한 걸 보니, 생각보다 영악한 타입은 아닌 듯싶습니다."

"뭐, 두고 보면 알겠지."

"황후폐하께서 일부러 이토록 쉬운 선물을 보내셨는데, 이 정도도 알아차리지 못한다니 조금 실망스러울 지경입니다."

그 말에 오펠리아의 입꼬리가 슬쩍 올라갔다.

이레나가 어떻게 반응할지 궁금해서 화초로 미끼를 던져 보았다.

원래대로였다면 훨씬 더 치밀하게 계략을 짰겠지만, 황궁에 들어온 걸 기념하는 의미에서 가벼운 맛보기를 보여 준 것이다.

만약 화초에 대해 눈치채지 못한다면 그건 그대로 좋

았다. 설리반이 죽기 전에 이레나가 임신을 하는 건 썩 좋지 않은 일이었으니까.

반대로 눈치 빠르게 화초에 대한 걸 알아차린다면, 과연 어떻게 나올지 궁금했다.

오펠리아는 물고기가 미끼를 물기를 기다리는 낚시꾼처럼 편안한 마음으로 다시 곰방대를 입가에 물었다.

"……새로 온 식구가 어떤 타입일지 기대가 되는구나."

28

그 감정의 이름은

이레나는 황태자궁의 모든 고용인들을 만난 후에 다시 칼라일을 볼 수 있었다. 원래 일정대로 설리반과 오펠리아에게 둘이 같이 문안 인사를 드리러 가기 위함이었다.

칼라일은 평상시처럼 점잖은 예복을 입고 있었는데, 희한하게도 목에 크라바트를 매지 않은 상태였다.

이레나가 그것을 의아하게 바라보다가 어느 순간 칼라일과 시선이 마주치자 저도 모르게 눈을 피하고 말았다.

훈련장에서 기습 키스를 당한 후에 조금 서먹해진 느낌이었다.

하지만 그런 불편함은 이레나만 가지고 있는 건지, 칼라일은 아무렇지 않게 손에 들고 있던 크라바트를 이레나에게 건네며 말했다.

"그대가 매 줘."

"……네?"

"아침마다 부인이 해 주는 거라던데."

"누가 그래요?"

"내 수하들이."

"시중을 드는 하녀들한테 해 달라고 하세요."

이레나의 차가운 태도에 칼라일의 미간이 살짝 찡그려
졌다.

"멀쩡한 부인을 두고 내가 왜 하녀한테 받아야 하는 거
지?"

"제가……."

이레나는 말을 하다가 멈추고 잠시 나지막한 한숨을
쉬었다. 그리곤 천천히 뒷말을 이었다.

"……맬 줄을 모르니까요."

예상지 못한 이레나의 말에 칼라일이 의외라는 눈빛으
로 쳐다보며 대꾸했다.

"해 본 적 없나?"

"누구한테 해 봤겠어요. 아버지나 오라버니나 전부 기
사 출신이라 제복을 입을 때가 훨씬 많은걸요."

제복은 대부분 차이나칼라로 되어 있었기 때문에 목에
크라바트 같은 것을 맬 이유가 없었다.

그리고 설령 그런 옷을 입을 일이 있다 하더라도 알포드와 데릭이 굳이 하녀들이 아닌 이레나에게 이런 일을 부탁할 이유가 없었다.

그 말에 왠지 칼라일의 입꼬리가 올라갔다.

"그대의 처음을 내가 가져가다니 나쁘지 않네."

"……정말 할 줄 모른다니까요."

"그래도 괜찮으니까 해 줘."

"삐뚤삐뚤한 크라바트를 보고 남들이 흉볼지도 몰라요."

"그럼 목을 베어 주지."

칼라일이 아무렇지 않게 내뱉는 살벌한 발언에 이레나는 기가 막혔다. 어디까지가 진심이고, 어디까지가 장난인지 알 수가 없었다.

"지금은 황제 폐하를 뵈러 가는 자리예요."

"그게 무슨 상관인데."

너무나 태연한 칼라일의 태도에 오히려 이레나가 당황했다.

더 확실하게 말을 할까 싶었지만, 이내 그럴 필요가 뭐 있나 라는 생각이 들었다.

칼라일이 그토록 원한다면 굳이 못 해 줄 것도 없었기에 이레나는 하는 수 없이 그의 손에 들려 있던 크라바트를 뺏었다.

"전 분명히 말했어요."

"알아."

칼라일은 이레나에게 맞게 키를 낮춰 주었다.

그의 셔츠 깃을 세우고 크라바트를 묶으면서 이레나가 심각한 표정으로 집중을 하고 있자니, 위에서 픽 하고 웃는 소리가 새어 나왔다.

문득 고개를 올려다보니 칼라일의 다정한 눈동자로 이레나를 쳐다보고 있었다.

"……왜 그렇게 봐요."

"예뻐서."

뜬금없는 말에 이레나가 눈을 동그랗게 뜨곤 칼라일을 올려다보았다.

그러자 칼라일이 다시 한 번 나지막이 말했다.

"내 부인이 너무 예쁘군."

그런 말을 들어서인지 이레나는 왠지 방금 전보다 손끝이 더 떨리는 것 같았다.

불현듯 지금 자신과 칼라일의 거리가 지나치게 가깝다는 걸 깨달았다. 바로 머리 위에서 그가 내뱉는 숨결이 느껴졌다.

그렇게 의식하기 시작하자 이레나는 자신의 얼굴이 혹시 빨갛게 달아오르진 않았을지 걱정이 되었다.

더 이상은 칼라일의 짓궂은 농담에 일일이 반응하는

모습을 보여 주고 싶지 않았다.

이레나는 서둘러 손에 쥐고 있던 크라바트를 매곤 손을 떼었다. 다행히도 솜씨 좋은 하녀들처럼 완벽하진 않았지만 제법 봐 줄 만큼은 되었다.

"다 됐어요."

칼라일은 만족스러운 표정으로 이레나가 매 준 크라바트를 소중히 쓰다듬었다.

"그대와 하루라도 더 빨리 결혼할 걸 그랬어."

그 말을 들은 이레나가 자신이 매 준 크라바트와 칼라일을 번갈아 쳐다보며, 곧이어 황당한 표정으로 입을 열었다.

"설마 제가 크라바트를 매 줘서요?"

"그래. 아마도 아침마다 그대를 귀찮게 할지도 모르겠어."

고작 크라바트 때문에 결혼을 빨리할 걸 그랬다니, 상식적으로 납득할 수 없는 말이었다.

이레나는 정말이지 가끔 칼라일의 머릿속엔 대체 뭐가 들어 있는지 궁금해졌다.

하지만 칼라일은 자세히 설명해 줄 생각이 없는 듯, 근사한 미소를 지으면서 이레나를 향해 손을 내밀었다.

"그럼 가 볼까."

이레나와 칼라일은 문안 인사를 드리기로 한 약속 시
간에 맞춰 황제궁에 도착했다.

두 사람을 확인한 문지기는 정중하게 인사를 하곤, 곧
바로 순금으로 장식된 화려한 황제궁의 문을 열어 주었
다.

끼이이―

고급스러운 황제궁 안에는 전보다 병색이 짙어진 설리
반과 퇴색되지 않는 아름다움을 간직한 오펠리아가 이미
도착해서 앉아 있는 모습이 보였다.

이레나는 겉보기엔 한없이 자애로워 보이는 오펠리아
를 쳐다보며, 오늘 결혼 축하 선물로 받은 희귀한 화초를
떠올렸다.

아무리 생각해도 오펠리아는 결코 만만하게 볼 상대가
아니었다.

"콜록, 너희들 왔느냐?"

설리반이 심한 기침을 손으로 막으면서 칼라일과 이레
나를 반겼다.

그 모습에 칼라일이 미미하게 미간을 찌푸리며 입을
열었다.

"저번보다 건강이 더 안 좋아지신 것 같습니다."

"나이가 드니 하루하루가 다르지. 뭐, 걱정할 정도는
아니니 괜찮다."

설리반은 아무렇지도 않다는 듯 손사래를 쳤지만, 결
혼식에서 보았을 때보다 확연히 안색이 나빠져 있었다.

설리반이 애써 아무렇지 않은 척 이레나를 향해 다시
입을 열었다.

"며늘아가, 황궁에서의 하룻밤은 어땠느냐?"

이레나는 걱정스럽게 설리반의 안색을 살펴보다가 퍼
뜩 정신을 차리고 대답했다.

"아버님과 어머님이 잘 보살펴 주신 덕분에 아무런 부
족함이 없었습니다."

어떻게 보면 틀에 박힌 대답이었지만 그만큼 정답도
없었다.

설리반이 허허롭게 웃으면서 이레나를 향해 재차 말했다.

"그래. 어떻게 우리 며느리는 하는 말이 전부 다 예쁘
구나. 칼라일이 답례품으로 어마어마한 보석을 보냈다고
벌써부터 온 황궁이 떠들썩하던데 사실이더냐?"

이레나는 잠시 잊고 있었던 보석들을 떠올리면서 고개
를 끄덕거렸다.

왠지 모르게 부끄러웠다.

"네, 전하께서 제게 많은 부분을 신경 써 주셨답니다."

설리반은 이미 알고 있는 사실을 물어보면서도 기껍다

는 듯 웃음을 터뜨렸다.

"하하, 아들 키워 봤자 소용없다더니 벌써부터 아내만 챙겨서 큰일이오. 안 그렇소?"

그 말을 들은 오펠리아는 인자한 미소를 지으면서 대답했다.

"부부끼리 사이가 좋은 건 복이지요."

"우리처럼 말이오?"

갑작스러운 설리반의 질문에 순간 오펠리아의 눈동자가 뱀처럼 빛났다. 하지만 그 눈빛은 순식간에 갈무리되어 사라졌기에 아무도 눈치채지 못했다.

"그럼요. 아주 큰…… 복이지요."

오펠리아의 대답을 들으며 이레나는 뭔가 이상하다는 생각이 들었다.

항상 설리반과 오펠리아는 겉으론 다정한 말을 주고받고 있었지만, 왜인지 그들에게선 살얼음판 위를 걷는 것 같은 아슬아슬함이 느껴졌다.

뭐라고 딱 한마디로 표현할 수가 없는 이상한 느낌이다. 하지만 그렇다고 사이가 나쁘다고 말하기엔 그들은 지나치게 붙어 있었다.

이레나는 알 수 없는 그들의 사이를 가늠해 보다가 곧 포기했다. 지금 당장 정의를 내리기엔 어려웠으니 조금 더 지켜볼 심산이었다.

그보다 이레나가 이 자리에서 확실하게 해 두어야 하는 것이 있었다.

"오늘 황후 폐하께서 결혼 선물로 보내 주신 화초는 잘 받았습니다."

갑작스러운 이레나의 말에 설리반과 칼라일의 시선이 집중됐다.

하지만 이레나는 개의치 않고 하려던 말을 계속 이어 나갔다.

"제가 듣기론 시베나 왕국에서만 나는 희귀한 화초라던데, 거기서 핀 꽃이 화목과 다산을 상징한다지요?"

만약 이 화초가 정말 해로운 성분을 가지고 있다면, 이 자리에서 오펠리아가 보낸 것이라는 확실한 답을 받아 두어야 했다. 그래야 나중에 자기가 보낸 게 아니라는 등 다른 소리를 내뱉지 못할 테니까.

이레나의 질문에 순간 오펠리아의 눈동자에 이채가 어렸다. 하지만 곧이어 그녀는 아무렇지도 않은 척 우아하게 웃으며 대답했다.

"그래요. 우연히 그런 화초가 있다는 얘기를 듣고 가장 먼저 황태자비가 생각나서 보냈지요."

"저에게 귀한 선물까지 보내 주시다니, 뭐라고 감사의 말씀을 드려야 할지 모르겠습니다. 정말로 감사합니다. 황후 폐하."

이레나는 자신의 본심을 숨긴 채 오히려 더 호들갑을 떨면서 감사의 말을 전했다.

지금은 가능한 어수룩한 황태자비라고 보이고 싶었다. 이런 자신의 모습을 보고 오펠리아가 방심해 준다면 더없이 좋을 것 같았다.

'……그래야 내가 움직이기가 더 쉽지.'

처음부터 지나친 견제를 받고 싶진 않았다. 지금의 황궁에선 오펠리아의 입김이 더 강했으니까.

이레나만의 세력을 구축할 때까진 좋으나 싫으나 겉으로는 오펠리아에게 순응하면서 지내는 게 나았다.

그런 이레나의 순진해 보이는 태도에 오펠리아는 함박웃음을 지어 보였다.

"어머, 그렇게 좋아할 줄은 몰랐는데 다행이네요. 아예 황태자궁의 정원 곳곳에다가 심어 드릴까요?"

"……!"

아마도 이건 이레나가 과연 진실을 알고 있는 건지 떠보려는 수작인 것 같았다.

만약 정말로 그 화초에 해로운 성분이 있다면, 절대로 황태자궁의 정원까지 심도록 놔둘 순 없는 일이었으니까.

이레나의 입가에 맺힌 미소가 더욱 짙어졌다.

"아닙니다. 폐하. 아무리 좋은 것도 양이 많아지면 귀해

지지 않는 법이지요. 결혼을 축하하는 의미로 보내 주신 것이니 지금 보내 주신 화초만 소중히 간직하겠습니다."

"그래요. 원한다면 언제라도 심어 줄 테니 말씀만 하세요."

그렇게 이레나와 오펠리아는 웃는 얼굴 뒤에 비수를 감추고 있었다.

칼라일이 그 모습을 어둡게 가라앉는 눈동자로 쳐다보다가, 스산할 정도로 낮아진 목소리로 끼어들었다.

"황후께서 선물을 보냈다는 소리는 처음 듣는군요."

이레나는 제너드에게만 조사를 부탁하고, 아직 칼라일에겐 전하지 않은 상태였다. 이 화초에 대한 확실한 조사가 끝나고 말해도 늦지 않다고 판단했으니까.

그리고 한편으론 자신이 알리지 않아도 제너드가 말을 할 거라 생각했다. 지금껏 쿤이 그랬듯, 제너드 또한 칼라일의 명에 따라 움직이는 수하였으니까.

하지만 이레나의 짐작과 달리 제너드는 황태자궁의 고용인들을 불러 모으느라 시간이 촉박해서 아직 칼라일에게 보고를 하지 못한 상황이었다.

이레나가 어색하게 칼라일을 쳐다보며 말했다.

"제가 정신이 없어서 깜빡 잊었나 봐요. 황후 폐하께 이런 좋은 선물을 받고서 당신에게 전하지 않은 걸 보면요."

"그대의 좋은 소식은, 항상 내가 먼저 접했으면 좋겠
군."

칼라일의 말에는 뼈가 있었다. 다른 사람들은 눈치채
지 못했겠지만 이레나는 그의 서늘한 푸른 눈동자를 보
고 알아차렸다. 지금 그의 기분이 무척이나 저조해졌다
는 사실을.

칼라일은 불쾌한 기색을 감추지 않은 채, 오펠리아를
똑바로 쳐다보며 말했다.

"아무리 사소한 것이라도 내 아내에게 가는 물건은 이
제부터 저를 거쳐 주시죠."

"어머, 벌써부터 감싸시는 겁니까?"

오펠리아가 흥미로운 표정으로 칼라일을 쳐다보면서
슬쩍 입가를 가리고 웃었다.

그 놀리는 것 같은 동작에도 칼라일은 눈 하나 깜빡하
지 않은 채 대답했다.

"당연하죠. 제 아내인데."

분명히 부부가 되었으니 이레나가 칼라일의 아내인 건
사실이다. 하지만 그걸 이 자리에서 이렇게 당당히 선언
한다는 건 그 의미가 남달랐다.

마치 칼라일의 애정을 아무런 숨김없이 밖으로 드러내
놓은 느낌이었다.

잠시 놀란 듯한 표정을 지어 보이던 오펠리아가 곧이

어 참을 수 없다는 듯 크게 웃음을 터뜨렸다. 정말로 재 있는 걸 지켜본 사람처럼 말이다.

그렇게 황제궁 안에 기묘한 분위기가 흐를 때 즈음, 옆에서 가만히 상황을 지켜보던 설리반이 아까보다 더 창백해진 얼굴로 입을 열었다.

"결혼 첫날이라 이것저것 정신이 없을 텐데, 인사는 그만하고 들어가 보거라."

"점점 황태자 내외와 친분을 쌓고 있는 중인데 왜 벌써 보내려고 하십니까. 폐하."

오펠리아가 여전히 웃음기 머금은 목소리로 아쉽다는 듯 말했다. 하지만 그 웃음이 정말로 즐거워서 나오는 게 아니라는 건 이 자리에 모여 있는 모두가 알고 있는 사실이었다.

칼라일이 서늘하게 가라앉은 표정으로 대꾸했다.

"그 친분이라는 거, 내가 알고 있는 의미와는 많이 다른가 봅니다."

칼라일이 슬그머니 분노를 표출해 내자, 황제궁 안의 분위기가 더욱 험악하게 바뀌었다.

그는 가만히 서 있기만 해도 특유의 오만함과 압도적인 기운을 풍기는 남자였다. 그런 그가 대놓고 살기를 내비치자 웬만한 사람들은 움찔, 몸을 움츠릴 정도였다.

하지만 오펠리아의 기세도 만만치 않았다.

그녀는 검술이라곤 익혀 본 적도 없을 텐데도, 눈 하나 깜빡하지 않은 채 칼라일의 서늘한 시선을 고스란히 받아 냈다. 괜히 수많은 장군을 배출해 낸 아니타 가문의 여인이 아니었다.

그 팽팽한 상황을 잠재운 건, 다름 아닌 설리반의 기침 소리였다.

"콜록, 콜록."

몸이 안 좋은 설리반이 내뱉는 거친 기침 소리에 오펠리아와 칼라일의 격해진 감정이 약간 누그러질 수밖에 없었다.

그럼에도 여전히 적대시하는 눈빛을 교환하고 있는 두 사람에게 설리반이 가운데서 중재하듯이 입을 열었다.

"난 이만 쉬어야겠다. 그만 물러가래도."

칼라일은 차가운 표정으로 오펠리아를 한 번 쳐다보곤, 이내 하는 수 없다는 듯 설리반을 향해 딱딱한 예를 차렸다.

그때까지 분위기를 살피고 있던 이레나도 서둘러 입을 열었다.

"그럼 푹 쉬세요. 아버님."

"그래, 며늘아가. 다음에 보자꾸나."

설리반은 그저 인사치레로 한 말일지 모르겠으나, 이레나는 진심으로 그와의 다음 만남을 기대하고 있었다.

결혼 전에 그가 칼라일이 어렸을 때 건네준 푸른 구슬 반지에 대한 비밀을 알려 주겠노라 약속했기 때문이다.

"아버님. 제가 정식으로 황태자비가 되고 나면, 저와 단둘이 저녁 식사 자리를 한 번 더 갖기로 한 거 잊지 않으셨지요?"

칼라일은 이레나에게 반지에 관한 부분을 전부 미신이라고 치부했지만, 설리반은 그것을 철석같이 믿고 지참금도 받지 않았다.

애초에 두 사람의 결혼을 이토록 쉽게 승낙받을 수 있었던 이유도 바로 이 반지 때문이었다.

과연 설리반과 칼라일의 주장 중에 누구의 말이 맞는 건지, 정말로 이 푸른 구슬 반지에 숨겨진 비밀이 있는 건지 이레나는 너무나도 궁금했다.

이레나는 다른 사람은 알아차리지 못하게끔 은연중에 표현했지만, 눈치 빠른 설리반이 그 말뜻을 알아듣지 못했을 리 없었다.

설리반이 한층 더 파리해진 얼굴로 희미하게 웃으면서 고개를 끄덕거렸다.

"아무렴. 며느리와의 약속을 안 지킬 순 없지. 내 컨디션이 괜찮아졌을 때 한번 부르겠다."

"네, 기다리겠습니다. 아버님."

"그래, 조심히 들어가 보거라."

이레나는 깊게 고개를 숙이며 설리반과 오펠리아를 향해 예를 갖췄다.

그리곤 서늘한 분위기를 풍기는 칼라일과 조용히 황제궁 바깥으로 걸어 나갔다.

콰앙!

이레나와 칼라일이 완전히 황제궁 바깥으로 사라지자 순금으로 된 문이 다시 닫혔다.

오펠리아는 여전히 못마땅하다는 눈빛으로 그들이 사라진 빈자리를 쳐다보고 있었다.

그렇게 설리반과 오펠리아 사이에서 잠시 불편한 침묵이 감돌 때였다.

"콜록, 콜록."

설리반이 다시 한 번 입가를 막으며 거친 기침을 해댔다.

그러자 오펠리아가 하는 수 없다는 듯이 들고 있던 손수건을 내밀며 말했다.

"건강이 안 좋으시니, 오늘은 그만 쉬십시오. 폐하."

그 말에 설리반은 오펠리아가 건네주는 손수건을 가만히 받고는, 조금 전보다 더욱 진중해진 목소리로 입을 열었다.

"……그냥 내가 하는 대로 따라 주면 안 되겠소?"

아무런 설명도 없이 튀어나온 말이었지만, 오펠리아는 그게 무엇을 의미하고 있는지 단박에 알아차릴 수 있었다.

바로 황태자인 칼라일을 이대로 황제로 만들면 안 되겠냐는 뜻이었다.

오펠리아는 짐짓 아무것도 모르는 척 눈꼬리를 내리며 웃었다.

"소인은 도통 무슨 말씀을 하시는 건지 모르겠군요. 그리고 폐하께서 제게 그런 감정을 드러내시면 안 되죠."

설리반과 오펠리아가 서로 알면서도 모르는 척 지낸 세월이 수십 년이었다.

설리반은 이미 오펠리아가 자신이 한 말뜻을 알고도 이처럼 어물쩍 넘어가려 한다는 걸 알고 있었다. 하지만 그 뒤에 나온 감정을 드러내지 말라는 게 무슨 뜻인지 이해가 되지 않았다.

설리반의 의문스러운 표정으로 쳐다보자, 오펠리아는 평상시와 다름없는 웃음을 지으면서 대답했다.

"우리처럼 정치적인 관계에서 진심을 내비치시다니 폐하답지 않으십니다. 이제 와서 인정에 기대려고 하시다니요, 마지막까지 강경한 모습을 보이셔야지요. 폐하."

그 말에 설리반의 눈동자가 조금 커졌다가 다시금 어둡게 가라앉았다.

어찌 됐든 두 사람은 루퍼드 제국을 지탱하고 있는 양대 산맥이었다.

둘 중 누구든 뒤로 물러나는 순간 잃을 게 너무나도 많았다. 그래서 오랜 세월 동안 서로 하나라도 더 차지하기 위해 치열하게 싸워 왔다.

그게 이제 와서 달라질 일은 없었다.

설리반과 오펠리아가 행사마다 꼭 붙어 다니는 이유는 서로를 견제하기 위해서였고, 대내외적으로 좋은 사이인 척 꾸미는 건 다른 왕국들의 눈속임을 하기 위함이었다.

아주 오랜 세월 동안 이어 온 관계라 이제는 습관처럼 서로를 챙기며 보살폈지만, 거기에 진심 어린 애정은 들어 있지 않았다.

그 긴 세월 동안 서로 육체적인 관계는 맺은 적이 있어도, 단 한 번도 같은 잠자리에 든 적이 없는 그런 부부였으니까.

핼쑥해진 설리반의 입가에 평상시처럼 부드러운 미소가 머금어졌다.

"그래, 내 마지막 날이 가까워져 오는 것 같아서 마음이 약해졌구먼."

두 사람은 다시금 사이좋은 부부처럼 서로를 바라보며 웃었다. 이제는 너무나도 오래되어서 몸에 밴 행동이었다.

화사한 미소를 머금은 채로 오펠리아가 입을 열었다.

"네. 우리 사이에 양보라니, 너무나 어울리지 않는 말입니다."

＊　　　＊　　　＊

칼라일과 이레나는 황제궁에서 나온 뒤, 한참 동안이나 서로 말없이 걷기만 했다.

그렇게 두 사람이 가야 할 길이 양쪽으로 나누어지는 지점이 나타나서야 이레나가 하는 수 없이 먼저 입을 열었다.

"전 이쪽으로 가 볼게요."

그 말과 동시에 이레나가 먼저 몸을 돌리는 순간이었다.

탁, 칼라일이 다른 곳을 향하려는 이레나의 손목을 낚아챘다.

갑작스러운 칼라일의 행동에 이레나가 의문스러운 표정으로 뒤를 돌아보자, 그가 평상시보다 더욱 탁해진 목소리로 입을 열었다.

"황후한테 무슨 선물을 받았는지 모르겠지만, 당장 버리도록 해."

"아무런 이유도 없이 황후 폐하가 보내온 선물을 버리

면 뒷말이 나올 거예요. 그리고 제가 따로 생각해 둔 계획이 있으니 너무 심려치 마세요."

"……날 걱정시키지 마."

"카릴이야말로 제 걱정 좀 하지 마세요."

지나치게 단호한 이레나의 답변에 칼라일의 눈썹이 꿈틀거렸다.

하지만 이레나는 멈추지 않은 채, 자신이 하고 싶은 말을 전했다. 칼라일이 무엇 때문에 섭섭한지는 짐작이 갔지만, 그는 이레나의 입장을 너무도 이해해 주지 않고 있었으니까.

"저는 물가에 내놓은 어린아이가 아니에요. 황후 폐하가 보낸 선물에 대해 제가 조금 늦게 전달했다고 해서 그게 지금처럼 화를 낼 일인가요?"

그 말에 칼라일도 딱히 할 말이 없는지, 굳게 다물린 턱 근육이 더욱 단단해지는 게 보였다.

"우리의 계약을 잊지 마세요. 카릴."

이레나라고 해서 쉽게 내린 결정이 아니었다. 황후가 결혼 선물로 보낸 정체불명의 화초를 받고, 나름 깊은 고민을 한 후에 최선의 선택을 내렸다.

위험을 감지하자마자 칼라일에게 쪼르르 달려가서 이런 상황을 보고부터 한다는 건 애초에 말이 되질 않았다. 문제의 해결이 우선이었지, 칼라일의 허락을 받는 게 먼저가 아니다.

이레나는 칼라일에게 의존하기 위해 황궁에 들어온 것이 아니었다.

자신은 궁극적으로 칼라일을 황제로 만들기 위해 이 자리까지 왔다.

그가 황제가 되느냐, 안 되느냐에 따라서 가족들의 목숨이 좌지우지된다고 해도 과언이 아니었으니까.

그저 가벼운 마음으로 황태자비의 자리까지 차지한 게 아니었다.

아버지, 오라버니, 그리고 미라벨. 그 누구도 이번 생에선 잃고 싶지 않았다. 그런 마음이 절박해질수록 이레나의 어깨에 진 짐이 무겁게 느껴졌고, 그만큼 마음의 여유는 점점 사라져 갔다.

"……지금 나보고 그대가 뭘 하든 관심도 갖지 말고 내버려 두라는 건가?"

"그런 말이 아니에요. 제가 하는 일을 좀 믿고 맡겨 주세요."

이제 파벨루크가 반왕으로 황위를 찬탈하는 데까지 남은 기간은 일 년조차 되지 않았다.

과거로 돌아오고 벌써 이만큼이나 시간이 흘렀다는 사실을 깨달을 때마다 이레나는 피가 바짝바짝 말라가는 느낌이었다.

나름대로 여러 방면에서 칼라일을 도와주기 위해 죽을 힘을 다해 노력하고 있었다.

검술이면 검술, 암투면 암투, 황궁에서의 안살림까지, 전부 다.

그런데 칼라일의 걱정은 가끔 너무 지나칠 정도라, 지금까지 한 이레나의 노력을 전부 물거품으로 만들어 버리는 기분이었다.

"⋯⋯그대는 뭔가 착각하고 있어. 난 그대의 능력을 믿지 못하는 게 아니야. 오히려 지금까지 그대가 보여 준 행동들을 보면서 감탄을 했었지."

예상치 못한 답변에 이레나의 붉은 눈동자가 살짝 흔들렸다.

사실 그동안 그가 자신이 내린 결정을 별로 믿지 않는다고 생각했다. 이레나가 무언가를 하려 할 때마다 반대를 당한 적이 더 많았으니까.

칼라일의 낮은 목소리가 이어졌다.

"분명히 말하지만 내가 그대를 믿고 신뢰하는 것과 그대를 걱정하는 감정은 완전히 달라. 황후는 대내외적으로 알려진 것보다 훨씬 악독하고 영리한 여자야. 그런 황후의 곁에 그대를 두고 내가 신경이 쓰이지 않을 수는 없어."

"하지만 카릴이 황제가 되려면⋯⋯."

"대체 내가 황제가 되는 것에 왜 그렇게 집착하는 거지?"

"……!"

이레나는 순간 말문이 막힐 수밖에 없었다.

칼라일은 지금 이레나가 왜 이렇게 가슴 졸이며 그를 황제로 만들려고 하는지 그 이유에 대해서 알지 못했다.

앞으로 펼쳐질 미래에 파벨루크가 황위를 찬탈하고, 블레이즈 가문을 몰살시킬 거라는 말을 그대로 전할 수는 없었다.

논리적으로 설명할 수 없는 상황을 칼라일이 얼마나 믿어 줄지 확신을 할 수 없었기 때문이다.

'……나를 이상한 여자로만 보지 않아도 다행일지 모르지.'

아무런 대답도 없는 이레나를 바라보며, 칼라일은 더욱 의심스럽다는 눈초리로 말을 이어 나갔다.

"처음엔 그대가 황후가 되고 싶다기에 욕심이 생긴 줄 알았어. 하지만 재물에는 눈길조차 주지 않는 그대가…… 지나칠 정도로 내가 황제가 되는 것에 집착하는 건, 아무리 생각해도 납득이 안 돼."

칼라일은 그동안 함께 지내 오면서 이레나의 마음을 간파한 모양이었다.

사실 그의 말이 전부 맞았다. 이레나는 딱히 재물이나

권력에 대해 욕심을 갖는 타입이 아니었으니까.

지금 이레나가 이토록 간절히 지키고자 하는 것은…….

죽어서도 가질 수 없었던 자신의 전부였다. 아니, 자신을 이루고 있는 세상의 전부라고 불러야 될지도 모르겠다.

지난 생의 이레나가 얼마나 지독하게 살아왔는지 아무도 알지 못했다. 한겨울 내내 추위에 떨면서, 며칠 동안 고작 빵 한 조각을 입 안에 쑤셔 넣으면서 계속해서 머릿속에 생각한 건 단 하나였다.

'가족들이 보고 싶다…….'

매일 밤을 후회와 분노로 지새우며 자그마치 십수 년을 그렇게 보냈다.

그런 지옥 같은 삶을 경험한 이레나에게 모든 걸 되돌릴 수 있는 기적 같은 기회가 찾아온 것이다.

이레나는 죽는 한이 있더라도 이 기회를 놓칠 수 없었다. 자신이 가진 전부를 다 걸고서라도, 설령 그 어떤 고통과 희생이 따르더라도 정해진 미래를 바꾸기로 결심을 한 상태였다.

이 마음이 얼마나 간절한지는 말로서 다 표현할 수 없었다.

"나중에 카릴이 황제가 되면…… 저도 언젠가 웃으면서 왜 이렇게 조급하게 굴어야 했는지에 대해 설명할 수 있는 날이 오면 좋겠어요."

진지한 이레나의 말에 칼라일의 미간이 슬쩍 구겨졌다. 그 말은 지금 당장은 알려 줄 수 없다는 뜻이었으니까.

"그대가 내게 커다란 궁금증을 하나 남기는군."

"굳이 알려고 할 필요 없어요. 중요한 건 제가 당신이 황제가 되기를 바라는 엄청나게 든든한 조력자라는 거죠."

이레나의 올곧은 시선과 칼라일의 복잡한 시선이 허공에서 뒤엉킬 때였다.

휘이이잉—

따스한 봄바람 한 줄기가 두 사람의 곁을 스쳐 지나갔다.

이레나는 갑자기 휘날리는 자신의 긴 머리카락을 잡기 위해 한 손을 들어 올렸지만, 어쩔 수 없이 조금 뒤엉킨 부분이 생기고 말았다.

그 모습을 가만히 지켜보고 있던 칼라일이 말없이 커다란 손을 들어서 이레나의 부드러운 금발 머리를 정돈해 주었다.

특별한 신체 접촉도 없는 그 별거 아닌 동작에……

이레나는 왠지 모를 묘한 감정이 들었다. 지금까지 살면서 느껴 보지 못한 아주 이상한 기분이었다.

'……뭐지?'

이레나가 자신의 마음을 의아하게 생각하며, 저도 모르게 칼라일의 조각 같은 얼굴을 물끄러미 올려다보고 있을 때였다.

머리카락을 매만지던 그의 손이 느릿하게 내려오더니 이레나의 얼굴 부근에서 멈췄다. 그리곤 천천히 그녀의 턱 선을 따라 덧그리듯이 움직였다.

감촉조차 느껴지지 않는 그런 행위임에도 이상하게 마음에 파문이 일었다.

"그런데 미안하지만, 내가 그대를 걱정하는 마음이 줄어들진 않을 것 같아."

"……!"

"방금 전처럼 황후가 내 앞에서 그대를 도발하면 눈이 뒤집힐 것 같거든. 앞으로도 그걸 참아 낼 자신이 없고."

"……카릴."

이레나의 나지막한 부름에도 불구하고, 칼라일은 고집스러운 눈동자를 빛내며 뒷말을 이었다.

"지금 그대가 하는 말뜻을 이해하지 못한 것은 아니야. 하지만 그대는 너무 간과하고 있는 게 하나 있어."

"……그게 뭐죠?"

"그대의 안전."

"그건 저도 신경 쓰는 부분……."

"아니. 지금까지 내가 봐 온 바로 그대는 본인의 안전을 가장 하찮게 여기는 경향이 있어. 무엇 때문에 황후가 되려는지 더는 묻지 않겠지만, 이거 하나만은 잊지 말고 기억해."

칼라일의 푸른 홍채에 정체를 알 수 없는 진득한 감정이 어렸다.

"그대가 없으면…… 아무것도 없어."

쿵쿵쿵.

방금 전 이레나의 마음속에서 일었던 작은 파문이 이제는 거대한 파도가 되어서 돌아온 느낌이었다.

전혀 생각지도 못한 칼라일의 발언에 이레나의 붉은 눈동자가 크게 뜨여졌다.

그가 자신에게 이런 말을 할 거라고는 단 한 번도 생각해 본 적이 없었다.

이레나는 언제라도 복수를 위해 불구덩이에 기름통을 안고 뛰어 들어갈 준비가 되어 있는 사람이었다. 그런 그녀에게 칼라일은 너 자신부터 소중히 하라고 말을 해 주는 것 같았다.

"……"

이레나는 대체 무슨 말을 꺼내야 할지 몰라, 결국 아무런 대답도 할 수가 없었다.

지금까지 자신이 한 말을 어디로 들은 거냐고, 그에게 화를 내야 할까?

아니면 쓸데없는 걱정은 그만하라고 역정을 내야 할까?

그도 아니면…….

이렇게까지 걱정해 줄 줄은 몰랐다고…… 고맙다는 말을 전해야 할까?

순간 머릿속이 뒤죽박죽 뒤엉켜서 이레나는 의도치 않게 마치 찬물을 뒤집어쓴 사람처럼 딱딱하게 굳어 있었다.

칼라일은 그런 이레나의 태도를 오해했는지, 쓴웃음을 머금으며 그녀의 얼굴을 덧그리던 손가락을 아래로 내렸다.

"그럼 나중에 저녁 식사 때 보지."

특별한 일정이 없는 한 매일 같이 식사를 한다는 건, 두 사람이 함께 작성한 계약 결혼의 조건 중에 하나였다.

그렇게 칼라일은 다음 만남을 기약하며 먼저 걸음을 옮겼다.

뚜벅뚜벅, 멀어져 가는 그의 뒷모습을 바라보면서 이레나는 한 발자국도 뗄 수가 없었다.

둘이 함께 있던 갈림길에 혼자만 덩그러니 남아서 조금 전까지 있던 칼라일의 빈자리를 멍하니 쳐다보고 있을 뿐이었다.

'……왜 그렇게 들렸지?'

칼라일이 이레나를 걱정해 준 건 분명 오늘이 처음은

아니었다.

그런데 이번엔 뭔가 달랐다.

칼라일은 그저 이레나가 없으면 아무것도 없다고 말했을 뿐인데, 그게 이레나의 귓가엔 '그 어떤 것보다 네가 제일 소중해'라는 의미로 들렸다.

너무 확대 해석한 것이 틀림없었다. 하지만 그 말이 어떤 의미든 간에…… 이레나의 마음을 움직인 것만은 틀림없었다.

쿵쿵쿵쿵쿵.

그러지 않았다면 이토록 심장 박동이 세차게 뛰고 있을 리 없었으니까.

칼라일이 자신의 머리카락을 만져 줄 때 이게 어떤 감정인지 모르겠다고 생각했는데, 이제는 그 정답을 알 것만 같았다.

그 감정의 이름은 '설렘'이었다.

* * *

블레이즈 저택 안.

이레나의 결혼으로 한 차례 전쟁 같은 일정을 치른 후였지만, 그럼에도 여전히 블레이즈가는 눈코 뜰 새 없이 바빴다.

그중에서 가장 바쁜 것은 바로 집사 마이클이었다.

"내일 황궁으로 들어갈 수 있게 모든 준비는 다 끝낸 건가?"

마이클의 질문에 하녀 메리가 세차게 고개를 끄덕이며 대답했다.

"네, 집사님."

이레나의 결혼식이 무사히 끝났으니, 내일은 황궁으로 준비된 하녀와 하인들을 보낼 예정이었다.

원래 귀족가에선 결혼을 하면 '친정 하녀' 또는 '친정 하인'이라고, 본인의 가문에 있던 친숙한 인물들을 몇 명 데리고 가는 경우가 많았다.

가뜩이나 황궁이라는 어려운 곳으로 시집을 간 이레나 에겐 마음 편히 곁에서 수발을 들어 줄 사람이 더욱 필요 할 것이다.

'하녀들은 거의 준비가 끝났는데…….'

문제는 바로 하인들이었다.

사실 황궁으로 함께 들어갈 하녀들의 명단은 이미 이레나가 결혼식을 치르기 전에 정해진 상태였고, 메리를 포함 다른 하녀들도 모두 동의를 해서 걱정할 게 없었다.

하지만 하인들은 평소에 이레나와 친분이 없었기에 마이클에게 대충 믿을 만한 자들로 보내 달라 위임을 한 터였다.

그래서 마이클은 별다른 생각 없이 블레이즈가의 하인들에게 황궁으로 들어갈 사람을 지원받겠다고 알렸더니…….

거기에 얼마 전 고용인으로 들어온 쿤이 자원을 한 것이다.

나중에 미라벨이 그 사실을 알고 사색으로 변한 것을 떠올리며, 마이클은 저도 모르게 관자놀이를 꾸욱 눌렀다.

"대체 어떻게 되려는 건지……."

마이클의 작은 중얼거림에 맞은편에 서 있던 메리가 눈을 크게 뜨며 대꾸했다.

"네? 뭐라고 하셨어요?"

"아니다. 아무것도……."

마이클은 일단 모든 준비를 마친 메리를 확인하곤, 서둘러 다른 하녀들의 방에도 들르기 위해 걸음을 옮겼다.

"그러면 푹 쉬거라."

"네, 수고하세요."

그렇게 마이클이 자그마한 메리의 방을 나섰다.

끼익, 탁!

메리는 요란한 소리를 내며 닫히는 방문을 바라보다가, 곧이어 자신이 챙겨 놓은 짐가방으로 시선을 돌렸다.

내일 이레나를 따라 황궁으로 들어간다고 해도 메리가 가져갈 짐은 그리 크지 않았다.

하녀라는 직업이 가문에서 생필품을 지급받기 때문에 별다른 물건이 필요하지 않기도 했고, 메리 자체적으로도 워낙 물욕이 없는 편이었다.

메리가 지금 복잡한 시선으로 짐 가방을 쳐다보고 있는 이유는 다른 데에 있었다.

바로 어젯밤 갑자기 온 편지 한 통 때문이었다.

"……하아."

메리는 그녀답지 않게 깊은 한숨을 내쉬고는, 저도 모르게 짐 가방 안에 숨겨 놓았던 편지를 꺼내 들었다.

새하얀 편지 봉투에 적혀 있는 발신인은 '틸다'라는 이름이었다.

틸다는 이레나가 밤마다 남자를 만나러 다닌다는 헛소문을 사교계에 퍼뜨린 소피가 꼬드겨서, 엘렌이 있는 셀비 후작가로 옮겨 간 하녀였다.

그리고 블레이즈가에서 오랫동안 같이 일했던 자신의 동료이기도 했다.

"이제 와서 나한테 편지를 보낸 이유가 뭘까?"

아직 편지는 열어 보지 않은 상태라 그 안에 담긴 내용이 궁금하긴 했다.

하지만 과거에 틸다도 갑자기 소피한테서 온 편지를

받고, 이레나의 무도회 드레스를 갈기갈기 찢고 도망친 전적이 있었다.

발신인이 소피에서 틸다로 바뀌긴 했지만, 이번엔 그 편지가 자신에게 온 것이다.

그때의 기억 때문일까. 왠지 편지의 내용을 보기가 망설여졌지만, 그렇다고 확인도 하지 않은 채 버리는 건 그동안 쌓아 온 정을 무시하는 행위 같았다.

이레나에게 먼저 이 편지에 대해 알릴까도 고민해봤지만, 괜히 긁어 부스럼을 만드는 일이 될까 봐 망설여지는 게 사실이었다.

'그래, 일단은 내가 한 번 보고, 이상한 내용이면 그때 알리자.'

메리는 그렇게 마음을 굳힌 채, 결국 밀봉이 되어 있는 편지 봉투를 서서히 열었다.

* * *

미라벨은 가뜩이나 이레나가 결혼하고 마음이 허전한 상태였는데, 갑자기 쿤이 황궁으로 들어가겠다는 소식은 청천벽력이나 다름없었다.

지금까진 마음을 좀 추스르고 난 후에는 쿤과 같이 피크닉이라도 가야겠다고 마음먹었는데, 생각했던 모든 일정이 전부 어그러지는 느낌이었다.

"쿤, 정말 황궁으로 갈 생각이에요?"

미라벨의 떨리는 목소리에도 쿤은 일말의 망설임도 없이 대꾸했다.

"네."

당사자에게 직접 확답을 듣고 나자, 미라벨의 맑은 녹색의 눈동자가 더욱 불안하게 흔들렸다.

"왜요? 왜 갑자기 황궁으로 가고 싶다는 거예요?"

"그쪽이 급여도 훨씬 많고……."

"제가 화, 황궁에서 일하는 것보다 더 많이 지급해 드릴게요."

"……."

쿤은 잠시 입을 다문 채, 간절하게 눈을 빛내는 미라벨의 얼굴을 쳐다보았다.

절로 입가에서 가느다란 한숨이 새어 나올 것만 같은 기분이었다.

그동안 블레이즈가에 숨어든 쥐새끼를 잡으려고 노력했지만, 안타깝게도 흔적조차 발견하지 못한 상황이었다.

이곳의 일을 빠르게 해결하려던 마음과 달리 결국 칼라일과 이레나의 결혼식까지 아무런 성과도 내지 못한 셈이다.

이제는 이레나가 황궁으로 들어가게 되었으니, 블레이

즈가에 숨어 있던 쥐새끼도 당연히 그녀를 따라 움직이려 할 것이다.

그렇다면 쿤도 거기에 합류해야 했다.

그게 원래의 임무였으니까.

그런데 지금 쿤의 눈앞에 예상치도 못한 방해물이 등장한 것이다.

'이걸 어쩐다?'

쿤이 재빠르게 머리를 굴리고 있는 순간이었다. 마침 그 두 사람의 곁을 지나쳐가던 하녀들이 힐끔힐끔 쳐다보는 것이 느껴졌다.

하녀들이 어느 정도 거리를 벌린 후, 자기들끼리 수군거리는 목소리가 예민한 쿤의 귓가에 들려왔다.

"저기 봐, 작은 아가씨가 또 저 하인이랑 같이 있네."

"그러게. 작은 아가씨가 유달리 아낀다는 소문이 있던데, 그 말이 정말 사실인가 봐."

그동안 미라벨의 지독한 애정 공세 덕분에 쿤은 블레이즈 저택 내에서 어딜 가나 주목을 받는 입장이 되었다.

결국 참지 못한 깊은 한숨이 쿤의 입 밖으로 새어 나왔다.

"……후우."

갑작스러운 그의 한숨 소리에 미라벨이 의아하다는 듯 쳐다보며 말했다.

"쿤? 앗!"

미라벨이 막 뭐라고 입을 열려는 하는 찰나였다.

휘익, 탁!

쿤은 눈 깜짝할 사이에 미라벨의 어깨를 쥐고, 재빨리 다른 사람들이 볼 수 없는 공간으로 그녀를 밀어 넣었다.

그렇게 미라벨은 순식간에 어두운 창고의 사각지대에 몰리게 되었다. 등 뒤로는 딱딱한 벽이 있었고, 정면은 쿤으로 막힌 상황이라 어쩌다 보니 옴짝달싹할 수 없는 자세였다.

당황한 미라벨의 녹색 눈동자가 방금 전보다 더욱 세차게 일렁거렸다.

"이, 이게⋯⋯."

"쉬잇. 다른 사람들이 봅니다."

자그맣게 읊조리는 쿤의 목소리에 미라벨의 얼굴이 왜인지 뜨겁게 달아올랐다. 하지만 방금 전보단 조금 더 침착해질 수 있었다.

"다른 사람들이 우리의 모습을 보는 게 무슨 상관인데요?"

"보통은 주인 아가씨와 젊은 하인의 긴밀한 사이에 관해 떠들기를 좋아하니까요."

"우리 가문에 그런 고용인들은⋯⋯."

"사람은 누구나 다 똑같습니다. 인생을 조금 더 산 선배로 충고해 드리자면, 괜한 스캔들에 휘말리실 필요 없습니다. 혹시라도 나중에 안 좋은 추문으로 따라다닐 수도 있고요."

그 말에 미라벨은 새삼 지금까지 쉽게 지나쳤던 부분에 대해 다시 한 번 되짚어 보았다.

미라벨이 작은 얼굴을 찡그리며 고민하는 모습은 꽤나 귀여웠지만, 쿤은 무표정하게 그것을 내려다볼 뿐이었다.

"……무슨 말인지 알겠어요. 앞으로 조심하도록 할게요."

"앞으로는 그저 명심만 해 주십시오. 어차피 저는 황궁으로 떠날 예정이니까요."

"왜요? 제가 뭘 또 잘못했나요?"

미라벨의 표정이 곧 버림받는 강아지처럼 서글프게 바뀌었다.

그 모습에 쿤은 미세하게 미간을 찌푸리며, 차마 입 밖으로 꺼내지 못할 말을 삼켰다.

'바로 그게 문제입니다.'

주인 아가씨는 하인에게 무언가를 잘못하지 않는다. 설령 실수를 하더라도 그걸 아무도 잘못이라고 부르지 않았다.

그게 귀족 사회였고, 그게 바로 미라벨과 쿤이 가진 입장의 차이였다.

"작은 아가씨와의 이런 관계가…… 좀 불편합니다."

사실 쿤의 감정이야 어떻든 간에, 지금은 칼라일에게서 받은 임무를 완수하기 위해 이레나의 뒤를 쫓아 황궁으로 들어가야 하는 상황이었다.

미라벨이 잘해 주는 게 불편하긴 했지만 그게 블레이즈 저택을 떠나는 이유는 아니었다. 하지만 여기를 떠나기 위해 이유가 필요하다면 그게 어떤 핑계라도 상관없었다.

설령 미라벨에게 상처를 주는 것이라 해도 말이다.

어차피 두 사람 사이는 처음부터 온통 거짓으로 이루어진 것이었으니까.

그 말에 미라벨이 꽤나 충격을 받은 듯, 얼굴이 창백하게 변했다.

"지금까지 제 행동이 쿤을 불편하게 만든 건가요?"

"네. 다른 사람들이 저를 보며 아가씨와의 관계를 수군거리는 것도 싫고, 제 과거를 아는 작은 아가씨와 자꾸 마주치는 것도 불편합니다. 아예 저를 모르는 황궁으로 가서 새 출발을 하고 싶으니 양해해 주십시오."

누가 들어도 그럴싸한, 완벽한 이유였다.

쿤이 스스로 말을 하면서도 '이 정도면 충분하겠다'라는 생각이 들 정도였다.

하지만 그 이야기를 들은 미라벨은 전혀 그렇게 받아

들이지 않은 모양이었다.

"……싫어요."

"……?"

"불편한 관계라도 계속…… 이어 가요."

생각지도 못한 미라벨의 답변에, 쿤은 머리를 세게 한 대 얻어맞은 것 같았다.

"문제점이 뭔지 알았으니 제가 더 조심할게요. 어차피 고용 계약서에 적은 기간도 남았고, 또…… 아까 말한 대 로 급여도 올려 줄게요. 아! 원한다면 다른 것들도 더 편 하게 만들어 주고요."

미라벨은 머릿속에서 생각나는 대로 횡설수설 말을 하 고 있었다.

하지만 그것을 듣는 쿤의 입장에서는 정신이 아득해질 정도로 암담한 이야기였다.

"……작은 아가씨."

나직한 쿤의 부름이 뭘 의미하고 있는지 알기에, 미라 벨은 한순간 고집스럽게 표정을 굳혔다.

"어차피 제가 허락하지 않으면 쿤은 아무 데도 못 가 요. 일 년 동안은 블레이즈 저택에서 일하기로 나랑 계약 했잖아요."

생각보다 더 강경한 미라벨의 태도에 쿤은 순간 할 말 을 잃고 말았다.

틀린 말은 아니었다. 분명 블레이즈 저택에 들어올 때 그렇게 고용 계약서를 작성했으니까.

"……그러니까 안 보낼 거예요. 가지 말아요."

그 말과 함께 미라벨은 금방이라도 부러질 것 같은 가녀린 손가락으로 쿤의 옷깃을 잡았다.

방금 전의 강압적인 말투와 달리 어린아이 같은 행동이었다.

어떤 태도를 취하든 한 가지만 해야지, 쿤의 의사 따윈 무시하겠다는 듯 귀족 영애답게 명령을 내리면서도 표정은 또 간절히 부탁하는 사람처럼 불안에 떨고 있었다.

쿤은 저도 모르게 자신을 붙잡고 있는 가녀린 손과, 흔들리는 진녹색 눈동자를 한 차례 번갈아 쳐다보았다.

그리곤 대체 이 작은 새 같은 아가씨를 어떻게 대해야 할지 막막해졌다.

*　　　*　　　*

바토리는 한동안 머물렀던 블레이즈가의 방 안에서 짐을 싸고 있었다.

그가 이레나의 친정 하인으로 뽑혀 조만간 황궁에 들어가게 되었기 때문이다.

원래는 혹시 모를 사람들의 의심을 피하기 위해, 친정

하인으로 예정된 인물을 한 명 사고로 위장해서 다치게 할 계획이었다.

그래서 그 자리를 어쩔 수 없이 바토리가 메우는 것처럼 꾸미면, 아무래도 처음부터 자원한 것보다 더 자연스러울 수밖에 없었으니까.

그런데 갑자기 빈자리가 하나 생기는 바람에 바토리는 괜한 수고를 덜 수 있었다.

"음, 흐음!"

바토리가 즐거운 마음으로 자그맣게 노래를 흥얼거리고 있을 때였다.

끼이익—

방문이 열리면서 2인 1실을 같이 쓰고 있는 쿤이 들어왔다.

오늘따라 쿤의 표정이 어두운 게 기분이 꽤나 안 좋아 보였지만, 바토리는 신경 쓰지 않은 채 언제나처럼 밝은 표정으로 먼저 인사를 건넸다.

"여어, 왔어?"

"……."

쿤은 대꾸조차 하지 않은 채 자신의 침대로 뚜벅뚜벅 걸어가 걸터앉았다.

바토리가 말을 걸고 쿤이 무시하는 건, 그들 사이에서 하루 이틀 일이 아니었기에 이제는 제법 익숙해진 풍경이었다.

'싸가지 없는 게 이상하게 마음에 든단 말이야.'

바토리는 겉으로 모든 사람들을 친절하게 대했다. 그래서 보석상의 직원으로도 전혀 위화감 없이 잠입할 수 있었던 것이고, 나름대로 본인의 적성에도 잘 맞는다고 생각했다.

가식적인 웃음, 가식적인 행동, 가식적인 대화.

이제는 모든 게 너무나도 몸에 밴 것이었는데, 희한하게도 무뚝뚝한 쿤에게선 진짜로 왠지 모를 호감이 느껴졌다.

마치 동류를 보는 듯한 느낌이랄까?

바토리는 저도 모르게 떠오른 생각에 곧이어 피식 웃고 말았다. 절대로 그럴 리가 없다고 생각했으니까.

'나처럼 블레이즈 저택에 몰래 잠입했다고 생각하기에는…… 너무 눈에 튀잖아.'

미라벨의 사랑을 듬뿍 받고 있는 쿤은 여러모로 의심할 만한 대상이 아니었다.

뛰어난 암살자일수록 본인을 잘 감추기 마련인데, 이처럼 드러내 놓고 활동한다는 게 사실 있을 수 없는 일이었으니까.

바토리는 이쪽으로 시선조차 주지 않는 쿤에게 다시한 번 말을 걸었다.

"난 내일 황궁으로 가게 됐어. 그동안 정이 들었는데 조금 아쉽네. 그치?"

황궁이라는 단어에 무심했던 쿤의 잿빛 눈동자가 움직였다.

평상시에는 반응조차 잘 보이지 않던 쿤이 바토리를 향해 나지막이 물었다.

"네가…… 나 대신 황궁으로 가게 된 건가?"

"아, 그게 네가 걷어찬 자리였어? 집사님이 황궁 하인 빈자리가 났는데 나보고 생각이 있느냐며 물어보더라고, 급여가 더 높기에 바로 승낙했지."

바토리는 다시 한 번 쿤이 위험한 인물은 아니라고 판단했다. 만약 자신과 같은 목적이었다면 황궁으로 잠입할 수 있는 기회를 놓칠 리가 없었으니까.

'괜한 생각이야. 동류라니…….'

항상 웃고 있던 바토리의 눈가가 슬쩍 살기 어린 눈동자를 드러내었지만, 워낙 찰나의 순간에 지나간 터라 쿤은 눈치채지 못했다.

바토리는 다시 진한 미소를 지으며 들뜬 목소리로 말을 건넸다.

"우리는 여기서 헤어지지만 앞으로도 몸 건강히 잘 지내고……."

쿤은 언제나처럼 무심한 표정으로 끊임없이 이어지는

바토리의 작별 인사를 무시했다.

사실 쿤 역시도 바토리를 크게 위험인물이라고 생각하진 않았다.

예정대로 쿤이 황궁으로 들어갔다면, 바토리는 블레이즈 저택에 남았을 터.

쿤이 계속 찾고 있는 실력자라면 이처럼 우연한 기회로 황궁에 잠입하게 될 리가 없었다. 그 전에 뭔가 사고를 위장해서라도 손을 썼겠지…….

그보다 갑작스러운 미라벨의 방해로 쿤의 일정이 꼬여서 큰일이었다.

'어쩔 수 없이 장군께 부탁을 해야 하나?'

결국 쿤이 혼자 힘으로 블레이즈 저택을 나갈 수 없다면 남은 건 도움을 요청하는 방법밖에 없었다. 언제까지 이곳에 발목이 잡혀 있을 수는 없는 노릇이었으니까.

이레나에게 직접적으로 요구를 할 수 있는 입장이었다면 좋았겠지만, 처음에 미라벨을 지켜 주겠다고 거짓 약속을 한 상황이라 인제 와서 침입자를 쫓고 있었다는 사실을 털어놓을 순 없었다.

미라벨이 왜 이렇게 자신에게 집착을 하는 건지 모르겠으나, 조금 전의 상황으로 어지간히 떨어지고 싶지 않다는 마음은 충분히 전달되었다.

그저 그 이유가 궁금할 뿐이다.

쿤은 저도 모르게 지끈거리는 머리를 손가락으로 짓눌렀다.

'⋯⋯쓸데없이 마음이 약해졌어.'

미라벨에게 더 상처 주는 말을 내뱉어서라도 이곳을 나갔어야 했는데, 저도 모르게 아무런 대답도 하지 못했다.

쿤은 찰나의 감정 때문에 냉철한 판단을 내리지 못한 스스로가 못마땅하게 느껴졌다.

그렇게 쿤이 혼자만의 생각에 빠져 있는 동안에도 바토리의 말은 멈추지 않고 이어지고 있었다.

"아, 화장실에 보면 내가 쓰던 샴푸 남겨 놨으니까. 필요하면 사용하고⋯⋯."

털썩, 쿤이 침대에 걸터앉은 자세에서 그대로 몸을 뒤로 눕혔다.

금방이라도 잘 것처럼 자세를 잡는 쿤을 바라보며 바토리가 재차 입을 열었다.

"이봐, 내 말 듣고 있는 거야?"

쿤은 아무런 말 없이 반대편으로 고개를 돌린 채, 이불에 몸을 파묻었다.

이곳에 오고 나서부터는 귀찮은 일투성이였다.

거기 멈춰요

　황궁의 일은 이레나의 계획대로 착착 진행이 되어 가고 있었다.

　유모는 생각보다 훨씬 더 시녀장의 역할을 잘 맡아 주어서, 순식간에 황태자궁에서 일하는 고용인들을 장악해 나갔다.

　이레나는 일단 황후의 끄나풀로 의심되는 아사베에게 남몰래 감시하는 사람을 붙여 두었으며, 황후가 보내온 화초도 자주 가는 길목에다 놓아두었다.

　하지만 향기에 해로운 성분이 있을 수도 있었기에 일부러 바람이 아주 잘 통하는 곳으로 골라 놓아둔 상태였다.

그리고 화초의 정확한 정체가 파악될 때까지는 오랫동안 향기에 노출이 되지 않도록 특별히 주의를 기울일 생각이었다.

'이제는 기다리면 되려나?'

아사베가 황후의 첩자로 밝혀지든, 아니면 황후가 보내온 화초의 성분이 밝혀지든, 둘 중에 먼저 확인이 되는 대로 움직이면 된다. 어떤 것이든 황후를 공격하는 용도로 사용하게 되겠지만 말이다.

이레나는 지금까지 짠 계획들을 잠시 되새겨 보다가, 문득 자신의 맞은편에서 식사를 하고 있는 칼라일의 얼굴을 쳐다보았다.

새삼 자신이 마주하고 있는 칼라일의 외모가 압도적으로 잘생겼다는 것을 깨달았다.

조금 사나워 보이는 눈초리이긴 했지만, 가느다랗게 뜬 파란 홍채가 자신을 쳐다볼 때면 절로 마른침이 넘어갈 만큼 섹시했다.

그뿐인가.

높게 치솟은 콧날, 날카로운 턱선, 남자다운 목울대, 그의 얼굴을 구성하고 있는 모든 게 장인이 한 땀 한 땀 정성 들여 조각한 것처럼 완벽했다.

분명 그와 처음 마주쳤을 때도 얼굴 하나만큼은 기가 막힐 정도로 잘생겼다고 인정을 했던 부분이었다.

'그래서인가?'

저렇게 잘생기고 부족함 없는 남자가 잘해 주는데 심장이 뛰는 건, 어쩌면 당연한 건지도 몰랐다.

칼라일은 처음부터 자신에게 지나칠 정도로 잘해 줬다. 그래서 여자의 마음을 무척이나 잘 아는 바람둥이라고 잠정적으로 결론을 내릴 정도로 말이다.

물론, 그렇게만 치부하기엔 정말로 과하다 싶을 정도로 잘해 주긴 했지만……

'그게 나한테만 하는 행동일 리는 없잖아.'

칼라일이 다른 여자와 함께 있는 걸 본 적은 없었지만, 미라벨만 하더라도 둘이서 거리낌 없이 대화를 나누며 친해졌다.

사실 칼라일이 이레나에게 한 것처럼 다른 여자를 대한다면, 어느 누구라 해도 그에게 넘어가지 않을 수는 없을 것 같았다.

오로지 복수만을 바라보고 사는 이레나의 시선마저 앗아 간 남자였으니까.

'가족들만 생각하기도 바쁜 이런 시기에…… 계약 남편에게 설렘을 느끼다니…….'

한편으론 자괴감이 드는 건 어쩔 수가 없었다.

자신의 마음속에는 일말의 여유도 없다고 생각했는데, 설마 칼라일에게 한눈이 팔릴 줄이야…….

이레나가 뜻밖의 감정을 깨닫고 끊임없이 혼란스러워하고 있을 때였다.

"그대가 그렇게 뜨거운 시선으로 쳐다보면, 아무리 나라고 해도 체할지도 모르겠는데."

갑작스런 칼라일의 말에 이레나의 붉은 눈동자가 커졌다.

자신도 모르는 사이 칼라일의 얼굴을 뚫어지게 쳐다보고 있었던 모양이다.

"그게……."

이레나가 뭐라고 변명의 말을 내뱉으려 했지만, 그보다 먼저 칼라일의 입꼬리가 호선을 그리며 웃었다.

주변의 모든 풍경이 아득해지고, 오로지 그 하나만 보일 정도로 근사한 미소였다.

"그렇다고 보지 말라는 뜻은 아니야."

칼라일이 느릿한 동작으로 천천히 깍지를 끼고는 그 위에 턱을 괴었다.

그의 찌를 듯한 강렬한 시선이 그대로 맞은편에 앉아 있는 이레나를 향했다.

"난 그대의 것이니 어떻게 봐도 상관은 없지만, 그래도 식사는 하면서 쳐다봐 주었으면 좋겠는데."

방금 이레나가 아무리 정신을 놓고 그를 쳐다보고 있었다지만, 지금 칼라일의 시선만큼 사람을 옭아매는 눈빛은 아니었을 것이다.

묘한 열기를 머금고 있는 그의 푸른 눈동자를 바라보면서 이레나는 다시금 심장 박동이 빨라지는 것을 느꼈다.

두근, 두근.

그에게 이런 감정이 생기다니…….

정말로 큰일이었다.

*　　　*　　　*

칼라일과의 저녁 식사를 대충 마무리한 채, 이레나는 서둘러 자신의 방으로 돌아왔다.

복잡한 생각 때문에 식사를 먹는 둥 마는 둥 했더니, 칼라일이 계속 걱정스러운 시선으로 쳐다보았지만 지금은 그런 게 전혀 중요하지 않았다.

이레나는 오히려 제발, 칼라일에게 그 눈빛 좀 어떻게 해 달라고 말하고 싶어 미칠 지경이었다.

'……왜 이렇게 달달하게 쳐다보는 거야.'

블레이즈 저택에서 아버지가 섭섭하게 대할 때마다 데릭 오라버니가 타 주었던 미친 듯이 달콤한 코코아가 있었다.

종종 그것을 마시면서 우울한 기분을 풀곤 했는데, 칼

라일의 시선은 그 달콤한 코코아보다 훨씬 더 농도 깊은 달달함이 들어 있었다.

문제는 칼라일이 변한 게 아니라는 것이다.

그의 시선, 말투, 그리고 행동.

모든 게 다 그대로인데, 그것을 받아들이는 이레나의 마음이 달라졌다.

'정신 차려, 이레나. 지금이 어떤 시기인지 몰라서 그러는 거야?'

자신은 지금 가족들의 목숨을 어깨에 짊어지고 있는 중이었다.

이제야 계획했던 황태자비가 되었고, 황궁에서 잘 처신해서 세력을 넓혀야 칼라일을 황제로 만드는 데 도움을 줄 수가 있었다.

지금 이레나에겐 다른 곳에 한눈을 팔 겨를 따위 존재하지 않았다. 그런데 제 손으로 직접 황제로 만들어야 할 칼라일에게 가슴이 설레다니 있을 수 없는 일이었다.

언제부터였는지 모르겠다.

자꾸만 칼라일에게 시선이 가는 것을 무시했다.

그를 보며 묘한 감정이 느껴져도 그저 그러려니, 하고 내버려 두었다.

그랬더니 어느 순간 감정이란 게 마음속에 깊이 뿌리를 내리고 싹을 틔워서 무럭무럭 자라난 느낌이었다.

무심코 뒤돌아보았을 때는 이미 칼라일을 보면서 심장이 뛰는 자신이 있었다.

'내가 카릴을 이성으로 보기 시작하다니…….'

이레나는 세차게 고개를 절레절레 저었다.

마음이 더 깊어지기 전에 여기서 정리를 하는 게 옳았다. 그러려면 잠시 동안만이라도 칼라일과 거리를 두는 게…….

"으앗!"

이레나는 저도 모르게 낮은 비명을 질렀다.

문득 고개를 들어 거울을 쳐다보니, 그 안에 자신을 뚫어져라 쳐다보고 있는 칼라일의 얼굴이 들어 있었기 때문이다.

"거, 거기서 뭐 하는 거예요? 카릴."

"아무리 불러도 나오지 않기에, 혹시 무슨 일이 생겼나 해서."

"아……."

혼자서 깊은 생각에 빠져 있느라 칼라일이 밖에서 부르는 목소리를 듣지 못한 모양이었다.

하지만 칼라일은 이레나의 멀쩡한 상태를 확인하고도 바깥으로 나가지 않았다.

그는 이레나의 파우더 룸 앞에서 팔짱을 낀 채로 비스듬히 기대어 서서 그녀를 빤히 쳐다보고 있었다.

이레나가 칼라일의 집요한 시선을 피하며 입을 열었다.

"별일 없는 걸 확인했으면 그만 나가 주세요."

"무슨 고민을 그렇게 하는 거지?"

방금 전까지 이레나는 혼자서 머리를 절레절레 흔드는 거로도 모자라, 제자리를 빙글빙글 돌면서 생각에 잠겨 있었다.

사실 누가 봐도 수상쩍은 모습이었기에 칼라일도 궁금증이 생긴 모양이었다.

"……아무것도 아니에요."

이레나의 어색한 대답에 칼라일은 여전히 의심스런 눈빛을 보냈지만, 그럼에도 그에 대해 더 이상은 물어보지 않았다.

칼라일은 말없이 이레나의 얼굴을 쳐다보다가 다시금 긴 다리로 휘적휘적 바깥으로 걸어 나가며 한마디를 남겼을 뿐이다.

"뭔지는 모르겠지만 빨리 들어와. 이제 잠자리에 들 시간이야."

이레나는 그 말을 듣는 순간 잊고 있었던 사실을 떠올릴 수 있었다.

두 사람이 바로…… 결혼을 한 상태라는 것이다.

그렇기에 잠시 마음의 안정을 찾을 때까지 칼라일과

떨어져 지낸다는 건 애당초 있을 수가 없는 일이었다.

계약 결혼의 조항에 따라 두 사람은 매일 식사를 할 때마다, 그리고 잠자리에 들 때마다 얼굴을 마주해야 했다.

'……맙소사.'

이레나는 고개를 수그리며 한 손으로 이마를 짚을 수밖에 없었다.

＊　　＊　　＊

잠잘 준비를 마친 이레나는 조심스러운 걸음으로 침실에 들어섰다.

방 안에는 칼라일이 나른한 자세로 소파에 앉아서 그녀를 기다리고 있는 모습이 보였다.

여태까지 칼라일이라는 존재가 신경이 쓰이지 않았던 건 아니지만, 자신의 마음을 자각한 지금은 이런 평범한 모습조차도 평상시와 다르게 느껴졌다.

이레나는 최대한 아무렇지 않은 척 입을 열었다.

"굳이 저를 기다리실 필요 없어요. 앞으로는 피곤하시면 먼저 주무세요."

"괜찮아. 어차피 그대가 들어와야 방에 불을 끌 테니."

"전 밤눈이 밝아서 상관없어요. 어둡더라도 알아서 잘 침대로 찾아갈 수 있으니 신경 쓰지 마세요."

"……참고하지."

칼라일은 끝까지 그러겠다는 말은 하지 않았다. 하지만 이레나는 일단 자신의 의견을 밝힌 것만으로 만족했다.

이 방에서 어떻게 지낼지에 대해서는 앞으로 차차 정리해 나가면 되니까.

그렇게 방 안으로 들어오는 이레나를 확인하곤, 칼라일이 막 앉아 있던 자리에서 일어나려고 하는 찰나였다.

이레나가 서둘러 손을 들어 올리며, 그의 움직임을 막았다.

"왜 일어나려고 하세요?"

"불을……."

"아! 방 안의 불은 제가 끌 테니, 카릴은 그대로 누우세요."

"굳이 그럴 필요는 없는데."

"아니에요. 제가 하고 싶으니 맡겨 주세요."

칼라일은 순간 의아한 표정을 지었지만, 이레나가 하고 싶다는 말 때문인지 결국 순순히 다시 소파에 착석했다.

이레나는 지금 최대한 칼라일이 가까이 다가오는 것을 피하고 싶었다.

사방을 밝힌 불을 끄려면 결국 이레나가 누워 있는 침대 근처에도 칼라일이 와야 했고, 그러면 또 주책없는 마음이 설렐지도 모르니까.

눈에서 멀어지면 마음도 멀어진다.

이레나는 어디선가 들었던 그 말을 그대로 실천할 생각이었다.

두 사람은 결혼한 부부였기에 어쩔 수 없이 부딪치는 부분이 있겠지만, 다시 전처럼 마음의 평정심을 찾을 때까진 최대한 거리를 두고 싶었다.

"그럼 불 끌게요."

이레나는 서둘러 침실 안의 모든 불빛을 꺼 버렸다.

원래 희미한 취침등은 켜 놓는 경우가 많았지만, 조금이라도 칼라일과 자신의 사이를 비추는 게 싫어서 전부 소등해 버렸다.

지금은 가능한 혼자서 자는 방이라고 생각을 해야 마음이 편할 것 같았다.

아무래도 막 이성으로 느끼기 시작한 칼라일과 같이 잠자리를 갖는다는 건 여러모로 껄끄러운 일이었다.

그렇게 침실은 순식간에 한 치 앞도 분간이 되지 않을 정도로 어둡게 변했다.

이레나는 최대한 칼라일이 있는 소파를 피해 침대가 있는 곳으로 걸어갔다.

'괜히 쓸데없는 생각하지 말고, 내일부터는 황궁에서 어떻게 생활할지에 대해…… 읏!'

쿠당탕!

칼라일의 존재를 너무 의식해서 소파에서 멀리 떨어지려고만 하다 보니, 이레나는 발치에 놓인 장식품을 확인하지 못하고 그대로 부딪치고 말았다.

평상시라면 절대로 있을 수 없는 실수였다.

아무리 어둡다곤 해도 이레나 정도 되는 실력자라면, 평범한 사람들보다 훨씬 높은 동체 시력을 가지고 있었으니까.

사방에서 날아드는 검이나 화살의 방향을 정확하게 파악하기 위해선 당연히 발달될 수밖에 없는 부분이었다.

'……바보 같아.'

혼자서 어쩔 줄 몰라 하며 우왕좌왕하는 모습이 정말이지, 너무나 바보 같았다.

이레나는 반사적으로 허리를 굽혀 알싸한 통증이 느껴지는 발목을 양손으로 쥐었다. 그와 동시에 드는 착잡한 심정은 이루 말할 수가 없었다.

'내가 지금 대체 뭘 하는 건지…….'

저번 생에서는 커다란 막사 안에서 얼굴도 모르는 남자들을 옆에 두고도 잠을 청했다.

하룻밤에도 수십 명이 죽어 나가는 전쟁터에서 여자라고 개별 막사를 받을 수는 없었으니까.

그랬던 자신이 칼라일 한 명을 피하기 위해 이토록 노력을 펼치고 있다는 게 갑자기 무척이나 우습게 느껴졌다.

"⋯⋯하아."

이레나가 밀려오는 허탈함에 손바닥으로 마른세수를 하고 있을 때였다.

뚜벅뚜벅.

어느 순간 어둠 속에서 일정한 발소리가 들려왔다.

무심코 소리가 들린 방향으로 고개를 들어 보니, 커다란 형체가 희미하게 푸른 눈동자를 빛내며 다가오는 모습이 보였다.

한순간 칼라일의 형상이 한 마리의 야생동물 같다는 생각이 들었다. 마치 먹잇감을 노리는 시커먼 재규어를 보는 느낌이랄까?

"다쳤나?"

그 나지막한 목소리만 들어도 칼라일의 현재 심기가 꽤나 불편하다는 사실을 알아차릴 수 있었다. 마치 지금 이레나가 다친 게 무척이나 못마땅하다는 듯이 말이다.

이레나는 재빨리 시큰거리는 발목을 감추며, 아무렇지 않은 척 대답했다.

"괜찮아요. 제가 괜히 신경 쓰이게 한 모양이네요."

"전혀 괜찮은 게 아닌 것 같은데."

그 말과 동시에 칼라일은 점점 이레나를 향해 가까이 다가오고 있었다.

그 모습을 빤히 쳐다보고 있던 이레나가 서둘러 손을 들면서 말했다.

"거기 멈춰요."

우뚝, 그 말에 칼라일의 걸음이 그 자리에 멈춰 섰다.

이건 이레나도 모르게 튀어 나간 말이었다. 그리고 지금 칼라일을 보면서 느끼고 있는 감정인지도 몰랐다.

더 이상은 이렇게 칼라일을 의식하고 싶지 않았다. 가족들을 생각하기에도 빠듯한 이 상황에서 새로운 감정은 사치였다.

"전 정말 괜찮으니까. 더 이상 다가오지 말아요."

하지만 이레나의 말이 끝나는 순간이었다.

어둠 속에 가려져서 잘 보이진 않았지만, 칼라일의 입가에 삐딱한 웃음이 맺혔다.

"싫은데."

그 대답과 동시에 잠시 멈춰 있던 칼라일의 발소리가 방금 전보다 더욱 빠른 속도로 뚜벅뚜벅, 바닥을 울렸다.

"내가 말했잖아, 혹시라도 날 의식하는 순간이 찾아와도 잘 감추고……."

어느새 이레나의 눈앞까지 다가온 칼라일의 긴 다리가 보였다.

"……너무 싫어하는 티도 내지 말라고, 그럼 참지 못할 것 같으니까."

"카릴, 웃!"

이레나가 뭐라고 말을 하기도 전에, 칼라일의 단단한 팔이 그대로 그녀의 허리와 무릎 아래에 들어와서 허공으로 번쩍 들어 올렸다.

순식간에 벌어진 일이었다.

아무리 이레나가 말랐다곤 해도 성인 여자의 몸무게가 만만치 않을 텐데, 칼라일은 전혀 힘든 기색이 없이 가뿐해 보였다.

놀란 이레나의 붉은 눈동자에 칼라일이 가느다랗게 뜬 시선으로 자신을 내려다보는 모습이 비쳤다.

"그 말을 한 지 얼마나 됐다고, 벌써 두 가지를 동시에 어기는 거지?"

그리곤 칼라일은 그대로 이레나를 품 안에 안은 채 침대를 향해 걸어갔다.

이레나는 침대까지 가는 그 짧은 길이 굉장히 멀게 느껴졌다.

묘하게 간지럽고, 어딘가 불편한 기분…….

칼라일은 그렇게 침대 앞에 도착하고 나서야 안고 있던 이레나를 조심스럽게 내려 주었다.

하지만 거기서 끝이 아니었다.

스윽, 칼라일은 곧바로 잠옷 아래로 드러난 이레나의 가는 발목을 한 손으로 움켜쥐며 물었다.

"아프면 말해. 당장 주치의를 부를 테니까."

그 커다란 손에서 느껴지는 뜨거운 열기에 이레나는 화들짝 놀랄 수밖에 없었다. 칼라일의 체온은 생각보다 더 높았다.

"이 늦은 시간에 무슨 의사예요. 전 아무렇지도 않아요."

"그 말, 못 믿겠는데."

날카롭게 빛나는 칼라일의 눈동자를 바라보며, 이레나는 다시 한 번 느낄 수밖에 없었다.

그는 자신이 정해 놓은 선을 마음대로 넘나드는 남자라는 걸.

괜히 그를 피하려고 잔재주를 부렸다가 더욱 수렁에 빠진 기분이었다.

이레나는 혼란스러운 마음을 잠시 미뤄 둔 채, 지금 당장이라도 사람들을 부르려는 칼라일을 향해 입을 열었다.

"전 정말 괜찮아요. 괜히 사람들이 들락날락하면 번잡스러워서 싫어요. 내일 아침에 일어났는데 아프면 치료받을게요."

그 말에 칼라일이 순간 못마땅하다는 듯이 미간을 찌푸렸지만, 이내 하는 수 없다는 표정으로 말했다.

"꼭 그렇게 해."

칼라일은 말을 마치고도 잠시 그 자리에 서 있다가, 곧 이불을 끌어당겨 이레나의 목 끝까지 덮어 주었다.

놀란 눈빛으로 쳐다보고 있는 이레나를 칼라일이 마치 쓰다듬듯이 이마에 툭 손을 얹고는 나지막한 목소리로 말했다.

"그럼 시간이 늦었으니 어서 자."

그제야 칼라일은 본인이 잠을 청할 소파를 향해 돌아 갔다.

이레나는 점점 멀어지는 그 어두운 형체를 보면서 머 릿속이 방금 전보다 더 복잡해지고 있음을 느낄 수 있었 다.

그와 함께 보내야 할 오늘 밤이…….

너무 길게 느껴졌다.

*   *   *

제너드는 최근 무척이나 바빴다.

이레나의 명령대로 황태자궁에서 일하는 고용인들을 한자리에 불러 모았고, 그후에는 칼라일에게 제대로 된 보고를 올리지 않았다고 혼이 났다.

황후 오펠리아가 이레나에게 화초를 보냈는데 왜 알리 지 않았냐는 것이었다.

'제가 찾아갔을 땐, 이미 칼라일 전하가 비전하와 함께 문안 인사를 드리러 황제궁에 간 상태였단 말입니다.'

제너드 딴에는 억울한 일이었지만, 칼라일이 까라면 까야지 별 수 없었다.

지금은 이 늦은 시간까지 황후가 보낸 화초에 대해서 조사를 하고 있는 중이었다.

꼭 언제까지 알아보라고 기한이 정해진 건 아니었지만, 다른 누구도 아닌 이레나가 부탁한 것이었기에 최대한 빨리 처리해 주고 싶었다.

'비전하는 정말이지, 칼라일 전하와 잘 어울리는 분이셔.'

처음 이레나를 보았을 땐 눈부신 미모에 놀랐었다. 그리고 나중에는 세심한 성품과 총명한 지혜에 다시 한 번 감탄했다.

이레나는 알지 못하겠지만, 칼라일은 그녀를 만나고 많은 부분이 변했다.

루퍼드 제국의 변방에서 칼라일이 어떻게 지냈는지 안다면 지금은 정말로 사람이 되었다고 표현할 수도 있었다.

'지금처럼 칼라일 전하가 점잖게 지내시려면, 앞으로도 비전하의 도움이 많이 필요할 테지.'

성난 야수를 잠재울 수 있는 건, 아름다운 미녀밖에 없는 법이니까.

제너드는 절로 떠오르는 우스운 생각에 그답지 않게 흐릿한 미소를 머금었다.

그때였다.

똑똑, 제너드가 있는 방문을 두들기는 소리가 들려왔다.

"들어와."

제너드의 허락에 방 안 들어온 사람은 어둠 속에서 정보를 수집하는 수하들 중 한 명이었다.

"부탁하신 화초에 대해 알아봤습니다. 여기 자료가 있으니 한 번 확인해 주십시오."

제너드는 곧장 수하가 들고 온 자료를 살피기 시작했다.

[마네라 화초.

남쪽에 위치한 시베나 왕국에서만 자라나는 매우 희귀한 화초.

잘 키우면 분홍색의 꽃을 피우며, 매우 향기로운 게 특징이다.

하지만 여성의 경우 오랫동안 향기에 노출되면 불임을 하게 만드는 특징이 있다.]

글을 읽어 내려가던 제너드는 한 구절에서 경악할 수밖에 없었다.

황후 오펠리아가 보낸 것이라기에 불길한 예감이 들긴 했지만, 설마 여성을 임신하지 못하게 만드는 효능이 있을 줄은 몰랐다.

이레나가 이런 부분에 대해서는 미리 단 한 마디도 언급을 주지 않았기 때문이다.

'설마 비전하께선 이 사실까지 짐작하고 계셨던 걸까?'

이레나는 이 화초가 시베나 왕국에서만 자란다는 걸 알고 있었다. 그렇다면 어느 정도 눈치를 채고 있었을 확률이 높았다.

그럼에도 자신이 다니는 곳 근처에다가 놓아두겠다고 하다니…….

정말이지 담대하다고밖에 표현할 수가 없었다.

제너드가 새삼 이레나를 향해 감탄을 하고 있을 때였다.

그의 눈길을 잡아끄는 또 다른 문장이 보였다.

[마네라 화초와 쌍둥이라고 불리는 바네라 화초가 있다.

그것은…….]

천천히 자료를 읽어 내려가는 제너드의 눈에 심각한
빛이 어렸다.

*　　　*　　　*

이레나는 늦은 새벽녘이 돼서야 간신히 잠들 수 있었다.

간밤에 얼마나 많은 생각들이 머릿속을 떠돌아다녔는
지 모른다. 그리고 그 대부분의 생각들은 모두 칼라일에
대한 것들이었다.

'도대체 언제부터였을까?'

아침에 눈을 뜬 이레나는 커튼 사이로 비춰 오는 희미
한 햇살을 바라보며 또다시 깊은 상념에 잠겼다.

자신은 오랫동안 한 순간에 매여 있었다.

바로 블레이즈 저택이 멸문을 당하던 그 날, 미라벨을
혼자 내버려 두고 데릭 오라버니를 방패 삼아 도망갔던
그 밤에.

나중에 아버지의 시신을 확인하고 차마 소리 내어 울
지도 못했던 그 순간, 그 자리에 멈춰 있었다고 해도 과
언이 아니었다.

저번 생에서 이레나는 길고 긴 십수 년이라는 시간 동
안 눈을 감아도 그 밤을 떠올렸고, 눈을 떠도 그 순간만
을 기억하고 있었다.

그동안의 이레나는 마치 고인 물처럼 단 한시도 그 지옥 같았던 날에서 벗어난 적이 없었다.

'그런데 대체 언제부터…….'

그 끔찍했던 기억들을 떠올리지 않는 날들이 생기기 시작한 걸까?

과거로 돌아와서 살아 있는 가족들을 다시 만났다는 게 생각보다 이레나의 마음속에 더욱 큰 의미로 작용이 되고 있었던 것 같았다.

저번 생의 처절했던 기억들이 그저 무척이나 힘들고, 다시는 돌아가고 싶지 않은 악몽으로 변해 버린 듯했다.

예전처럼 블레이즈 저택이 멸문했던 날만 떠올리면 온몸의 털이 삐쭉 서고 저도 모르게 눈에 독기가 어리던 그런 나날들이 아니었다.

'내 시간이 움직이기 시작했어.'

어떻게 보면 우스운 말인지 모른다. 시간은 누구에게나 공평하게 흘러가고 있었으니까.

저번 생에서의 이레나 또한 오랜 시간 동안 검술 훈련에 매진하며 파벨루크에게 복수를 하기 위해 칼을 갈았었다.

하지만 아무리 많은 시간이 흘러도 마음만은 언제나 블레이즈가의 멸문에 초점이 맞춰져 있었는데…….

지금은 과거로 돌아와서일까?

이레나의 마음까지도 같이 시간에 맞춰서 흘러가고 있는 느낌이었다.

그리고 그 강물처럼 흘러가는 시간 속에…….

예기치 못하게도 칼라일이 이레나의 마음속에 자리를 잡았다.

'그렇다고 달라지는 건 아무것도 없는데, 이 마음을 이대로 놔두어도 괜찮은 걸까?'

칼라일을 이성으로 느끼기 시작했다고 파벨루크에 대한 복수를 하지 않아도 된다거나, 이레나가 가족들의 안전을 신경 쓰지 않아도 된다는 것은 아니었다.

한편으론 우습게 느껴질 정도로 지금 처한 상황에서 바뀌는 건 아무것도 없었다.

그리고 칼라일을 황제로 만드는 건, 궁극적으로 그를 위한 일이기도 했다.

만에 하나 칼라일이 황제가 되지 못한다면, 황후 오펠리아나 아니타 가문에서 그를 가만히 내버려 둘 리 없었으니까.

'그 길에 이 마음이 방해가 되진 않을까?'

어차피 가야 할 길이지만, 혹시라도 이 마음이 걸림돌이 되진 않을까 염려스러웠다.

아무래도 칼라일을 황제로 등극시키고, 모든 목적을 달성하기 전까지는 가능한 이 마음을 접어 두는 게…….

그때였다.

이레나의 앞으로 긴 그림자가 하나 드리워졌다.

잠시 머릿속의 생각을 멈추고 고개를 들어 보니, 어느새 씻은 건지 말끔해진 칼라일이 자신을 물끄러미 쳐다보고 있었다.

두 사람의 시선이 마주치자 칼라일이 나지막한 목소리로 말했다.

"왜 일어났는데도 계속 누워 있는 거지?"

"아, 잠시 생각할 게……."

휘익, 칼라일은 이레나의 대답을 다 듣지도 않은 채 그녀가 덮고 있는 이불을 아랫부분만 들춰서 가느다란 발목을 확인했다.

깜짝 놀란 이레나가 말했다.

"카릴, 뭐 하는 거예요?"

"신경이 쓰여서 그대가 일어나길 계속 기다리고 있었어."

칼라일의 눈에 결국 이레나의 발목이 시퍼렇게 멍이 들어서 부어오른 게 들어왔다.

그가 미간을 찌푸린 채 이레나의 발목을 가볍게 손으로 문지르며 재차 입을 열었다.

"어젯밤에 이 상태로 내게 안 아프다고 거짓말을 한 건가?"

"괜찮아요. 조금 있으면 나을······."

"앞으로 그대의 괜찮다는 말은 안 믿을 거야."

칼라일은 그 말을 끝으로 이레나가 뭐라고 말을 할 틈
도 주지 않은 채 바깥에 있는 하녀들을 불러들였다. 그리
곤 지금 당장 주치의를 데리고 오라는 명령을 내렸다.

칼라일이 화를 내거나 소리를 지르지 않았음에도 하녀
들은 하나같이 전부 사색이 된 채로 황궁의 주치의를 찾
아 뛰어갔다.

그에게서 풍겨져 나오는 분위기가 너무 살벌한 탓이
다.

그 모습을 뒤편에서 바라보던 이레나는 왠지 모를 민
망함이 밀려들었다. 이런 호들갑을 떨기엔 발목의 상처
가 너무 미비하다고 느껴졌기 때문이다.

이게 저번 생이었다면, 이런 부상을 가지고 의사한테
치료받는다는 것 자체가 있을 수 없는 일이었다.

잠시 후, 황궁 주치의는 부리나케 뛰어와 이레나의 발
목을 진단했다.

"아, 비전하. 다행히도 골절이나 탈골처럼 심각한 증상
은 아닙니다. 우선 냉찜질을 자주 하시고 가능한 한 움직
이지 않는 게 좋겠습니다. 통증이 심하지 않다면 붕대까
지는 감지 않으셔도······."

그 말을 옆에서 가만히 듣고 있던 칼라일이 입을 열었다.

"상처가 이렇게나 심한데 무슨 소리지? 혹시라도 부인이 발목을 움직여 무리가 가지 않게 단단히 고정시켜 놓도록 해."

"멍이 드시긴 했지만 그 정도의 치료까지는……."

하지만 황궁 주치의는 말을 끝까지 내뱉지 못한 채 입을 다물었다.

어느 순간 칼라일의 눈빛이 서슬 퍼렇게 변했기 때문이다.

"지금 두 눈으로 보고도 이 부상이 심하지 않다고 말하는 건가?"

"아, 아닙니다. 전하. 소인도 혹시 모를 사태에 대비해 그런 치료를 하려 했사옵니다."

황궁 주치의는 서둘러 가지고 왔던 가방에서 붕대를 꺼내 들었다.

이레나는 그 모습을 당황한 표정으로 바라볼 수밖에 없었다.

자신이 생각해도 붕대를 감을 정도는 아니었다. 심한 부상이 아닌 이상에야 그렇게 치료를 하면 거동하기가 불편했기 때문이다.

하지만 다른 사람들의 앞에서 칼라일의 의견에 반대할

순 없었다.

두 사람은 대내외적으로 무척이나 사랑하는 사이였을 뿐더러, 이레나는 아무리 사소한 것이라도 칼라일의 뜻을 꺾을 생각이 없었다. 그게 앞으로 그녀가 해 나가야 할 내조였다.

이레나는 자신의 발에 조심스럽게 붕대를 감아 주는 주치의를 쳐다보다가, 곧 칼라일의 얼굴을 보기 위해 고개를 들었다.

"고마워요, 카릴. 별거 아닌데 이렇게까지 신경 써 주시다니요."

그 말에 순간 칼라일의 눈동자에 이채가 어렸다. 이레나가 이렇게 나긋나긋하게 나올 거라곤 예상하지 못한 모양이었다.

하지만 칼라일도 곧 이레나의 이런 태도가 주변의 시선들 때문이라는 걸 눈치채고 피식 웃었다.

그가 손을 들어서 이레나의 갸름한 얼굴을 쓰다듬으며 대답했다.

"다치지 마. 부인."

그 말 한마디에 이레나의 가슴이 찌르르하고 울려왔다.

이레나가 자신의 속마음과 다른 말을 꺼낸 것처럼, 칼라일 또한 일부러 거짓으로 꾸며 낸 행동을 하는 게 틀림

없었다.

그럼에도 바보처럼 가슴이 설레었다.

한 번 감정을 깨닫기 시작하자 걷잡을 수 없을 만큼 밀려드는 느낌이다.

'내가 괜찮다고 한 말을 지금까지 의심하는 사람은 한 명도 없었는데…….'

설령 아무리 견디기 힘든 순간이 찾아와도 이레나가 아무렇지 않은 척 '괜찮아'라고 말하면 모두가 그렇게 믿었다.

그 누구도 칼라일처럼 이레나가 숨겨 놓은 상처를 찾아내려고 하진 않았다.

칼라일은 다친 이레나의 발목에 붕대가 감기는 모습을 물끄러미 쳐다보다가 곧이어 하녀들을 향해 나지막이 말했다.

"약은 준비됐나?"

"네, 전하. 발목 통증에 좋은 약으로 지어 왔습니다. 지금 올릴까요?"

칼라일이 이레나를 힐끔 보더니 곧이어 고개를 저었다.

"아니, 빈속에 약은 좋지 않으니 일단 식사부터 하지. 오늘 메뉴 역시 상처에 좋은 것으로 바꾸라고 주방장에게 전해."

"네, 전하."

명령을 받은 하녀는 뒷걸음질을 치며 서둘러 방에서 빠져나갔다. 한시라도 빨리 주방장에게 말을 전하기 위함이었다.

이레나는 자신을 극진히 보살펴 주는 칼라일의 모습을 물끄러미 바라보았다.

사실 이레나는 블레이즈가의 장녀로, 혹은 뛰어난 기사로 누군가에게 의지가 되는 존재로만 살았지 딱히 걱정을 받아 본 적이 없었다.

그런데 칼라일은 지금 자신이 평생 받아 본 적도 없는 양의 걱정을 한꺼번에 해 주는 느낌이었다. 그리고 그 감정은 무척이나 따뜻했다.

'좋다…….'

지금 이 순간의 감정을 뭐라고 말로 표현해야 할지 모르겠다. 하지만 칼라일이 세밀하게 자신의 상처를 돌봐 주는 이 상황이 기분 좋았다.

이런저런 복잡한 상황을 다 빼고, 그저 순전히 감정만 놓고 본다면 그 말밖에 어울리지 않았다.

그래서 문득 그런 생각이 들었다.

칼라일에게로 향하는 이 마음을 멈추기에는…….

이미 늦어 버린 게 아닐까?

　　　　　　　*　　　*　　　*

　갑작스런 발목 부상으로 거동이 불편해진 이레나가 방 안에서 휴식을 취하고 있을 때였다.

　바깥에서 똑똑, 하는 노크 소리와 함께 시녀장이 된 유모가 안으로 들어왔다.

　이레나가 유모를 쳐다보며 물었다.

　"무슨 일이야?"

　"제너드 경이 찾아왔습니다. 안으로 모실까요?"

　"아, 응. 바로 들여보내 줘."

　유모는 알겠다는 듯 빙긋 웃으며 바깥으로 나갔다.

　잠시 후, 제너드가 방 안으로 들어와서 정중하게 인사를 건넸다.

　"제국의 비전하를 뵙습니다. 루퍼드 제국의 무한한 영광을."

　"어서 와요, 제너드 경. 혹시 제가 부탁한 화초에 대한 조사가 끝났나요?"

　"네, 맞습니다. 비전하. 일단 말씀을 드리기에 앞서 제가 가지고 온 보고서부터 먼저 확인해 주십시오."

　이레나는 제너드가 가지고 온 서류를 받아 들고, 빠르게 눈으로 거기에 적힌 내용들을 읽어 나갔다.

　이레나의 날카로운 시선이 멈춘 곳은 바로 한 지점이

었다.

[마네라 화초와 쌍둥이라고 불리는 바네라 화초
가 있다.

그것은 외관으로 식별이 불가능하며, 시베나 왕
국의 식물을 공부한 학자들만이 그 미세한 차이점
을 구별할 수 있다.

바네라 화초 역시 동일한 분홍색의 꽃을 피우지
만, 여성의 몸에 해로운 마네라 화초와 달리 장시
간 향을 맡는다고 해서 나쁜 영향을 끼치지 않는
다.

오히려 바네라 화초의 향긋한 꽃 냄새는 여성의
심신 안정에 특히 좋은 작용을…….]

이레나의 표정이 묘하게 변했다.

황후 오펠리아가 보낸 시베나 왕국의 희귀한 화초는
과연 임신을 불가능하게 만든다는 마네라 화초일까? 아
니면 아무런 문제가 없는 바네라 화초일까?

어지간한 사람은 두 화초를 판별할 수 없다고 하니, 시
베나 왕국에서 온 학자만이 그 답을 알려 줄 수 있었다.

'황후는 왜 내게 이런 쌍둥이 화초 중 하나를 보낸 거
지?'

그게 우연인지, 아니면 무언가 노림수가 있는 건지 아직은 알 수 없었다.

이레나는 잠시 곰곰이 생각에 잠겼다. 그리곤 다시 눈앞에 서 있는 제너드를 바라보며 입을 열었다.

"일단 보고서에 적힌 내용은 확인했어요. 짧은 시간 동안 꼼꼼하게 알아봐 주셔서 고맙네요."

"아닙니다. 내용을 보시면 아시겠지만 황후한테서 온 화초가 둘 중에 어떤 것인지 일반인은 구별이 불가능하다고 합니다."

"그러네요. 시베나 왕국의 식물 학자를 모셔와야겠어요."

"네. 그래서 제가 미리 간밤에 학자를 모시고 와 이번에 선물 받으신 화초가 어떤 건지 확인을 끝마쳤습니다."

생각보다 빠른 제너드의 일 처리에 이레나의 눈동자에 이채가 어렸다.

칼라일의 부하 중에서 쿤의 실력은 이미 몇 번이나 몸소 경험한 적이 있었다. 하지만 제너드까지 이처럼 뛰어난 능력을 지니고 있는 줄은 몰랐다.

어떻게 하나같이 유능한 수하들이었다.

이레나는 무척이나 만족스러운 표정으로 제너드를 향해 입을 열었다.

"제너드 경 같은 분이 전하의 곁에 있다니 마음이 놓이네요."

"과찬이십니다. 비전하."

갑작스러운 칭찬에 제너드가 몸 둘 바를 모르겠다는 듯 허리를 숙였다.

하지만 진심이었다. 황제는 결코 혼자서 될 수 있는 자리가 아니다. 이처럼 유능한 수하들이 곁에 있다는 건 분명 칼라일의 복이었다.

"제너드 경의 빠른 판단 덕분에 시간을 훨씬 단축할 수 있겠네요. 그래서 학자한테 확인해 보니 황후 폐하가 보낸 화초의 정체가 뭐였죠?"

"……마네라 화초였습니다."

마네라는 여성의 불임을 유발하는 화초였다. 역시나 처음의 예상과 크게 달라지지 않은 사실이었다.

하지만 묘하게 쌍둥이 화초가 있다는 사실이 마음에 걸렸다. 그것도 꼭 닮은 바네라 화초는 아무런 이상이 없는 것이었으니까.

설마 두 화초를 착각했다는 얄팍한 거짓말을 할 속셈은 아니겠지?

황후 오펠리아가 그렇게 어수룩한 타입이었다면 좋았을 테지만, 칼라일이 경고했듯 아마 그리 만만하진 않을 것 같았다.

'그럼 대체 뭘까?'

왠지 모를 찜찜함이 남았지만, 현재로선 알 방법이 없었다.

잠시 생각에 빠져 있는 이레나를 향해 제너드가 먼저 입을 열었다.

"그럼 비전하께선 이번 일을 어떻게 처리하실 생각이십니까?"

"이 일을 저보다 먼저 칼라일 전하께 보고를 올렸을 텐데, 전하께선 제게 뭐라고 전달하라 하신 말씀이 없나요?"

"……!"

예상치 못한 이레나의 질문에 제너드는 깜짝 놀랄 수밖에 없었다.

사실 제너드는 이레나에게 보고를 올리기 전, 이미 칼라일에게 찾아가 이와 똑같은 내용을 전한 바가 있었다.

얼마 전 이레나가 황후한테 화초를 선물 받았다는 사실을 늦게 알렸다는 것만으로도 칼라일에게 된통 깨질 뻔한 경험이 있었기 때문이다.

제너드는 내심 당황스러운 기색을 감추지 못했으나, 한편으론 이러한 사실을 아무렇지 않게 눈치채고 먼저 언급하는 이레나가 대단하게 느껴졌다.

'역시 비전하셔.'

볼 때마다 칼라일과 정말 잘 어울리는 한 쌍이라는 생

각밖에 들지 않았다.

제너드는 선망 어린 시선으로 이레나를 쳐다보며 고개를 숙였다.

"말씀하신 것처럼 칼라일 전하께 먼저 보고를 올린 건 사실입니다. 전하께서 제게 말씀하시길 비전하가 하자는 대로 무조건 따르라 하셨습니다."

"……카릴이요?"

이레나는 너무 놀라서 저도 모르게 애칭을 부르고 말았다.

지금까지는 타인에게 칼라일을 말할 때 '전하'라고 호칭을 높여 왔다. 그가 없는 자리에서 애칭을 부르는 게 쑥스럽기도 했지만 조금이라도 그의 위신을 세워 주고 싶어서였다.

하지만 그런 것도 잊어버릴 정도로 이레나는 순간 놀라고 말았다.

'혹시 그때 했던 얘기 때문인가?'

이레나는 얼마 전 칼라일에게 자신이 하는 일을 좀 믿어 달라고 말을 한 적이 있었다.

이게 마치 그것에 대한 답인 것 같았다.

엄청나게 거창한 대답을 들은 건 아니었지만, 그에게서 아낌없는 지지를 받는 느낌이었다.

―그런데 미안하지만, 내가 그대를 걱정하는 마음이 줄어들
진 않을 것 같아.

　자신이 위험에 빠질 걸 걱정하면서도 이번에 하는 일
에 대해 믿음과 신뢰를 주고 있다는 게 전해져 왔다.

　이 사건을 이레나에게 맡기고 또 얼마나 걱정을 하고
있을지…….

　어쩐지 눈에 선한 느낌이었다.

　그리고 그 감정이 무척이나 따뜻하기 짝이 없어서 이
레나는 저도 모르게 입가에 흐릿한 미소를 머금고 말았
다.

　"비전하?"

　갑자기 달라진 이레나의 분위기에 제너드가 입을 열었
다.

　그제야 이레나는 다시 정신을 차리고 눈앞의 제너드를
쳐다보았다.

　"아, 잠시 다른 생각이 들었어요."

　이레나는 아무런 말도 하지 않았지만, 제너드는 그녀
가 칼라일을 떠올렸다는 사실을 알아차리고 남몰래 흐뭇
한 표정을 지었다.

　"어쨌든 황후의 약점을 잡은 이상, 이대로 내버려 둘
순 없죠."

"그 말씀은……."

"판을 짜야겠어요. 황후가 옴짝달싹 못 할 정도로 치밀한 판을요."

황후 오펠리아가 이레나를 해하려 했다는 사실을 만천하에 알리고, 쉽게 빠져나가지 못하도록 만들 그런 상황이 필요했다.

잠시 고민하던 이레나가 말을 이었다.

"이번에 결혼식을 축하하러 온 사신단 중에 시베나 왕국도 포함되어 있죠?"

"네, 그렇습니다. 비전하."

"그 시베나 왕국의 사신단 중에 식물을 연구한 학자가 있는지 확인해 주세요."

"아……!"

이야기를 듣던 제너드도 이레나가 무엇을 원하는지 알아차린 모양이었다.

이레나가 의미심장한 표정으로 제너드를 쳐다보며 말했다.

"모든 왕국의 사신단들에게 제가 감사의 뜻으로 파티를 주최하겠다는 말을 전하고, 그들이 본국으로 돌아가기 전 최대한 빨리 한자리에 불러 모아 주세요. 이왕 하는 김에 황후 폐하한테도 함께 초대장을 보내 참석하게 만드는 것이 좋겠네요."

이레나의 입가에 달린 미소가 짙어졌다.

"모두가 보는 앞에서 마네라 화초를 공개하는 것부터 시작해 보죠."

모든 사신단들이 모인 자리에서 시베나 왕국의 학자가 마네라 화초에 대해 밝힌다면…….

그리고 그 화초를 이레나에게 선물로 보낸 게 바로 황후 오펠리아라는 사실이 알려진다면, 그것은 걷잡을 수 없을 만큼 커다란 사건이 될 것이다.

제아무리 황후 오펠리아라 해도 다른 왕국의 입까지 모두 막을 수는 없을 터.

이레나가 원하는 커다란 판이 짜이게 되는 것이었다.

제너드가 진심으로 탄복한 표정으로 허리를 깊게 숙이며 대답했다.

"명 받들겠습니다. 비전하."

*   *   *

원래부터 루퍼드 제국의 황실과 조금이라도 친분을 갖고 싶었던 사신단들이 이레나의 파티 초대를 거부할 리 없었다.

모든 사신단들이 만장일치로 이레나가 주최하는 파티에 참석하겠다는 의사를 밝혀 왔고, 날짜는 이른 시일 안에 잡혀 부쩍 황태자궁 안이 북적북적해진 느낌이었다.

남은 기한 안에 최대한 호화롭고 완벽하게 파티를 준비하기 위해 황태자궁 안에서 일하는 모든 고용인들이 바빠졌다.

발목이 다친 이레나는 거동이 불편하였기 때문에 파티에 대한 대부분의 일들은 유모의 진두지휘 아래에서 이루어졌다.

그렇게 모든 게 계획대로 착착 진행이 되어 가고 있는 찰나였다.

똑똑, 이레나의 방문을 두드리는 소리가 들려왔다.

"들어와."

이레나의 허락에 문을 열고 나타난 건 아사베였다.

아사베는 현재 황후의 끄나풀이라고 의심이 되는 하녀로, 지금은 이레나가 일부러 가장 가까이에 두고 있는 상태였다.

아사베가 고개를 숙이며 말했다.

"비전하. 블레이즈 가문에서 레이디 미라벨이 오셨습니다. 그리고 친정 하녀와 하인들도 함께 당도한 상태입니다."

"그래요? 내가 직접 나가 봐야겠군요."

이레나가 붕대로 꽁꽁 감아 놓은 발목으로 일어나려 하자, 눈치 빠른 아사베가 재빨리 다가와서 그녀를 부축해 주었다.

사실 이렇게나 행동에 제약이 걸릴 만큼의 큰 부상은 아니었는데, 칼라일이 워낙 성화라 이레나도 하는 수 없이 따라 주는 중이었다.

물론 그 덕분에 발목의 상처는 빠르게 회복되고 있는 중이었다.

'미라벨이 보면 괜히 걱정하겠네.'

이레나는 오랜만에 보는 듯한 미라벨의 얼굴을 떠올리며, 들뜬 마음에 재빨리 황태자궁의 건물 바깥으로 향했다.

그러자 마차에서 내리고 있는 블레이즈 가문의 친숙한 얼굴들이 보였다.

아사베의 부축을 받고 걸어오는 이레나를 발견하고 메리가 가장 먼저 소리쳤다.

"아가씨!"

메리는 서둘러 이레나에게 가까이 다가와서 걱정스럽게 물었다.

"이게 어떻게 된 일이세요. 발목을 다치신 거예요?"

"응, 어쩌다 보니 그렇게 됐어. 큰 상처는 아니니 너무 걱정 안 해도 돼."

"붕대까지 감은 걸 보니 꽤나 큰 부상인 것 같은데요. 에휴, 이제는 저희가 왔으니 너무 염려 마세요. 더욱 불편함 없이 수발을 들도록 할게요."

"그래, 말만 들어도 든든하구나."

이레나는 진심 어린 미소를 지었다.

그동안 아무렇지 않다고 생각했는데, 친숙한 메리의 얼굴을 보자 이유 없이 마음이 편안해지는 느낌이 들었다.

괜히 귀족들이 결혼할 때 친정에서 하녀를 데리고 가는 게 아닌 모양이었다.

이레나는 주변에서 보이지 않는 미라벨을 찾으며 다시 입을 열었다.

"미라벨은?"

"아, 이제 곧 오실 거예요. 저희가 갖고 온 짐이 많다 보니 먼저 도착해서 풀고 있었거든요."

"그래. 곧 사람들이 와서 이제부터 지낼 숙소와 여러 가지 사항들을 알려 줄 거야. 무슨 일이 있으면 내게 말하고."

"네, 아가씨! 아니, 비전하!"

아직은 어색한지 호칭을 헷갈려 하는 메리를 보며 이레나는 희미한 웃음을 지었다. 그리곤 자신을 부축하고 있는 아사베를 바라보며 입을 열었다.

"지금 시녀장에게 가서 블레이즈 가문에서 친정 하녀와 하인들이 도착했다는 사실을 알리고, 특별히 신경 써 달라고 말을 전해주세요."

새초롬한 표정으로 그들을 지켜보고 있던 아사베가 곧바로 고개를 꾸벅 숙이며 대답했다.

"네, 비전하."

그렇게 명을 받은 아사베는 곧장 시녀장이 된 유모가 있는 곳으로 걸어갔다.

아사베는 황궁 하녀라 그런지 평범한 귀족 가문의 하녀들에 비해 훨씬 몸가짐이 단정하고 예의 바른 편이었다.

그런 아사베의 몸동작들을 옆에서 지켜본 메리가 새삼 놀랍다는 표정으로 중얼거렸다.

"역시 황궁 하녀는 뭔가 달라도 다르네요."

그 말에 이레나가 피식 웃으며 대꾸했다.

"다르긴 뭐가 달라. 그리고 나한텐 다른 황궁 하녀들보다 네가 훨씬 소중한걸."

"아, 아가씨……."

메리가 감동했다는 눈빛으로 이레나를 쳐다보았다. 그리곤 무언가를 망설이던 표정으로 자그맣게 입을 열었다.

"저기, 아가씨……."

메리가 무언가 말을 꺼내려는 순간이었다.

저 멀리서 다른 마차를 타고 온 미라벨이 환하게 웃으며 이레나를 향해 다가왔다.

"언니이이이!"

미라벨의 밝은 목소리에 이레나의 고개가 돌아갔다.

순식간에 다가온 미라벨이 풀썩 이레나의 품 안에 안겨 들었다.

그 보드라운 감촉에 이레나의 얼굴에는 감출 수 없는 웃음이 한가득 지어졌다.

"미라벨 왔구나."

"응, 언니. 보고 싶었어."

그렇게 잠시 감격의 재회를 나누던 이레나가 뒤늦게 방금 전 메리가 한 말을 떠올리고 고개를 돌렸다.

"그런데 메리야, 아까 무슨 말을 하려고 했지?"

"아, 아무것도 아니에요. 아가씨. 나중에 말씀드리도록 할게요."

"그래. 그럼 조금 있다가 다시 보자꾸나."

"네, 아가씨."

곧바로 이레나와 미라벨은 다정하게 손을 맞잡은 채로 도란도란 이야기를 나누며 황태자궁 안으로 걸음을 옮겼다.

그리고 그런 그들의 모습을 지금까지 하나도 빠짐없이 지켜보는 눈동자가 하나 있었다.

"휘이―"

바토리는 습관처럼 휘파람을 불며, 이레나가 사라진 방향을 쳐다봤다.

친정 하인은 황궁 내 다른 고용인들에 비해서 훨씬 더 이레나에게 가까운 위치였다.

원래부터 블레이즈가에서 크게 의심을 받지 않고 지냈지만, 황궁 안에서는 더욱 바토리의 행동을 제약할 수 없었다.

친정 하녀, 친정 하인.

그건 모두 이레나의 소속이라는 뜻이었으니까.

'애초부터 이렇게 계획은 했지만, 정말 좋은 포지션이란 말이야.'

바토리는 언제나처럼 웃고 있는 표정으로 다시금 마차 안에 실린 짐을 날랐다.

메리도 잠시 그 자리에 서서 이레나와 미라벨의 뒷모습을 쳐다보다가 다시 원래의 자리로 돌아갔다.

혼자 남겨진 메리의 표정이 어둡게 변한 것은 아무도 눈치채지 못했다.

이레나와 미라벨은 결혼식 후에 처음 만나는 것이었다. 그래서인지 마치 몇 년 만에 만나는 사람들처럼 할 말이 많았다.

이레나는 일단 자신이 지내고 있는 황태자궁의 내부를 소개시켜 주었다.

저번에 미라벨과 같이 방문한 경험이 있었지만, 황태

자비가 된 지금은 그때보다 훨씬 더 자세하게 구경시켜 줄 수 있었다.

그렇게 한차례 구경을 끝낸 두 사람은 황태자궁의 호화로운 응접실에 같이 앉아서 결혼하고 난 후의 이런저런 근황에 대해 전했다.

이레나의 이야기를 가만히 듣고 있던 미라벨이 깜짝 놀란 표정으로 물었다.

"뭐어? 유모가 시녀장이 되었단 말이야?"

"그래. 지금은 내가 주최하는 파티 때문에 신경을 쓰느라 잠시 자리를 비웠지만, 블레이즈 저택으로 돌아가기 전에 꼭 만나서 인사하고 가."

"당연하지. 얼마나 보고 싶었는데…… 이렇게 보게 될 줄은 정말 꿈에도 몰랐어."

두 자매 모두에게 어렸을 때부터 엄마의 빈자리를 채워 줬던 유모라 남다를 수밖에 없었다.

그렇게 이레나와 신나게 떠들던 미라벨은 깜빡했다는 듯 뒤늦게 가지고 온 서류를 내밀며 말했다.

"참, 언니. 이건 친정 하녀와 하인들의 명단이야. 그들에 대한 인적 사항도 적혀 있으니 잘 간직하도록 해."

"그래, 그럴게."

이레나가 웃으면서 서류를 받아서 테이블 위로 올려둘 때였다.

미라벨이 지금까지와 달리 조심스러운 표정으로 다시 입을 열었다.

"그리고 집사한테 처음에 보고 받았던 명단이랑은 조금 다를 거야. 내가 하인 한 명을 다른 사람으로 바꿨거든."

"하인을? 왜?"

이레나의 물음에 미라벨이 어색하게 웃으며 대답했다.

"그냥 내가 그동안 정이 들어서 조금 더 데리고 있고 싶었어. 그래서 언니한테 양해를 좀 구하려고 해."

그 말에 불현듯 이레나의 머릿속에 떠오르는 인물이 있었다.

바로 칼라일의 수하이자, 지금까지 이레나에게 많은 도움을 준 쿤이었다.

이레나가 설마 하는 표정으로 물었다.

"혹시 그 하인의 이름이……?"

"쿤이야, 쿤 카샤. 저번에도 같이 한 번 봤지?"

미라벨이 쑥스럽다는 듯 대답하는 모습을 쳐다보며, 이레나는 왠지 모를 이상한 기분이 들었다.

그동안은 결혼 준비에 바빠 크게 신경을 쓰지 못했지만, 은연중에 미라벨이 쿤을 아끼는 듯한 느낌을 받은 적이 있었다.

언젠가 쿤 또한 이레나에게 직접적으로 이런 말을 했

었다.

─작은 아가씨께서 저한테 이것저것 일을 많이 주시더군요.

지금 생각해 보면 묘하게 이상한 구석이 많았다. 미라벨
은 딱히 하인을 가까이에 둔 적이 없는 타입이었으니까.

이레나가 나지막한 목소리로 말했다.

"내가 모르는 사이에 쿤이라는 하인과 상당히 친해진
모양이구나."

"으응. 어쩌다 보니⋯⋯."

미라벨이 콧잔등을 긁으며 수줍은 표정으로 배시시 웃
어 보였다.

기분 탓인지 몰라도 미라벨은 그 짧은 사이에 어딘가
달라진 것 같기도 했다.

처음엔 그저 나이가 들면서 성숙해졌다고 받아들였는
데, 지금 보니 그것과는 조금 다른 느낌이었다.

현재 이레나는 쿤의 자세한 사정을 알지 못했다. 그가
처음에 미라벨을 지켜 주겠다고 거짓말을 하고 블레이즈
저택에 잠입하는 것을 허락받았기 때문이다.

아무것도 모르는 이레나의 입장에선 사실 미라벨이 남
부 지방으로 돌아가기 전까지만이라도 쿤에게 부탁을 하
고 싶은 심정이었다.

쿤이라면 미라벨의 신변을 믿고 맡길 수 있었으니까.

'카샤 경이 블레이즈 저택에 더 남아 있는 건 좋은 일이
긴 한데…….'

이게 어떻게 된 상황인지 파악이 되지 않았다. 집사한
테 쿤이 친정 하인으로 지원을 했다고 들었을 때만 해도,
슬슬 블레이즈 저택에서 나오려는 줄 알았다.

그런데 그걸 미라벨이 이렇게 가로막을 줄이야.

이레나의 머리가 순간 복잡해졌다.

'대체 무슨 상황인 거지?'

정확한 건 쿤의 이야기를 들어 봐야 했기에 나중에 다
시 확인해 보는 수밖에 없었다.

이레나는 일단 미라벨을 향해 알겠다는 듯 고개를 끄
덕였다.

"그래. 네가 쿤이라는 하인을 더 데리고 있고 싶다면
그렇게 해."

"꺄아! 다행이다!"

금방이라도 뛸 듯이 기뻐하는 미라벨을 보며, 이레나
는 왠지 석연치 않은 마음이 들었지만 그 생각은 길어지
지 않았다.

똑똑, 노크 소리와 함께 응접실의 문이 열리며 유모가
들어왔다.

"작은 아가씨!"

유모의 감격스러운 부름에 미라벨이 자리에서 벌떡 일어났다. 그리곤 유모의 품 안으로 다다닥 달려가서 안겼다.

"유모오오!"

그렇게 오랜만에 상봉한 두 사람을 이레나는 흐뭇하게 쳐다보았다.

자신이 세상에서 가장 지켜 주고 싶은 존재가 미라벨이라는 건, 죽었다 깨도 변하지 않는 사실이었다.

❊ **30** ❊
준비된 것처럼 치밀했다

어느덧 시간이 흘러 이레나가 주최하는 파티가 열리는 날이 찾아왔다.

괜한 주목을 받고 싶진 않았기에 이레나는 오늘 하루만 발목을 고정시키고 있던 붕대를 풀고, 눈에 확 띌 정도로 화려한 드레스를 입었다.

이번 파티는 황후 오펠리아부터 각국의 사신단까지 많은 사람들이 참석하는 자리였다.

거기다 이레나가 루퍼드 제국의 황태자비가 되고 처음으로 주최하는 파티였기 때문에 특별히 더 신경을 쓴 상태였다.

또각또각, 파티장으로 걸어가며 이레나가 뒤편에 서

있는 유모를 향해 목소리를 낮춰 물었다.

"아사베한텐 수상한 움직임이 없었어?"

"네, 아직까진 딱히 수상한 점을 발견하지 못했습니다."

"그래, 조금만 더 지켜봐 줘. 아무래도 마네라 화초를 처음 가지고 온 하녀이니 의심이 많이 가거든."

"그럼요. 저만 믿으세요."

든든한 유모의 말에 이레나는 희미하게 웃어 보였다.

생각보다 유모는 더욱더 시녀장의 역할을 잘 맡아 주었다. 마치 이레나의 손발이 된 것처럼 움직여 주었기에 정말로 많은 도움이 되었다.

지금 자신의 곁에 유모가 없었더라면 이 험난한 황궁의 생활을 어떻게 헤쳐나갔을지, 이제는 잘 상상이 가지 않을 정도였다.

"그동안 나를 대신 파티에 대해 이것저것 준비하느라 고생 많았어, 유모."

"별말씀을요. 차질 없이 준비했으니 다른 부분은 신경 쓰지 않으셔도 될 거예요. 그리고 이제는 시녀장이라고 부르셔야지요. 비전하."

"단둘이 있을 때만 이렇게 부를게. 나는 아직 유모라는 호칭이 더 익숙한걸."

이레나가 이렇게 어리광을 부릴 수 있는 사람이 많지

않다는 것을 알기에 유모는 곧 어쩔 수 없다는 듯 부드러운 미소를 머금었다.

오늘 이 파티에서 이레나가 황후한테 선물 받은 마네라 화초에 관한 내용이 밝혀지면, 과연 어떠한 일이 벌어지게 될지 알 수 없었다.

물론 이레나가 치밀하게 준비를 했기 때문에 어지간한 변수가 있지 않은 이상, 황후 오펠리아에게 치명적인 오점을 남길 수 있다는 건 기정사실이나 다름없었다.

하지만 그렇다고 해서 긴장의 끈을 완전히 놓은 것은 아니었다.

칼라일이 몇 번이나 신신당부했듯이 오펠리아는 꽤나 어려운 상대였으니까.

'그래도 빠져나가긴 쉽지 않을 거야.'

아무리 황후라고 해도 쉽게 도망칠 수 없게끔 이미 판을 짜 놓은 상태였다.

그래서 과연 오펠리아가 이 상황을 어떻게 대처할지 한편으론 기대가 되기도 했다.

아직은 다른 사람들의 입을 통해서만 오펠리아에 관해 들었지, 이레나와 직접적으로 부딪친 적은 이번이 처음이었기 때문이다.

'이제 두고 보면 알겠지.'

이레나는 보석 같은 붉은 눈동자를 반짝 빛내며, 뒤따

르는 유모와 함께 황태자궁 안에 마련한 파티장으로 나아갔다.

곧이어 파티장 입구를 지키고 있던 사람들이 이레나의 얼굴을 알아보고 전부 고개를 숙이며 인사를 올렸다.

"제국의 비전하를 뵙습니다. 루퍼드 제국에 무한한 영광을!"

여러 사람이 외치는 목소리가 마치 함성처럼 컸다.

장관처럼 펼쳐지는 그 광경에 이레나는 최대한 어색함을 감춘 채 자연스럽게 파티장 안으로 발걸음을 옮겼다.

끼이익―

문이 열림과 동시에 점점 드러나는 파티장의 내부는 한눈에 보아도 훌륭하게 꾸며져 있었다.

이미 파티장 안에는 다양한 복식을 입고 있는 각국의 사신들과 먼저 도착해서 가장 상석에 앉아 있는 황후 오펠리아의 모습이 보였다.

입구에 서 있던 시종이 이레나를 발견하고 큰 소리로 외쳤다.

"루퍼드 제국의 황태자비 전하십니다!"

그 말에 파티장 안에 있던 모든 사람들이 이제 막 도착한 이레나를 향해 시선을 돌렸다.

순식간에 엄청난 주목을 받으면서도 이레나는 전혀 위축되지 않은 표정으로 당당하게 파티장 안에 들어섰다.

황궁 암투는 이제부터 시작이었다.

오펠리아가 제시간에 맞춰 도착한 이레나를 바라보며 먼저 말을 건넸다.

"황태자비, 이제야 왔군요."

이레나는 순간 문안 인사를 하러 갔을 때 칼라일과 오펠리아가 대립했던 게 떠올랐다. 지금 오펠리아의 얼굴은 무척이나 자애로워 보였지만, 그 얼굴이 마냥 좋게 보이지만은 않았다.

마치 미소 속에 독을 품고 있는 느낌이랄까?

오펠리아는 본인의 날카로운 면모를 무척이나 잘 감추는 타입이라 지금 그녀의 모습은 덕망 높은 황후 그 자체였다. 하지만 이레나 역시도 만만치는 않았다.

이레나도 얼굴 가득 진한 미소를 띤 채 대답했다.

"황후 폐하. 이렇듯 제 초대에 이렇게 응해 주셔서 다시 한 번 감사드립니다."

"별말씀을요. 각국의 사신단을 환영하는 자리인데 당연히 와야지요. 원래 이런 건 안사람들의 내조가 아니겠습니까?"

"그렇지요, 맞는 말씀이십니다. 황후 폐하."

사실 오펠리아는 본인이 없는 장소에서 이레나만 각국의 사신단과 만나는 자리를 쉽게 용납할 리 없었다. 아마 초대장을 보내지 않았더라면 어떻게든 파티의 주최를 막

앚을 확률이 높았다.

하지만 오펠리아는 겉으론 전혀 그런 내색을 하지 않았고, 이레나 또한 그런 속내를 모르는 척 감사의 말을 전한 것이다.

어찌 됐든 오펠리아는 이레나를 불임으로 만들 수 있는 마네라 화초를 결혼 선물로 보낸 장본인이었다.

그런 당사자와 이렇게 웃으면서 대화를 나눈다는 건 이레나의 저번 생이었다면 절대로 있을 수 없는 일이었다.

과거에는 이런 가식적인 만남이 싫어서 사교계를 꺼려했지만, 지금은 누구보다 정점에 다가서려 한다는 게 뭔가 아이러니했다.

이레나는 불현듯 지금 자신의 얼굴에 지어진 미소가 과연 황후 오펠리아처럼 자연스러울지 궁금증이 들었다. 당장 저만큼의 경지에 도달하지 못했더라도 앞으로 사교계의 생활을 계속하다 보면 언젠가 그녀처럼 되는 날이 올 것이다.

오펠리아처럼 독을 품은 미소를 지으며, 상대방을 교묘하게 공격하는 법을 익히겠지.

사실 이레나의 성격과는 전혀 맞지 않았지만…….

그래도 누구보다 잘할 수 있도록 노력할 것이다.

그게 바로 가족들을 지키고, 또 칼라일을 지켜 내는 방법이라면 말이다.

이레나는 거울을 보고 수도 없이 연습했던 웃음을 지은 채로 각국의 사신단들이 모여 있는 곳을 향해 다가갔다. 그리곤 한층 높은 자리에서 서서 그들을 향해 입을 열었다.

"모두 제가 주최하는 파티에 이렇듯 참석해 주셔서 고맙습니다. 부디 본국으로 돌아가시기 전에 조금이라도 더 여흥을 즐기셨으면 좋겠군요."

이레나의 말에 여러 사신들이 기다렸다는 듯 동시에 말을 꺼냈다.

"비전하, 이렇듯 파티에 초대해 주셔서 감사할 따름입니다!"

"덕분에 오늘 실컷 먹고 마시겠습니다. 하하하."

그렇게 많은 사람들이 왁자지껄 떠들면서 웃는 소리가 들려왔다.

이레나도 그 모습들을 흡족하게 바라보다가 준비한 무대를 선보이기 위해 가볍게 박수를 치며 신호를 보냈다.

짝짝, 이레나의 가벼운 박수 소리에 대기하고 있던 무용수들이 일제히 무대 중앙으로 걸어 들어왔다.

전부 하늘하늘한 시폰 소재의 의상을 입고 있었는데, 이것은 루퍼드 제국에서 내려오는 전통 춤을 선보이기 위함이었다.

"오늘 특별히 여러분에게 보여 드리기 위해 루퍼드 제국에서 아주 유명한 무희들을 모셨습니다. 모쪼록 좋은 무대 감상해 주시죠."

국가적으로 주최하는 대규모의 연회장도 아니고, 이처럼 소규모의 파티장에서 무희가 등장한다는 것은 꽤나 이색적인 일이었다.

무엇보다 루퍼드 제국의 춤은 화려하고 아름답기로 유명했지만, 그것을 타 국가에게 선보이는 일은 많지 않아 소문으로만 들어온 터였다.

무대 위의 무희들이 일제히 풍성한 옷자락을 펄럭거리며 춤을 추기 시작했다. 그 모습이 마치 하늘에서 여신이 강림한 듯 신비롭고 아름다웠다.

각국의 사신단들은 난생처음 보는 루퍼드 제국의 화려한 춤사위에 넋을 잃고 빠져들 수밖에 없었다.

"오오오—"

구경하고 있는 사신단들 사이에서 자연스럽게 감탄 어린 목소리가 흘러나왔다.

지금까지 옆에서 조용히 지켜보고 있던 오펠리아도 이런 무대는 생각하지 못했다는 듯 흥미로운 표정으로 입을 열었다.

"황태자비가 꽤나 신경을 많이 쓴 모양이군요. 초대장을 받고 얼마 되지 않은 것 같은데, 짧은 시간 안에 다양한 볼거리를 준비했네요."

"각국의 사신단들에게 어떻게 하면 루퍼드 제국의 위상을 알릴 수 있을까 고민하다가 한번 준비해 봤습니다. 황후 폐하께서 좋게 봐 주셨다니 저도 무척이나 기쁩니다."

총명함이 느껴지는 이레나의 대답에 오펠리아의 눈빛이 묘하게 번뜩거렸다. 하지만 그 뱀 같은 눈빛은 순식간에 사라졌기에 이레나는 알아차리지 못했다.

오펠리아가 자연스럽게 말을 이었다.

"그래도 우리 루퍼드 제국을 상징하는 건 저렇게 아름답기만 한 춤이 아니죠. 오래전부터 내려온 전통 춤이긴 하나, 실상 우리 제국은……."

이레나가 오펠리아의 말이 끝나기 전에 먼저 대답했다.

"힘이죠."

그 말에 두 사람의 시선이 허공에서 부딪쳤다.

곧 이레나가 아무렇지 않은 척 미소 띤 얼굴로 다시 입을 열었다.

"안 그래도 우리 루퍼드 제국의 위상에 맞춰 다른 것들도 준비해 보았답니다."

오펠리아가 그게 뭐냐고 물어보기도 전이었다.

무대 위에서 화려한 춤사위를 선보이던 무희들이 일제

히 정해진 동작에 맞춰 파티장의 뒤편으로 사라져갔다.
그리곤 다음 차례로 딱 떨어지는 새하얀 제복을 입은 아름다운 남녀들이 등장했다.

그들에게서 풍기는 딱딱한 분위기는 방금 전의 아름다운 무희들과 사뭇 달랐다.

사신단들 측에서도 갑자기 나타난 이들을 기대감 어린 시선으로 쳐다보고 있었다.

그때였다.

"하압!"

힘찬 기합 소리와 함께 절도 있는 동작으로 검무가 시작되었다.

루퍼드 제국의 뛰어난 군사력을 누구보다 잘 아는 사신단들에게 이렇듯 검무를 선보이는 건 방금 전보다 더 큰 호응을 이끌어 낼 수 있었다.

"역시 루퍼드 제국이군요."

"검무가 군더더기 없이 완벽합니다."

그들이 칭찬하는 목소리가 오펠리아와 이레나가 있는 곳에까지 들려올 정도였다.

오펠리아의 눈빛에선 불쾌한 기색이 감돌았지만, 입꼬리만큼은 처음과 변함없이 자애로운 미소를 짓고 있었다.

"그래요. 황태자비가 잘 준비했군요."

"아닙니다. 앞으로 황후 폐하께 많이 배워야지요."

이레나도 마음에 없는 겸손의 말을 내뱉으며 힐끗 무대 위로 시선을 주었다.

이제 드디어 준비했던 이벤트가 벌어질 때였다.

갑자기 칼같이 각을 맞춰 검무를 보여 주던 몇몇 이들이 한순간에 검을 집어넣었다. 그리곤 품에서 일제히 분홍색의 꽃을 꺼내어 들었다.

휘익!

그들이 허공에 분홍색의 꽃을 던지자, 맞은편에서 준비하고 있던 이들이 검을 움직여 꽃을 수십 개의 조각으로 갈랐다.

쉭, 쉭, 쉭.

바람을 가르는 파공음과 함께 꽃잎이 허공에서 우수수 떨어져 내렸다.

그 화려한 광경에 사신단들에선 일제히 기립 박수가 터져 나왔다.

"대단합니다!"

"과연 루퍼드 제국이에요."

거기서 끝이 아니었다. 그 분홍색의 꽃송이에서 풍겨지는 향기가 또 얼마나 향긋한지, 이 파티장 안에 있는 모든 이들의 마음을 사로잡기 충분했다.

서서히 바닥으로 떨어져 내리는 분홍색의 꽃잎들을 바

라보며 이레나가 붉은 눈동자를 반짝 빛냈다.

이 꽃들은 바로 마네라 화초에서 자라난 것이었다.

지금까지의 모든 무대는 오로지 이 꽃에 집중을 시키기 위한 수단에 불과했다.

드디어 때가 왔음을 직감한 이레나는 시작과 마찬가지로 박수를 치면서 앞으로 자연스럽게 나아갔다. 그리곤 이곳에 참석한 모두를 향해 입을 열었다.

"정말 훌륭하네요. 모두 고생해 주신 분들을 향해 박수 부탁드립니다."

이레나가 직접 나서서 호응을 유도하자, 사방에서 박수 소리가 더욱 커다랗게 울려 퍼졌다.

그때에 맞춰 사전에 심어 놓은 사신 중 한 명이 큰 목소리로 입을 열었다.

"비전하, 실례가 안 된다면 이 꽃잎이 무엇인지 여쭤봐도 되겠습니까? 향기가 매우 향긋한데 이건 루퍼드 제국에서만 피는 꽃인가요?"

이 모든 건 이레나가 계획한 상황이었다.

고의적으로 앞으로 나서며 자신에게 시선을 집중시킨 이레나가 태연한 표정으로 대꾸했다.

"아, 이 꽃은 바로 시베나 왕국에서만 자라나는 희귀한 화초에서 핀 것입니다. 얼마 전 황후 폐하께서 결혼 축하 선물을 보내 주셨는데, 제가 향이 너무 좋아서 이번 사신단 파티 때에 선보인 거지요."

그 얘기를 들은 사신들이 일제히 고개를 끄덕이며 수긍했다.

"그렇군요."

"정말 향이 좋네요."

쑥덕거리는 사람들 중에는 실제로 시베나 왕국에서 온 사람들도 있었다.

그런데 이레나의 이야기를 듣고, 시베나 왕국의 사람들만 유달리 표정이 어둡게 변해 갔다.

이레나가 일부러 그들을 콕 집으며 말을 건넸다.

"참, 이왕 이 자리에 시베나 왕국에서 오신 사신단분들이 있으니 한번 여쭤볼게요. 이 화초의 정확한 이름이 뭔가요?"

"그, 그건……."

갑작스러운 이레나의 질문에 시베나 왕국에서 온 사신의 얼굴이 사색으로 변했다.

이레나는 그와 동시에 슬쩍 파티장의 끄트머리에서 준비를 하고 있던 유모에게 눈짓을 보냈다. 그리곤 아무렇지 않은 목소리로 말을 이어나갔다.

"아아, 꽃이 이렇게 산산조각 났으니 아무리 시베나 왕국에서 온 분들이라고 해도 알아보기가 힘들겠네요. 제가 황후 폐하께 받은 화초를 실제로 보여 드릴 테니 한 번 봐 주세요."

이레나의 말이 끝나자마자 유모가 기다렸다는 듯이 황후한테서 받은 화초를 들고 시베나 왕국의 사신에게 다가갔다.

지금까지 모든 것이 미리 사전에 준비를 해 놓은 것이었기에 빈틈없이 진행이 되었다.

그렇게 마네라 화초가 가까워질수록 시베나 왕국에서 온 사신들의 얼굴이 더욱 어둡게 변해 갔다.

자칫 말을 잘못했다간 황후 오펠리아와 영영 척을 질지도 모른다는 불안감 때문이었다.

하지만 모두가 지켜보고 있는 자리에서 거짓말을 한다는 건, 나중에 사실이 밝혀졌을 때 모든 죄를 뒤집어쓰겠다는 것이나 다름없었다.

시베나 왕국에서 온 사신은 그리 덥지 않았음에도 불구하고 마치 한여름처럼 식은땀을 삐질삐질 흘려댔다. 그리곤 이내 마음의 결정을 내렸는지 두 눈을 꼭 감은 채로 힘겹게 입을 열었다.

"이, 이건 마네라 화초라고 불립니다. 육안으로는 쌍둥이 화초라 불리는 바네라 화초와 구별하기가 힘이 들죠."

"그럼 쌍둥이 화초 중 황후 폐하께서 제게 보내 주신 선물은, 바로 마네라 화초라는 거군요."

"네, 네. 그렇습니다."

마네라 화초라는 이름에 몇몇 사신단들이 웅성거리기
시작했다.

이레나는 애써 영문을 모르겠다는 표정으로 재차 시베
나 왕국의 사신에게 질문을 던졌다.

"들기로는 분홍색의 꽃에 화목과 다산이란 뜻이 있다
는데 맞나요?"

마네라 화초에 숨겨진 비밀을 최대한 자신의 입으로
밝히고 싶지 않았던 사신은 이레나의 질문을 듣자마자
더 이상 빠져나갈 길이 없다는 걸 깨달았다.

사신은 이제 모든 것을 포기한 듯 초연한 표정으로 대
답했다.

"그게…… 아닙니다. 마네라 화초는 화목과 다산을 상
징하는 게 아니라, 오히려 이 향을 오랫동안 지속해서 맡
으면 여성의 경우 불임을 초래할 수 있습니다."

"네? 지금 뭐라고요?"

이레나가 짐짓 깜짝 놀란 표정으로 황후 오펠리아를
쳐다봤다.

비단 이레나뿐만이 아니었다. 이 자리에 모인 사신단
모두가 오펠리아를 경악스러운 표정으로 쳐다보았다.

황후가 황태자비에게 불임을 유발하는 화초를 보냈다
는 건, 누가 봐도 명백히 나쁜 의도가 느껴지는 아주 악
질적인 행동이었으니까.

이레나가 여전히 믿을 수 없다는 표정으로 입을 열었다.

"황후 폐하. 이게 대체 어떻게 된 일이죠?"

바로 여기까지가 이레나가 심혈을 기울여 준비한 덫이었다.

시베나 왕국의 사신들 중에 이미 마네라와 바네라 화초를 구별할 수 있는 사람이 있다는 것을 확인했으며, 모두를 자연스럽게 꽃으로 집중시키기 위해 앞서 성대한 무대까지 마련했다.

그뿐인가. 만약 진실을 밝힌다 해도 루퍼드 제국의 귀족들은 입단속을 당할 수도 있었기 때문에 일부러 다른 왕국에서 온 사신단들을 초대했다.

이레나의 계획대로라면 오펠리아는 자신에게 불임을 유발하는 마네라 화초를 보냈다는 씻을 수 없는 불명예를 안고, 이미지에 큰 타격을 받아야 했다.

그런데…… 정작 이 사태를 지켜보는 오펠리아의 표정은 평온하기 그지없었다.

그래서 이레나는 무언가 잘못되었음을 직감적으로 느낄 수밖에 없었다.

'뭔가 이상해.'

하지만 그게 무엇인지 지금으로선 파악을 할 수가 없었다.

이레나가 혼란스러운 눈빛으로 지금까지 자신이 벌인 일들을 하나하나 되짚고 있을 때였다.

여태껏 침묵을 유지하고 있던 오펠리아가 차분한 목소리로 말했다.

"황태자비, 오해하지 마세요. 이건 누군가가 나를 음해하기 위해 조작한 것이 틀림없어요."

"······음해요?"

"그래요. 나는 마네라 화초가 아니라, 좋은 뜻을 지니고 있는 바네라 화초를 보냈어요. 그리고 그 사실을 증명해 줄 시베나 왕국의 학자를 지금 당장 이 자리에 데리고 올 수도 있답니다."

"······!"

처음부터 쌍둥이 화초라는 것이 이상하게 마음에 걸렸는데, 그게 결국 이렇게 이레나의 발목을 잡는 느낌이었다.

이레나가 저도 모르게 미간을 찡그리며 입을 열었다.

"황후 폐하, 외람된 말씀이지만 고작 증인 한 명으로 이 상황을 설명하긴 어려울 것 같군요. 그리고 그 학자가 하는 말을 얼마나 믿을 수 있을지도 의문이고요."

"황태자비, 걱정 마세요. 누군가 우리 사이를 갈라놓으려고 계략을 쓴 모양인데, 내가 이 자리에서 명명백백하게 밝혀 드리겠습니다."

오펠리아는 확신 어린 말과 함께, 이레나가 더 이상 입을 열기 전에 자신의 시녀장인 카사나를 불렀다.

"카사나, 무엇 하고 있느냐. 서둘러 황후궁에서 머물고 있는 시베나 왕국의 학자를 모셔오거라."

"네, 황후 폐하."

명을 받은 카사나는 재빨리 파티장 바깥으로 나갔다.

갑작스럽게 벌어진 사건으로 인해 파티장에 모인 사신단들은 뒤숭숭한 표정이었다.

이레나도 마음 같아선 오펠리아를 더 몰아붙이고 싶었지만, 마치 이런 일이 벌어질 줄 알았다는 듯 곧바로 증인을 불러오겠다는 그녀의 말을 무시할 수만은 없었다.

막무가내로 모함을 하기엔 오펠리아는 다름 아닌 루퍼드 제국의 황후였으니까.

그렇게 이레나가 묘한 불안함에 휩싸여 있을 때였다.

오래 지나지 않아 시녀장 카사나와 함께 중년의 남자 한 명이 파티장 안으로 들어왔다.

"제국의 황후 폐하와 비전하를 뵙습니다. 루퍼드 제국의 무한한 영광을."

중년의 남자는 이곳에 들어오자마자 오펠리아와 이레나에게 정중히 예를 갖췄다.

오펠리아가 그를 향해 짐짓 불쾌한 어투로 말했다.

"내 그대에게 바네라 화초를 구입해 달라 명하고 황태

자비에게 보냈는데, 이제 보니 그게 똑같이 생긴 마네라 화초라고 하는군요. 이게 대체 어떻게 된 거죠?"

"황후 폐하, 그럴 리가 없사옵니다. 제가 보내 드린 건 분명히 바네라 화초였습니다. 신이 목숨을 걸고 보증할 수 있나이다. 혹시 문제가 안 된다면 제가 직접 비전하께서 받으셨다는 그 화초를 볼 수 있을까요?"

이레나가 어쩔 수 없이 고개를 끄덕거리자, 유모가 황후한테서 받은 화초를 들고 그 학자에게 다가가 보여 주었다.

학자는 마네라 화초를 보자마자 고개를 절레절레 저으면서 단호하게 말했다.

"이건 제가 황후 폐하께 보내드린 게 아닙니다. 혹시 중간에서 누군가가 다른 화초로 바꿔치기를 한 것은 아닐는지요?"

학자의 말에 오펠리아가 곰곰이 생각에 잠기는 척하며 입을 열었다.

"그럴 리가요. 황궁에 그럴 사람이 누가 있다고……."

오펠리아는 일부러 점점 말꼬리를 흐리다가 갑자기 무언가 떠올랐다는 듯 이레나를 향해 재차 입을 열었다.

"혹시 황태자비한테 이 화초를 전달한 사람이 누구인가요?"

"……아사베라는 하녀였습니다."

"그럼 일단 그 하녀를 이리로 데리고 오죠. 여봐라, 황태자궁에서 아사베란 하녀를 끌고 오너라. 그리고 그 하녀의 방을 샅샅이 수색해서 뭔가 수상한 물건이 없는지 찾아보라."

"네! 황후 폐하!"

조금 전부터 파티장에서 소란스러움이 느껴지자 혹시라도 무슨 일이 벌어질까 싶어 황궁 근위병들이 주변으로 몰려들고 있던 터였다.

마침 오펠리아의 명이 내려오자, 근위병들 몇 명이 재빠르게 어딘가로 사라졌다.

원래 이 파티는 이레나가 오펠리아를 함정에 빠뜨리기 위해 계획한 것이었다. 그런데 지금 오펠리아가 하는 행동들은 마치 준비된 것처럼 치밀했다.

쉽사리 이레나가 중간에서 흐름을 끊을 수도 없을 만큼 말이다.

'황후는 마치 이렇게 될 줄 알고 있었던 사람 같아.'

왠지 모르게 느껴졌던 불안함의 실체가 조금씩 드러나는 느낌이었다.

아사베는 근위병들의 우악스러운 손길에 이끌려 순식간에 파티장 안으로 끌려왔다.

그녀는 영문을 모르겠다는 듯, 당황한 표정으로 바닥에 넙죽 엎드리며 말했다.

"어, 어쩐 일로 저를 이런 자리에 부르셨는지……."

오펠리아가 서늘한 눈빛으로 아사베를 쳐다보며 말했다.

"사실대로 고하거라. 네가 바네라 화초를 바꿔치기하여 나와 황태자비의 사이를 이간질하려고 했더냐? 지금이라도 솔직하게 밝힌다면 목숨만은 살려 주마."

"네? 네에? 그, 그게 대체 무슨 말씀이신지……."

아사베도 뭔가 상황이 심상치 않다고 느껴졌는지 눈동자에서 짙은 공포가 서렸다.

그때였다.

방금 전 오펠리아의 명령을 받고 나갔던 다른 근위병의 손에 마네라 화초와 똑같은 것이 들려있었다.

"황후 폐하, 아사베란 하녀의 방에서 이런 화초를 발견했습니다."

지금까지 조용히 상황을 지켜보고 있던 이레나는 할 말을 잃고 말았다.

이레나가 이 파티장에서 오펠리아를 위한 덫을 준비했다면, 오펠리아는 마치 자신이 빠져나갈 구멍을 미리 다만들어 놓은 느낌이었다.

그저 단순한 우연이나 처세술이라고 표현하기엔 모든 것이 너무도 치밀했다.

'설마 다 계획된 거였나?'

정황상 오펠리아가 미리 이 상황을 대비하고 있었다는 것밖에 말이 되지 않았다.

하지만 왜?

'혹시 내가 선물을 받고 어떻게 나올지 보려고?'

이레나의 붉은 눈동자가 믿을 수 없다는 듯이 흔들렸다.

만약 그렇다면 오펠리아는 이레나보다 한 수 더 앞을 내다본 것이었다.

거기까지 생각하자 이레나는 마치 오펠리아가 낸 시험 하나를 치러 낸 느낌이었다.

그리고 이게 사실이라면 그건 무척이나 좋지 않은 일이었다. 가능하면 발톱을 감추려고 했던 원래의 계획과 달리, 오펠리아에게 대놓고 적의를 드러낸 것이나 다름없었으니까.

오펠리아가 자신이 증인으로 부른 학자를 향해 말했다.

"한번 확인해 보세요. 아사베란 하녀의 방에서 나온 화초가 제가 선물하려던 것이 맞나요?"

학자는 재빨리 근위병이 들고 있는 화초를 확인하곤 크게 고개를 끄덕였다.

"맞습니다. 황후 폐하. 이게 제가 보내드린 바네라 화초입니다. 제가 직접 화분의 문양을 그려 넣었기 때문에 알아볼 수 있습니다. 뿐만 아니라 다른 사람을 통해 제가 직접 제작한 화분이라는 것도 증명할 수 있습니다."

타앙, 그 말을 들은 오펠리아가 잔뜩 분노에 찬 표정으로 의자를 내리쳤다.

그러자 삽시간에 주위가 쥐 죽은 듯이 고요하게 변했다.

"네가 감히 중간에서 이간질을 하려고 들어? 말해라, 누가 시킨 짓이냐?"

오펠리아의 말에 아사베가 창백하게 질린 얼굴로 덜덜 떨면서 대답했다.

"저, 저, 저한테 왜 이러세요. 황후 폐하. 저는 폐하의 명에 따른 죄밖에 없습니다. 그저 시키는 대로 했을 뿐인데……"

"하, 아직까지 잘못을 뉘우칠 줄 모르는구나. 증거가 나왔음에도 불구하고 끝까지 나를 모함하려고 들어?"

오펠리아는 분명 아사베를 향해 말하고 있었지만, 이레나는 그게 자신을 겨냥하고 있다는 느낌을 지울 수가 없었다.

오펠리아가 차갑게 명령했다.

"여봐라, 꼴도 보기 싫으니 당장 끌고 가서 사형을 시키거라."

사형이라는 말에 아사베의 눈동자가 경악으로 물들었

다.

"화, 황후 폐하, 살려 주십시오! 제가 잘못했습니다! 저
는 정말로 폐하가 시키는 일밖에 하지 않았습니다!"

아사베는 처절하게 비명을 지르며 억울함을 주장했지
만 아무도 들어주지 않았다.

곧이어 황궁 근위병의 손에 이끌려 아사베는 강제로
파티장 바깥으로 끌려 나갔다.

아사베가 지르는 비명 소리가 점점 멀어져 갔지만, 그
럼에도 오래도록 파티장 안에 울려 퍼져 미묘한 여운을
남겼다.

꾸욱, 이레나는 그 광경을 지켜보며 저도 모르게 주먹
을 세게 말아 쥐었다

설마 아사베의 방 안에서 바네라 화초가 발견될 줄은
꿈에도 몰랐다.

그런 증거가 나오지 않았다면 이레나가 어떻게든 가운
데서 중재를 시켰을 테지만, 이미 정황이 확실해진 이상
나서기가 쉽지 않았다.

더구나 자칫 잘못하면 이레나가 벌인 자작극으로도 오
해를 받을 수 있는 상황이었다. 아사베는 다름 아닌 황태
자궁의 하녀였고, 최근에 이레나가 가까이 두었던 건 사
실이니까.

'지독해……'

어떤 면에서는 눈 하나 깜짝하지 않고 사형을 명령한 오펠리아가 대단하기까지 했다.

아사베가 마지막으로 한 말을 들어 보면, 결국 그녀는 이레나의 짐작대로 오펠리아가 심어 놓은 첩자일 확률이 높았다.

한때 본인의 사람이었던 아사베를 어떻게 이토록 차갑게 내칠 수 있는지 믿겨지지 않을 정도였다.

'혹시 내가 아사베의 정체를 눈치챘다는 사실을 알고, 이미 첩자로서 이용 가치가 떨어졌다고 판단해서 제거를 한 걸까?'

만에 하나 이레나가 아사베를 통해 얻게 될 정보를 미연에 방지하고자 사전에 꼬리 자르기를 한 거라면 앞뒤가 맞았다.

이레나는 새삼스러운 눈빛으로 고상하게 앉아 있는 오펠리아를 쳐다봤다.

왜 루퍼드 제국을 지탱하고 있는 양대 산맥 중의 하나가 오펠리아인지 실감이 났다.

저번에 마주친 2황자 레드필드와는 차원이 달랐다. 모자지간이라는 게 믿기지 않을 정도로 오펠리아는 아들인 레드필드에 비해 훨씬 더 무서운 존재였다.

파티장의 분위기가 딱딱하게 얼어붙은 것을 느낀 오펠리아가 아무런 일도 없었던 사람처럼 자애롭게 웃어 보였다.

"이런, 괜한 일로 파티의 분위기를 망쳤군요. 조금 전의 일은 신경 쓰지 말고 모두 즐기세요. 뭐하나? 음악을 연주하지 않고."

오펠리아의 말에 썰렁하게 변한 파티장 내부에 다시 오페라 연주곡이 흘러나왔다.

이레나는 말없이 오펠리아를 바라보며 뼛속 깊이 느꼈다.

'이번엔 내가 졌어……'

이번만큼은 오펠리아의 손바닥 위에서 놀아난 느낌을 지울 수 없었다.

*　　*　　*

불미스러운 일이 있긴 했지만, 이레나가 주최한 파티는 성황리에 끝이 났다.

그 자리에서 아무렇지 않은 척 웃고 있던 오펠리아는 황후궁에 들어오자마자 순식간에 표정을 바꿨다.

"황태자비가 이렇게까지 나올 줄은 몰랐는데, 예상 밖이야."

저조한 오펠리아의 기분을 눈치챈 시녀장 카사나가 재빨리 옆에서 입을 열었다.

"그러게요. 황태자비가 마네라 화초를 자주 가는 길목에 두었다고 해서 완전히 맹추인 줄 알았는데, 짐작보다는 조금 더 영특한 편인 것 같네요. 하지만 그래도 황후 폐하께는 안 되죠. 이번에도 통쾌하게 이기셨잖아요."

"……."

카사나의 듣기 좋은 감언이설에도 오펠리아는 대꾸조차 하지 않았다. 그리고 이건 그만큼이나 기분이 나쁘다는 뜻이었다.

카사나는 이런 상황에서 쉽사리 말을 걸면 안 된다는 사실을 그동안의 경험을 통해 충분히 깨우친 상태였기에 조용히 입을 다물었다.

오펠리아는 말없이 커다란 의자에 몸을 기대어 앉아서 잠시 동안 손가락으로 툭툭 손잡이 부분을 건드리며 생각에 잠겼다. 그리고는 아무리 되짚어 봐도 불쾌하다는 듯 얼굴을 찌푸리며 말했다.

"아사베란 계집은 정말 눈치가 없더구나."

"……네?"

카사나가 이해가 안 간다는 듯이 되묻자, 오펠리아가 혼잣말처럼 중얼거렸다.

"정말 내가 시킨 대로밖에 하지 못하는 멍청이가 아니더냐? 상황이 그렇게까지 흘러갔으면 거기서 황태자비가 자작극으로 벌인 거라는 대답이 알아서 나왔어야지."

그 말을 들은 카사나는 저도 모르게 마른침을 꿀꺽 삼키고 말았다.

사실 방금 전과 같은 상황이라면 누구라도 생각이 굳어 버리기 마련이다. 그런 순간 재치를 발휘할 수 있는 사람이 몇 명이나 될까?

하지만 오펠리아가 그렇게 말한다면, 무조건 그런 것이었다.

카사나는 재빨리 고개를 끄덕이며 맞장구를 쳐 주었다.

"그러게 말이에요. 황태자비를 곤경에 빠뜨릴 수 있는 좋은 기회였는데 안타깝게 놓치게 되었네요."

오펠리아도 단순히 이레나를 시험해 볼 생각으로 마네라 화초를 보낸 것이었기에, 결백을 증명할 증거만 만들었지 반격을 할 만한 장치는 따로 마련해 두지 않았다.

그래서 마지막에 아사베를 처형하는 것까지가 원래 오펠리아의 계획이었다.

하지만 지금은 너무 아쉬움이 남았다. 예상보다 판이 잘 짜여 있어서 거기서 아사베가 '비전하가 시켜서 화초를 바꿔치기했습니다'라는 말 한마디만 해 줬더라면 상황이 크게 역전됐을 것이다.

하다못해 이레나가 아사베의 처형을 가로막기만 했더라도 오펠리아는 어떻게 해서든 둘 사이의 접점을 만들었을 터였다.

물론 이레나가 마네라 화초를 구입한 이력을 조작하기가 쉽지만은 않았을 테지만, 최소한 사람들에게 혹시 이게 자작극일지 모른다는 의혹 정도는 심어 줄 수 있었다.

그런데 이레나는 약삭빠르게도 끝까지 경거망동을 하지 않았다.

거기까지 생각하자 오펠리아는 못내 아쉽다는 듯이 입맛을 다셨다.

"쯧, 내 생각이 모자랐어……."

이레나는 이번 파티에서 본인이 졌다고 생각하겠지만, 사실 오펠리아 역시 자신의 뜻대로 흘러간 것은 아니었다.

지금까진 이레나라는 인물을 별로 중요하게 생각하지 않고 있었기 때문에 오펠리아는 자신도 모르게 방심을 하고 말았다. 정말이지 이렇게까지 완벽하게 덫이 마련되어 있을 줄은 예상하지 못했다.

만약 오펠리아가 아무런 준비도 없이 나갔다면 그대로 당하고 말았을 것이다.

"일부러 나를 방심하게 만들기 위해 마네라 화초를 가까이에 둔 것부터…… 정말로 쉽지 않은 상대가 들어왔어."

불쾌함이 가득 담긴 오펠리아의 얼굴을 바라보며, 카

사나가 조심스럽게 입을 열었다.

"애초에 이번 일은 그저 가벼운 테스트일 뿐이었잖습니까? 앞으로 황태자비를 상대할 때 더욱 치밀하게 준비하면 되지요."

"상대가 황태자비 한 명뿐이 아니니까 하는 말이다."

"예? 그럼……."

한순간 오펠리아의 눈동자에 어두운 기운이 감돌았다.

"칼라일이 있지 않더냐."

가뜩이나 칼라일 혼자서도 만만치 않은 상대였는데, 거기다 이레나까지 가세가 된다고 생각하니 골치가 아팠다.

이레나가 그저 칼라일의 예쁨이나 좀 받는 어수룩한 영애였다면 좋았을 텐데, 예상보다 너무 뛰어난 존재라 마음에 걸렸다.

"……자칫 호랑이가 날개를 단 격일까 봐 신경이 쓰이는구나."

오펠리아는 조금 전 파티장에서 보았던 이레나의 아름다운 얼굴을 떠올리며 저도 모르게 표정을 구겼다.

*　　　*　　　*

제너드는 오늘 파티장에서 있었던 일들을 칼라일에게 상세히 보고하고 있는 중이었다.

서재에 앉아서 그 이야기를 듣고 있던 칼라일이 아쉽다는 듯 픽 웃으며 입을 열었다.

"계획이 치밀해서 잘하면 성공할 수도 있겠다 싶었는데, 이번에도 황후가 용케 빠져나간 모양이군."

"그동안 꼬리 자르기를 워낙 잘했잖습니까. 저도 아사베란 하녀가 처형을 당했다는 소식을 들었을 때 참으로 황후답다는 생각이 들었습니다."

"뭐, 그게 황후가 좋아하는 방식이니까."

사실 이레나의 계획만 보면 흠잡을 데가 없었지만, 그동안 암암리에 오펠리아와 힘겨루기를 한 칼라일의 입장에서는 크게 놀랄 만한 결과도 아니었다.

오펠리아가 그리 쉬운 상대였다면 벌써 칼라일에게 뒤를 잡혔을 테니까.

"그보다 플라워 브리지가 무너질 뻔한 게 황후 측에서 시켰다는 증거는 찾아냈어?"

"다리를 건설한 케이시 가문에서 힘껏 노력하고 있으니, 조만간 좋은 소식이 들려올 것 같습니다."

칼라일은 마뜩잖다는 표정을 지으며 재차 입을 열었다.

"레드필드의 파티에서 가지고 온 향료의 성분은?"

"그것도 곧 정확히 파악해서 다시 보고 올리겠습니다. 마약의 일종이라는 것까진 알아냈지만 워낙 특이한 종류의 가루가 섞여 있는 통에 파악하기가 쉽지 않습니다."

"다들 전쟁터에서 벗어나니까 군기가 빠진 거야? 빨리빨리 움직이라고 전해. 다시 변방으로 보내 버리기 전에."

칼라일의 이런 말이 백 퍼센트 진심은 아니었지만, 우습게도 완전히 거짓말은 아니라는 걸 제너드도 잘 알고 있었다.

"그래도 이 내용들만 제대로 밝혀지면, 황후도 지금까지처럼 쉽사리 빠져나가지 못할 겁니다."

제너드의 위로 같은 말에 칼라일이 실소를 머금었다.

"난 하루가 급해. 빨리 황제가 되어야겠어."

"급할수록 천천히 돌아가라 했습니다. 전하."

지금 그 말은 칼라일에게 씨알도 먹히지 않는 소리였다.

"네가 내 입장이 되어 봐."

"무슨 일 있으십니까?"

막상 질문을 받자 칼라일은 저도 모르게 입을 다물 수밖에 없었다.

이레나는 제너드의 극진한 태도를 보고 두 사람의 사이에 대해 알고 있는 건 아닐까, 속으로 궁금해한 적도 있었지만 사실은 전혀 그렇지 않았다.

칼라일은 이레나와 계약 결혼을 했다는 사실을 아무에게도 밝히지 않았다.

그래서 매일 밤, 이레나를 옆에 두고 칼라일이 얼마나 많은 유혹에 시달리는지 아무도 알지 못했다.

"됐다. 그건 말로 설명할 수 있는 게 아니야. 그리고……"

칼라일은 일순 점점 병약해져 가는 설리반의 얼굴을 떠올렸다.

둘은 좋은 부자지간이라고 말하기엔 힘든 사이였지만, 그렇다고 설리반의 건강 상태를 완전히 외면할 수만은 없었다.

칼라일이 한층 가라앉은 목소리로 말을 이었다.

"……가능한 아버지가 돌아가시기 전에 내가 황위를 잇는 게 좋을 테니까."

설리반의 건강은 날이 갈수록 악화가 되었기 때문에 함께 할 날이 얼마 남지 않았다는 걸 알고 있었다.

그러니 그 전에 설리반의 염원을 들어주는 것도 나쁘지 않았다. 그는 언제나 저주받은 피를 이은 자신이 황제가 되기를 간절히 바라고 있었으니까.

어느 순간 차가워진 칼라일의 표정을 바라보며, 제너드가 방금 전보다 더욱 진중해진 목소리로 대답했다.

"······시일 내에 모두 확인해서 보고 드리겠습니다."

칼라일은 가볍게 고개를 끄덕이며 자리에서 일어났다.

벌써 꽤나 늦은 시각이었다. 슬슬 이레나가 기다리고 있는 침실로 돌아가야 했다.

막 서재를 나서려던 칼라일이 문득 떠오른 생각에 걸음을 멈추고, 뒤편에 서 있는 제너드를 돌아보았다.

"참 쿤한테 블레이즈 저택에서 나오고 싶다고 연락이 왔던데."

"아, 네."

쿤이라는 이름에 제너드의 얼굴에 숨길 수 없는 불쾌감이 드러났다.

사실 제너드와 쿤의 사이가 무척이나 나쁘다는 건 칼라일의 수하라면 모르는 사람이 없을 정도였다.

"블레이즈 저택에 잠입했던 쥐새끼는 우리가 찾아볼테니, 일단 쿤은 휴가라고 생각하고 거기서 조금 더 쉬라고 해. 처제의 안전을 지켜 주겠다고 약속했으니 최소한 남부 지방으로 떠나기 전까지는 머무르는 게 나을 것 같다."

"네. 그리 전하겠습니다."

앙숙 같은 제너드와 쿤이었지만, 그 둘 모두 개인적인 감정 때문에 업무에 지장을 주는 타입은 아니었다.

그렇게 할 말을 마친 칼라일은 다시금 서재 밖으로 뚜벅뚜벅, 걸어 나갔다.

*   *   *

칼라일은 침실의 문을 열자마자 확하고 풍겨 오는 술 냄새에 의아한 표정을 지을 수밖에 없었다.

지금 이 시간에 이레나 말고 다른 사람이 침실에 들어올 리는 없을 터.

그런데 대체 이 냄새가 왜 풍겨 오는지 이해가 가지 않았다.

칼라일은 곧 침실의 야외 테라스에 앉아 있는 이레나를 발견하고 이 술 냄새의 원인을 알아차릴 수 있었다. 바로 그녀가 혼자서 술을 홀짝홀짝 마시고 있었기 때문이다.

더구나 이레나의 옆에 놓인 빈 병을 보니 적지 않은 양이었다.

'술을 싫어하는 게 아니었나?'

첫날밤에도 자신이 권한 술을 거절했을뿐더러, 지금까지 이레나가 술을 마시는 모습을 본 적이 없어서 그렇게만 생각했었다.

칼라일이 흥미로운 표정으로 이레나가 앉아 있는 테이

블을 향해 가까이 다가갔다.

그러자 발소리를 들은 이레나가 무심코 고개를 들었다. 얼굴이 살짝 불그스름하게 변한 게 짐작한 대로 벌써 술을 꽤나 마신 상태인 듯했다.

"혼자서 뭐 하는 거지?"

"술을, 딸꾹, 좀 마시고 있었어요."

이레나의 혀 꼬인 발음을 들어보니 생각보다 더 많이 취한 것 같았다.

"술 상대가 필요하면 나를 부르지 그랬어."

"지금도 늦지 않았어요. 이리 와서 저랑……."

이레나가 손에 들고 있던 술잔을 가볍게 흔들며 말을 이었다.

"한잔할래요?"

칼라일은 그런 이레나의 제안이 의외라는 듯이 눈을 빛내면서도 별다른 말 없이 다가가 자리에 앉았다. 그리곤 테이블 위에 놓여 있는 빈 술병들을 다시 한 번 눈으로 훑어보며 입을 열었다.

"언제부터 마신 거야?"

"카릴이 오기 전까지만 마시려고 했는데, 생각보다 늦게 오는 바람에 조금, 꾹, 마셨네요."

이레나가 칼라일에게도 술 한 잔을 가득 채워서 건넸다.

그러자 칼라일은 그 술을 가타부타 말없이 곧바로 입안으로 털어 넣었다. 그리곤 나지막한 목소리로 읊조렸다.

"조금이 아닌 것 같은데?"

이 많은 빈 병들을 조금이라고 부를 순 없었다.

이레나도 새삼 테이블 위에 올라간 술병들을 눈으로 확인하며 낮아진 목소리로 대답했다.

"그냥…… 오늘따라 속이 좀 상해서요. 파티장에서 있었던 일은 들으셨죠?"

"대충은."

"카릴이 황후를 조심하라고 몇 번이나 경고했는데, 제가 한편으론 조금 자신이 있었나 봐요."

이레나는 말을 하면서 이번엔 자신의 술잔에 술을 가득 채워 넣었다.

"안 그래도 아사베란 하녀가 의심스러워서 계속 감시하고 있었어요. 그런데 그 아이의 방에서 바네라 화초가 나왔다는 건 말도 안 되죠. 정말로 가지고 있었다면 제가 모를 리가 없거든요."

"……."

"생각해 봤는데 근위병을 미리 매수했던가, 아니면 황태자궁에 있는 첩자를 움직여서 손을 썼던 것 같아요. 어찌 됐든 이젠 아사베마저 처형을 당해서 그 사건에 대해 아무것도 밝힐 수가 없어졌어요."

칼라일은 묵묵히 이레나의 말을 들어 주었다.

그게 왠지 마음이 편해서 이레나는 더욱 쉽게 자신의 속마음을 꺼내 놓을 수 있었다.

"아마도 저는 처음부터 황후의 손바닥 위에서 놀아났던 거 같아요. 쓸데없이 제가 가지고 있는 적의만 드러내게 된 꼴이죠."

이레나가 나지막이 한숨을 내쉬고는, 술에 취해 몽롱해진 눈동자로 바로 앞에 있는 칼라일을 올려다보았다.

"저 바보 같죠?"

저번에 칼라일에게 자신이 하는 일을 좀 믿어 달라고 큰소리를 쳐 놓고, 제대로 된 성과를 가져오지 못한 게 너무 속상했다.

그가 해 준 배려에 부응하지 못한 느낌이었다.

조금 더 신중했어야 했는데…….

지금까지 이레나의 말을 조용히 듣고만 있던 칼라일이 나지막이 대답했다.

"이 말이 위로가 될지 모르겠지만, 오늘 그대가 겪은 일을 나는 그동안 셀 수도 없이 황후에게 당해 왔어."

생각지도 못한 칼라일의 말에 이레나의 풀린 눈동자가 조금 커졌다.

"그대가 바보라면 나는 아마 더한 바보일 테니, 그렇게 자책할 필요 없어. 이번 계획은 내가 들어도 충분히 훌륭했고, 계산 착오는 오로지 황후가 쌍둥이 화초를 보낸 이유를 초반에 간파하지 못했던 것뿐이야."

"그것 때문에 오늘 아사베란 하녀가 처형당했어요."

"어차피 황후가 심어 놓은 첩자였어. 그게 밝혀졌으면 우리 쪽에서 죽였을 텐데 덕분에 손에 피를 안 묻히게 되어 좋은 거지."

칼라일이 덤덤하게 꺼내는 말 한마디, 한마디가 이레나의 마음속엔 무척이나 커다란 위안으로 다가왔다.

사실 이레나는 지금껏 자신이 잘못하면 가족들이 죽을지도 모른다는 엄청난 압박감에 시달려 왔다. 그런데 황후와의 암투에서 패배를 경험하자, 그동안 억눌러 온 두려움들이 한꺼번에 밀려왔다.

아무리 노력해도 정해진 미래를 바꿀 수 없으면 어쩌나. 대체 이만큼이나 영리한 황후를 상대로 승리한 파벨 루크는 얼마나 치밀한 인물이라는 걸까.

그런 온갖 생각들이 쉴 새 없이 머릿속을 떠돌아다녔다.

결국 스스로에 대한 자책이 너무 심해서 평상시에는 입에도 대지 않던 술까지 마시게 된 것이다.

그런데 아무리 술을 마셔도 가라앉지 않던 그 불안감을 칼라일이 단번에 잠재워 주었다.

그의 말들은 하나같이 이레나에게 '괜찮아'라고 속삭여 주는 것 같았다.

이레나는 저도 모르게 풀린 눈동자로 칼라일을 쳐다보며 흐릿하게 웃었다.

"당신, 정말 싫을 정도로…… 다정하네요."

처음으로 그런 생각이 들었다. 칼라일의 이런 무심한 배려심이 자신이 아닌 다른 여성에게로 향한다면 질투가 날지도 모르겠다고.

그에게는 그저 파트너로서 하는 위로 같은 것일 텐데, 이레나는 점점 사적인 감정이 생겨나고 있으니 큰일이었다.

'이 마음, 멈출 수 없을 거 같다고 생각은 했지만…….'

이레나는 평상시보다 뿌옇게 보이는 칼라일의 잘생긴 얼굴을 바라보며, 다시 한 번 허탈하게 픽 하고 웃었다.

'……멈추게 내버려 두지도 않네. 이 남자는.'

새롭게 생긴 감정이 자신의 본분을 망각시키게 할까 봐 두려우면서도, 한편으론 거부할 수 없는 유혹처럼 달콤했다.

인정할 수밖에 없었다.

칼라일과 함께 있는 이 순간이 무척이나 좋다는 것을.

"싫을 만큼 다정하다라…… 너무 상반되는 단어라 그게 과연 좋다는 건지, 싫다는 건지 감이 안 잡히는데."

칼라일의 말에 이레나는 말없이 술이 가득 채워진 술
잔을 들어 올렸다.

그 질문에 대답할 수 없었다. 이레나 또한 자신의 감정
이 어떤 건지 제대로 구별이 가지 않았으니까.

이런 다정함 때문에 자꾸만 그에게로 향하는 시선이
싫었고, 반대로 자신에게 따뜻하게 대해 주는 그가 좋았
다.

그때였다.

탁, 칼라일이 이레나의 손에 쥔 술잔을 빼앗아 그대로
마셔 버렸다.

자신이 마시려던 술을 빼앗긴 이레나가 그 모습을 황
망하게 쳐다보다가 말했다.

"지금 뭐 하는 거예요?"

"그대는 너무 많이 마셨어. 이제부턴 그대의 몫까지 내
가 마시도록 하지."

"전 아직 멀쩡……."

"주정뱅이들의 단골 대사지, 그거."

이레나는 새삼 할 말을 잃고 말았다.

저번 생에서의 이레나는 술을 즐기지 않았지만, 나중
에 여기사로 살아가면서는 꽤나 독한 술을 셀 수도 없이
마셔 봤다. 가족들이 모두 죽고 혼자 살아남았다는 자책
감으로 인해 술이 없이 버티기 힘든 밤들이 많았으니까.

"저는 같이 술을 마시자고 한 거지, 카릴이 혼자서 술을 마시는 걸 지켜보겠다는 뜻이, 딸국, 아니었어요."

"난 그 뜻이었어."

"너무, 일방적이에요."

"여기서 더 마시면 위험해."

"뭐가요?"

이레나가 영문을 모르겠다는 듯이 물어보자, 칼라일이 알 수 없는 열기가 담긴 눈동자로 쳐다보며 쓴 미소를 지었다.

"이 침실에 그대와 나, 단둘밖에 없는데 뭐가 위험할 것 같아?"

그 말에 이레나는 골똘히 생각에 잠겼다.

하지만 아무리 고민해 봐도 답은 하나였다. 단둘뿐인 환경에서 굳이 위험 요소를 찾자면 자신을 제외한 나머지 한 사람이었으니까.

바로 칼라일이다.

"으음. 그건 지금 나한테…… 카릴이 위험하다는 뜻이네요?"

"정답."

짧은 대꾸와 함께 칼라일은 다시금 자신의 술잔을 채워서 입 안에 털어 넣었다.

그 군더더기 없는 모습을 지켜보던 이레나가 한쪽 팔

에 턱을 기댄 채 물끄러미 칼라일을 올려다보며 물었다.

"뭐가 위험하단 건지 모르겠네요. 제게 계약 사항을 잘 지킬 거라고 말했잖아요. 그리고 제가 아는 당신은 본인이 한 말을 지키는 남자거든요."

그 말에 칼라일이 결국 참지 못하고 낮은 웃음을 터뜨렸다.

그리곤 곧 이글거리는 눈빛으로 이레나를 옭아맬 듯이 바라보며, 조금 전보다 탁해진 목소리로 입을 열었다.

"내 부인은 뭘 몰라도 너무 모르는군. 말대로 우리의 계약은 잠자리를 갖지 않는다는 것뿐이야."

그 말에 이레나가 더욱 의문스러운 표정으로 칼라일을 올려다보았다.

그게 안전하다는 것이었다. 칼라일이 황제가 되기 전까지 두 사람은 신체 접촉을 할 일이 없었으니까.

하지만 그런 이레나의 생각을 비웃듯 칼라일이 나지막이 말을 이어 나갔다.

"남녀 사이엔 끝까지 잠자리를 갖지 않더라도 할 수 있는 게 충분히 많거든. 그러니까 그대가 너무 취해서 정신을 잃으면 내 자제력이 흐트러질 수도 있어. 미리 경고하는 거야."

이레나는 대체 어떤 스킨십을 말하는 건지 이해가 되지 않았다.

설마 키스를 말하는 걸까?

그런데 마냥 키스라고 결론을 내리기엔 그가 말하는 뉘앙스가 무언가 더 있는 것처럼 느껴졌다.

마치 키스보다 더 야한 게 있는 것처럼.

"그게 대체 뭐죠?"

이레나의 순수한 궁금증에 순간 칼라일의 입가에 위험한 미소가 맺혔다.

"부인이 정 궁금하다면 몸소 가르쳐 줄까?"

칼라일의 눈빛이 마치 먹잇감을 노리는 맹수와 같아서 이레나는 저도 모르게 꿀꺽, 하고 마른침을 삼킬 수밖에 없었다.

그가 말하는 게 어떤 건지 정확히 알 수는 없었으나, 여기서 자신이 고개를 끄덕거리면 뭔가 돌이킬 수 없는 일이 벌어질 것 같다는 예감이 들었다.

이레나는 단박에 고개를 좌우로 흔들며 대답했다.

"사양할게요."

"……아쉽군."

칼라일이 정말로 안타깝다는 듯이 말하며 마른 입술을 혀로 축였는데, 그 모습이 미치도록 섹시해서 절로 심장 박동이 빨라졌다.

쿵쿵쿵.

새삼 자신의 존재를 드러내는 심장 소리를 들으며, 이

레나는 자신이 꽤나 취한 상태라는 것을 자각했다.

눈앞에 있는 칼라일이 평상시보다 더욱 근사하게 느껴졌다.

새까만 머리, 그와 대비되는 하얀 피부. 쭉 뻗은 콧날과 굳게 다물린 입술이 어지럽게 일렁거리는 이레나의 시야를 현혹시켰다.

'마음이 생기니까 더 좋아 보이는 건가?'

원래부터 잘생긴 얼굴이었다. 그런데 이제 와서 마음이 설레는 건 그를 바라보는 시선에 감정이 생겼기 때문이었다.

어쩌면 위험한 건 칼라일이 아니라 술에 취한 이레나인지도 몰랐다.

그에게 자신은 그저 한 명의 여자일지 몰라도, 지금 이레나에게 칼라일은 가슴을 떨리게 만드는 유일한 남자였다.

'혹시라도 실수하기 전에 정신 차리자. 이레나.'

문득 자신이 술김에 무슨 짓을 저지를지도 모르겠다는 생각이 들었다.

술이란 게 들어가면 누구든 마음이 더 풀어지고 솔직해지는 법이니까.

하지만 이레나는 대책 없이 자신의 감정에 솔직해지고 싶지 않았다. 그러기엔 칼라일이 어떻게 받아들일지 두

려웠고, 어깨 위에 짊어지고 있는 짐 또한 너무 많았다.

어쨌든 하루 종일 자신을 감싸고 있던 우울한 기분도 조금 풀렸겠다, 이레나는 정신을 좀 차릴 겸 앉아 있던 의자에서 일어났다.

"그럼 저는 잠깐 산책 좀 하면서 술을 깨고 돌아올게요."

이레나가 막 야외 테라스를 벗어나기 위해 걸음을 옮기는 순간이었다.

타악, 눈 깜짝할 새에 다가온 칼라일이 이레나의 손목을 잡고 그 자리에 멈춰 세웠다.

그가 나지막한 목소리로 말했다.

"발목에 감고 있던 붕대를 푼 모양이군."

"아……."

오늘 파티장에서 굳이 발목 부상을 드러내고 싶지 않아서 일부러 붕대를 푼 채로 참석을 했었다. 그리곤 지금까지 정신이 없어서 그대로 방치해 둔 상태였다.

그런데 칼라일이 그 사실을 용케도 알아차린 모양이었다.

처음부터 심한 상처는 아니었지만, 그래도 하루 종일 굽이 높은 구두를 신고 다녔더니 상태가 이전보다는 조금 악화된 느낌이었다.

하지만 사실대로 말하면 칼라일이 걱정할까 봐, 이레

나는 대충 상황을 둘러대기 시작했다.

"그게…… 이제는 많이 나아서 꼭 붕대까지 감지 않아도 되겠더라고요."

"그리 보이지 않는데? 하루 만에 조금 더 부었어."

발의 붓기는 이레나조차 육안으로 구별할 수 없을 정도로 미미한 차이였다. 그런데 그 미세한 차이를 파악해 낸 칼라일의 눈썰미가 대단했다.

이레나가 잠시 머뭇거리는 사이, 칼라일은 말없이 침실 안으로 들어가서 붕대를 들고 나왔다.

"앉아 있어. 가능한 한 다 나을 때까지 무리하지 말고."

칼라일은 이레나가 더 이상 한 발자국도 움직이지 않도록 의자를 직접 끌고 와서 뒤편에 놓아주었다.

이레나가 하는 수 없이 그가 가져다준 의자에 다시 앉을 때였다.

스윽, 칼라일이 그대로 이레나의 앞에 무릎을 꿇은 채 그녀의 가느다란 발목을 쥐었다. 그리곤 다른 한 손으로 천천히 붕대를 감기 시작했다.

"카, 카릴……!"

칼라일의 자세에 깜짝 놀란 이레나가 다급히 상체를 일으키려는 순간이었다.

"가만히 있어."

나지막이 흘러나온 그의 목소리가 이레나의 움직임을 저지했다.

이레나는 무척이나 당황스러운 표정으로 다급하게 입을 열었다.

"아무리 그래도 이런 자세를 취하다니요. 누가 보면 어쩌시려고 그래요."

"내 아내의 발목을 잡는 자세가 어때서."

"당신은 루퍼드 제국의 황태자예요. 이런 행동은……."

"황태자가 아니라 그보다 더한 존재가 된다고 해도 상관없어. 내 아내의 발목을 어떤 자세로 만지든 그건 내 마음이야."

당당한 칼라일의 발언은 가뜩이나 혼란스러운 이레나의 마음에 불을 지피기 충분했다.

술기운으로 흐릿해진 시야에, 이젠 감정이 담겨서 더욱 빛나 보이는 그의 외모가 주체할 수 없을 정도로 어지럽게 눈에 박혔다.

쿵쿵쿵쿵쿵쿵.

방금 전보다 심장 소리도 더욱 거세졌다.

그의 뜨거운 손길이 닿는 발목으로 온몸의 피가 몰리는 그런 느낌이었다.

이레나가 거세게 일렁거리는 눈동자로 자신의 발목에 붕대를 감아 주는 칼라일을 내려다보았다.

곧이어 붕대를 꼼꼼하게 마무리를 한 칼라일이 스윽, 고개를 들어 올리면서 이레나를 향해 옅게 웃어 보였다.

자신을 향해 휘어지는 그의 눈꼬리가 요사스러웠다. 한순간 다정하게 올라간 그의 입술을 소유하고 싶다는 생각이 머릿속을 가득 채웠다.

이레나가 저도 모르게 양손으로 칼라일의 얼굴을 쥐었다.

갑자기 그의 얼굴을 움직이지 못하도록 고정시키자, 칼라일이 영문을 모르겠다는 표정으로 이레나를 올려다보았다.

술기운 때문일까?

더 이상은 이 터질 것 같은 감정을 주체할 수 없었다.

이레나가 불그스름하게 변한 얼굴로 마치 그에게 속삭이듯 말했다.

"지금 키스…… 하고 싶어요."

그 자그마한 중얼거림에 칼라일의 푸른 홍채가 순간 커다랗게 뜨여지는 모습이 보였다.

감정이 격해지자 조금 전보다 세상이 더욱 빙글빙글 도는 느낌이었지만, 그래도 이레나는 여기서 멈출 생각은 없었다.

조금씩, 조금씩…….

이레나의 고개가 아래에 위치한 칼라일에게로 내려갔

다.

그리고 마침내 서로의 입술이 닿으려는 그 찰나였다.

털썩!

이레나의 얼굴이 그대로 칼라일의 입술을 지나쳐 어깨 위로 떨어졌다.

거짓말처럼 힘없이 축 늘어지는 그녀의 몸을 칼라일이 반사적으로 받아 냈다.

칼라일은 그대로 그녀를 안은 채 딱딱하게 굳을 수밖에 없었다. 자신의 어깨 위에서 새근새근 잠이 든 이레나의 숨소리가 느껴졌기 때문이다.

한참 후에야 칼라일의 입에서 한숨같이 허탈한 웃음소리가 새어 나왔다.

"……하."

품 안에 안긴 이레나의 몸체는 금방이라도 부서질 것처럼 가냘팠으며, 그 체온은 한시도 떨어트려 놓기 싫을 만큼 좋았다.

그리고 이렇게나 술에 취한 상태인데도 불구하고 그녀의 체취는 여전히 칼라일을 아찔하게 만들기 충분했다.

칼라일은 그 자리에 석상처럼 굳은 상태로 잠들어 버린 이레나를 안고 있었다.

"이건 반칙이잖아, 부인."

　　　　*　　　*　　　*

　프리그랑 사신단이 머무는 숙소는 늦게까지 불이 꺼지지 않았다. 바로 오늘 루퍼드 제국의 파티에서 벌어진 사건 때문이었다.

　로그는 오늘도 긴 머리카락을 한 갈래로 높이 묶은 채 평범한 드레스가 아닌 남성들이 입는 제복을 입고 있었는데 그 모습이 무척이나 잘 어울렸다.

　로그가 흥미롭다는 듯이 눈동자를 빛내며 말했다.

　"오늘 사건을 보고 한 가지 사실이 명확해졌어. 비전하는 황제 부부처럼 연기를 한 게 아니라 진심으로 칼라일 황태자를 지지하고 있다는 거야."

　그 말에 바로 앞에 앉아 있던 남성이 퉁명스럽게 대꾸했다.

　"뭐, 그래 보이긴 합디다. 황후한테 적의를 드러낸 걸 보면 아무래도 황태자를 황위에 올리려고 하는 거겠지요."

　그는 로그와 함께 루퍼드 제국으로 온 프리그랑 사신단 중의 한 명으로 아이작라는 이름을 가진 남자였다.

　아이작은 매사 심드렁한 표정에 모든 게 대충대충이었지만, 그럼에도 불구하고 능력이 좋아서 로그가 가장 가까이에 두고 있는 수하였다.

"처음 본 순간부터 비전하가 적임자라는 느낌이 왔지만, 다시 봐도 이만큼 적합한 인물을 찾기는 어려울 것같아."

"잘 생각해서 결정하십시오. 오늘 보니까 황후한테 안 되더구먼요."

당연히 아이작의 말에도 일리가 있었다. 지금의 이레나는 황후 오펠리아에 비해 세력이 약한 게 사실이었으니까.

하지만 그럼에도 로그의 입가에는 짙은 미소가 그려졌다.

"그러니까 비전하한테도 내가 필요한 거야. 아무런 부족함이 없다면 우리의 조건을 수용해 줄 리가 없지."

아이작은 그 말에 딱히 아무런 대꾸도 안 했지만 눈빛에 묘한 이채가 어렸다. 로그의 말에 어느 정도 동의를 한다는 뜻이었다.

로그가 흥분한 표정으로 재빨리 말을 이었다.

"하루빨리 비전하를 만나 뵙고 싶어. 우린 분명 같은 편이 될 거야."

*　　　*　　　*

다음 날, 이레나는 잠에서 깨어나자마자 극심한 두통

으로 머리를 쥐었다.

어제 술이 과했던 건지 마치 기다렸다는 듯이 숙취가 몰려들었다.

'내가 언제 잠든 거지? 어제는……'

하지만 이레나의 생각은 길게 이어지지 않았다.

어렵사리 눈꺼풀을 들어 올리자마자 바로 앞에 칼라일의 얼굴이 보였기 때문이다.

이레나가 저도 모르게 숨을 삼키며 깜짝 놀란 표정으로 물었다.

"카, 카릴. 여기서 뭐 하는 거예요?"

두 사람은 결혼한 첫날부터 이레나는 침대, 칼라일은 소파로 잠자리를 정했다. 그 이후 단 한 번도 서로의 영역을 침범한 적이 없었다.

그런데 지금 칼라일은 침대 옆에 비스듬히 누워서 한쪽 팔을 괸 채로 이레나를 물끄러미 쳐다보고 있었다.

그 시선은 묘하게 집요했고, 어딘가 복잡해 보였다.

"이제야 일어난 건가?"

"제가 깨어나길 기다렸어요?"

"그래, 한숨도 안 자고 기다렸지."

"왜……."

하지만 이레나의 말은 끝까지 이어지지 않았다.

처음엔 칼라일을 보고 깜짝 놀라서 미처 생각하지 못

했는데, 시간이 조금 지나자 어젯밤의 기억들이 파노라마처럼 머릿속에 떠올랐다.

'내가……'

화르륵, 이레나의 얼굴이 순식간에 붉게 달아올랐다.

'……미쳤었구나.'

전생에선 아무리 많은 술을 먹어도 취하지 않았었다. 가족들을 잃은 상실감에 언제나 기분이 저조했기 때문일까?

누군가와 시비는 붙은 적이 있어도 실수를 한 적은 없었다.

난생 처음으로 술이라는 게 얼마나 무서운 건지 깨달았다.

─지금 키스…… 하고 싶어요.

그건 바로 어젯밤 자신이 칼라일에게 한 말이었다.

칼라일과는 벌써 두 번이나 키스를 한 상태지만, 그건 그때마다 나름대로의 이유가 있었다.

결혼식장에서 나누는 맹세의 키스는 불가피한 것이었으며, 칼라일의 개인 훈련장에서 한 키스는 앞으로 그곳에 마음대로 드나들기 위해서였다.

이렇듯 아무 이유도 없이 키스를 원한 것은 처음이었

다.

그것도 다른 누구도 아닌, 이레나가 직접 내뱉은 말이었다.

'맙소사!'

이레나는 다시 한 번 시간을 돌릴 수만 있다면, 정신 차리라고 스스로를 뜯어말리고 싶은 심정이었다.

당장이라도 쥐구멍에 들어가 숨고 싶었지만, 불행하게도 그렇게 숨을 수 있는 공간은 어디에도 존재하지 않았다. 칼라일은 마치 이레나가 도망갈 구멍을 전부 막아버리겠다는 듯 아침부터 곁을 지키고 있었으니까.

'아무것도 기억이 안 난다고 딱 잡아뗄까?'

비겁하지만 그렇게라도 해서 어젯밤의 일을 회피하고 싶다는 생각이 들었다.

하지만 그러기엔 칼라일이 자신을 쳐다보는 눈빛이 무척이나 날카로웠다.

그는 지금까지 자신이 어젯밤의 기억을 떠올리는 과정을 묵묵히 지켜보았다. 입을 벌리며 깜짝 놀라는 모습부터 스스로를 자책하듯 안색이 창백하게 질리는 것까지, 전부 다.

이런 상황에서 아무것도 모른다고 시치미를 떼 봤자, 씨알도 먹히지 않을 것 같다는 불길한 예감이 들었다.

칼라일은 이레나가 어쩔 줄 몰라 하는 모습을 가만히

쳐다보다가 곧이어 침대 협탁 위에 올려놓은 주전자에서 물을 따라 주었다.

"마셔."

칼라일의 말을 듣고 나서야 이레나는 자신이 숙취 때문에 목이 마르다는 사실을 깨달았다.

어차피 이 상황을 어떻게 넘겨야 할지 감이 잡히지 않았다. 아주 잠시라도 시간을 벌기 위해 이레나는 군말 없이 그가 건네준 물을 마시기 시작했다.

하지만 이레나가 물컵을 다 비울 때까지 그는 기다려 주지 않았다.

칼라일의 인내심은 그리 길지 않은 모양이었다.

"어제 내게 한 말, 무슨 뜻이었지?"

"큡! 네?"

이레나는 잘못하면 물을 마시다가 그대로 뿜어 버릴 뻔했다.

심장이 두근두근, 뛰고 있는 게 느껴졌다.

"나한테 키스……."

"아, 그건 그냥 한 말이었어요."

"그냥?"

칼라일이 못마땅하다는 듯 미간을 좁혔다.

하지만 이레나는 재빨리 설명하듯이 입을 열었다.

"어젯밤 제가 아무래도 술에 많이 취했나 봐요. 불쾌하셨다면 진심으로 사과드릴게요. 갑자기 그런 기분이 들어서 그냥 한 말이었어요. 특별한 의미가 담겨 있는 게 아니니 신경 쓰지 마세요."

이레나는 머릿속에 생각나는 대로 다급하게 변명을 늘어놓았다.

아무것도 모르는 척 어물쩍 넘어가기에는 이미 늦은 것 같았다. 그렇다면 어떻게든 상황을 수습해야 했는데 술김에 갑자기 키스하고 싶었다는 변명 말고는 도무지 머릿속에 떠오르는 게 없었다.

절대 칼라일이라서가 아니라, 그냥 술김에 말이다.

하지만 이레나의 말이 길어질수록 칼라일의 표정은 더 딱딱하게 굳어 갔다.

"그러니까 그냥 기분이 내켜서 한 말이라는 건가?"

"그, 그렇죠."

"혹시 그게 그대의 술버릇인 거야?"

"네, 뭐. 아마도……."

"그렇다면 어젯밤같이 술을 마신 게 내가 아니었더라도, 그대는 똑같은 말을 다른 이에게 했을지도 모른다는 소리군."

그, 그게 그렇게 되는 건가?

이레나는 상황이 점점 이상하게 흘러가는 것 같아서 마른침을 꿀꺽 삼키고 말았다.

칼라일의 눈빛이 점점 어둡게 변하는 게 분위기가 좋지 않은 것 같았다.

하지만 그렇다고 지금 '당신이 점점 좋아지고 있어요'라는 말을 할 수는 없었다. 그건 고백이나 마찬가지였으니까.

"저는 어차피 술을 잘 마시지 않으니까, 딱히 그런 상황을 걱정하실 필요는……."

"앞으로 내가 없는 자리에서 술 마시는 건 절대 안 돼."

이레나는 하는 수 없이 고개를 끄덕거렸다. 덕분에 말도 안 되는 술버릇이 만들어졌지만 누구를 원망할 수도 없었다. 다 본인이 자초한 일이었다.

"알았어요. 최대한 노력해 볼게요."

이레나의 대답을 듣고 나서야 칼라일의 딱딱한 표정이 조금은 풀어졌다.

칼라일은 곧이어 이레나를 알 수 없는 시선으로 빤히 쳐다보다가, 그녀의 헝클어진 머리카락을 한 손으로 정리해 주며 나지막이 말했다.

"그대는 위험한 여자야. 그런 말로 사람을 들었다 놨다 하다니."

"아, 죄송해요……."

간밤에 칼라일이 그 말을 듣고 얼마나 기가 막혔을까?

문득 그런 생각이 들자 이레나는 스스로를 자책할 수

밖에 없었다.

잠시 혼자만의 생각에 빠져 있던 이레나는 어느 순간 칼라일이 묘한 열기를 담은 눈동자로 자신을 쳐다보고 있다는 걸 깨달았다.

그때였다.

자신의 머리카락을 정리해 주던 칼라일의 손길이 어느새 뒷목으로 내려와 있는 게 느껴졌다.

불현듯 지금의 자세가 조금 이상하다는 생각이 들었다.

이레나는 침대에 똑바로 누워 있는 상태였고, 그 위를 칼라일이 한쪽 팔을 짚은 채 상체를 기울이고 있었으니까.

"……카릴?"

이레나의 의아한 목소리에 칼라일이 평소보다 낮은 톤으로 대꾸했다.

"지금은 괜찮아?"

"뭐가요?"

"어젯밤 키스하고 싶은 기분이 들었다며."

그의 말에 이레나는 다시금 뜨거운 열기가 얼굴로 몰리는 것 같았지만, 애써 태연한 척 고개를 끄덕거렸다.

"술에서 깨니까 이젠 괜찮아요."

하지만 그럼에도 칼라일의 얼굴은 조금씩 더 가까워져

오고 있었다.

이레나가 놀란 눈동자로 그를 올려다보자, 칼라일이 픽 하고 희미한 미소를 지으면서 말을 이었다.

"그대의 욕구는 사라졌을지 몰라도, 덕분에 난 어젯밤부터 계속 그런 기분이 들었거든."

"아……."

"그러니까 책임져 줘야겠어."

이레나가 더 이상 뭐라고 입을 하기도 전이었다.

칼라일의 뜨거운 입술이 그대로 이레나의 도톰한 입술을 덮었다.

수차례 입술이 부딪치고 질척한 타액이 넘어갔다. 칼라일의 키스는 이대로 잡아먹혀 버리는 게 아닐까 싶을 만큼 무척이나 저돌적이었다.

침대에 누워 있던 이레나는 조금도 뒤로 물러날 수 없는 상황이었기에 칼라일이 거침없이 파고드는 움직임을 그대로 다 받아 줄 수밖에 없었다.

그렇게 점점 숨이 가빠 오고 정신이 아득해졌다.

이레나가 무의식적으로 칼라일의 단단한 가슴팍을 잡고 매달렸다.

그 때문인지 칼라일의 농밀했던 키스가 처음보다 조금 더 부드러워진 느낌이었다.

"하웃."

처음의 폭풍 같았던 키스는 시간이 갈수록 아이스크림처럼 다디달게 변했다.

불행인지 다행인지 이곳은 칼라일과 이레나의 침실이었기 때문에 아무도 신혼부부의 아침을 방해하지 않았다.

한참이나 이레나의 입술을 탐닉하던 칼라일의 입술이 떨어졌다. 그러자 이레나는 턱 끝까지 차오른 가쁜 숨을 내쉬며, 발갛게 달아오른 얼굴로 눈앞에 있는 칼라일을 올려다보았다.

이레나의 당혹스러운 시선에도 칼라일은 태연하게 그녀의 머리카락을 스윽, 귀 뒤로 넘겨 주며 말했다.

"참 신기해. 그대와의 키스는 하면 할수록 갈증이 나."

자신을 쳐다보는 그의 푸른 홍채에는 진득한 감정이 담겨 있었다. 그 눈빛이 너무나 강렬해서 이레나는 마치 그에게 포획을 당한 사냥감이 된 듯한 기분이 들었다.

하긴 틀린 말은 아니었다.

자신은 이 푸른 눈동자에 완전히 빠져 버렸으니까.

두근두근, 이레나는 요란하게 울리는 자신의 심장 박동을 들으며 다시 한 번 깨달았다.

이 칼라일이란 남자가 얼마나 자신의 심장에 좋지 못한지를.

수도의 셸비 저택.

황후 오펠리아의 명으로 불임이 되는 마네라 화초와, 그와 정반대인 바네라 화초를 구해다 준 건 다름 아닌 엘렌이었다.

그래서 쌍둥이 화초를 가지고 오펠리아가 어떻게 이레나를 요리할지에 대해 이미 대충은 들어서 알고 있는 상태였다.

엘렌은 계획대로 이레나가 사신단을 불러 모은 파티에서 오펠리아에게 호되게 당했다는 소식을 듣게 되자 기분이 무척이나 좋았다.

"깔깔깔, 제 주제 파악을 못 하고 황후 폐하께 덤비려 하다니 우습지 않느냐?"

엘렌과 함께 앉아 있는 영애는 바로 사라였다.

예전에는 서로 존댓말을 나누는 사이였지만, 시간이 흐르면서 엘렌은 자연스레 아랫사람처럼 사라에게 말을 편하게 놓았다. 그리고 사라 또한 그에 대해 전혀 불만을 표하지 않았다.

같은 귀족이라지만 계급이 달랐으니까.

"그러게 말입니다. 덕분에 아주 고소하게 되었네요."

"아, 이 사실을 모두에 알릴 수 있다면 좋을 텐데. 안타깝게도 나만 알고 있어야 한다니."

이번 일이 황후 오펠리아의 계략이라는 건 아무도 몰라야 할 비밀이었다. 그래서 엘렌은 누구에게도 말하지 못한 채 함구할 수밖에 없었다.

물론 그러기엔 속이 너무 답답해서 가장 최측근인 사라에게는 털어놓았지만 말이다.

사라가 은밀한 목소리로 말했다.

"그래도 파티장에 루퍼드 귀족이 아닌 사신단을 불러모은 건 나름 묘수였다고 생각해요. 절대 방심하면 안 되겠어요."

"칫, 묘수는 무슨 묘수! 제까짓 게 뭘 할 줄 안다고. 그 정도는 누구나 생각할 수 있는 계책이 아니더냐? 그년은 황태자 전하와 결혼 한번 잘해서 팔자를 고친 것뿐이야!"

엘렌은 방금 전까지 기분 좋게 웃고 있던 사람이라고 믿을 수 없을 만큼 순식간에 표정을 고친 채 소리를 질러댔다.

그녀가 워낙 제멋대로에 감정 기복이 심한 타입이란 것을 잘 아는 사라는 재빨리 말을 바꿨다.

"네, 맞는 말씀이세요. 황태자 전하 덕분에 거기까지 올라간 거지, 아니었다면 절대 꿈도 못 꿨을 일이죠. 저는 다만 앞으로의 일을 조금 더 신중하게 계획하자는 의미에서 드린 말씀이에요."

"……흥."

그럼에도 엘렌은 못마땅하다는 듯 콧방귀를 뀌었다.

저번에 이레나와 싸우면서 난 소문 때문에 엘렌은 많은 사람들에게 악녀라는 이미지로 각인되어 고생을 했었다.

아마 황궁 시녀가 되지 않았다면 지금까지도 사교계에 얼굴을 들고 다니지 못했을 것이다.

그래서인지 엘렌은 그때부터 눈에 불을 켜고 이레나를 더 미워하기 시작했다.

그 모든 사실을 잘 아는 사라도 입조심을 했어야 했는데, 저도 모르게 그만 본심이 나와 버리고 말았다.

'저번에도 느꼈지만, 블레이즈 영애는 생각보다 총명한 타입이야.'

엘렌이 판 함정에서 빠져나갈 때부터 범상치 않다는 예감이 들었었다.

사실 이번에도 황후 오펠리아와 견주어서 패배를 한 것이지, 콧대 높고 자존심만 센 엘렌은 죽었다 깨어나도 이길 수 없는 상대였다.

워낙 눈치가 빠른 사라는 이미 다 알고 있는 사실이었지만…….

그럼에도 아직은 셸비 후작 가문에 이득을 볼 일이 많아서 붙어 있는 중이었다. 사라의 가문인 제너 자작가는 워낙 가난하고 힘이 없었기에 권력이 있는 가문에게 기생해야만 살아남을 수 있었으니까.

불현듯 결혼식 피로연장에서 이레나와 마주쳤을 때 들었던 말이 떠올랐다.

—어디가 더 이득인지, 줄을 잘 보고 서는 게 좋을 거예요.

사라는 저도 모르게 쓴웃음을 지었다.

이레나가 제아무리 황태자비가 되었다곤 하나, 아직까지는 엘렌이 줄 수 있는 게 더 많았다.

더구나 엘렌의 뒤에는 황후 오펠리아가 있었다.

황궁 시녀가 된 엘렌을 두고 굳이 노선을 변경할 이유는 없었다.

게다가 지금껏 괜히 엘렌의 옆에 찰싹 붙어서 친분을 쌓아 온 게 아니었다. 슬슬 엘렌도 사라에게 의지를 하기 시작해서 생각보다 중간에서 누릴 수 있는 게 많았다.

사라가 짐짓 아무것도 모르는 척 새침하게 웃으며 말했다.

"제 이야기를 좀 들어 보세요. 이번에 황후 폐하께서 셀비 영애가 황태자 전하의 차비가 될 수 있도록 밀어주겠다고 하셨잖아요."

"응, 그랬지. 황후 폐하께서 날 차비로 만들어 줄 테니,

전하가 어떤 일을 하시는지 알려 달라고 했어. 아무래도 전장에서만 지내다가 와서 걱정이 된다나? 호호호."

엘렌의 얼굴이 금방이라도 결혼할 새색시처럼 발그레하게 변했다.

요즘은 어딜 가도 칼라일에 관한 이야기가 나왔다. 그만큼 많은 영애들의 선망의 대상으로 자리를 잡은 상태였기 때문이다.

칼라일이 결혼하면서 이레나에게 해 준 행동들은 모두가 꿈에 그리던 것들이었으니까.

"곧 있으면 황태자 전하가 참석하는 파티가 열릴 텐데, 아무래도 셀비 영애와 황태자 전하의 첫 만남은 그리 좋지 못했잖아요."

"그럴 수밖에 없지. 그 얄미운 것이 내 이미지를 망가트렸으니까!"

엘렌은 집 안에서 절대로 이레나를 비전하라고 부르지 않았다. 어떻게든 이레나를 조금이라도 깎아내리고 싶기 때문이었다.

사라는 그 마음을 다 알고 있다는 듯이 간사하게 웃으며 말을 이었다.

"그렇다면 이번이 기회예요. 황태자 전하와 어떻게 만남을 가질지 계획을 짜야 해요."

"그래야지. 이번엔 절대로 방해받지 않을 거야."

엘렌의 눈이 탐욕으로 인해 번뜩거렸다.

지금까지 엘렌이 세운 계략 중에 치밀한 것이 있다면, 그건 전부 사라의 머릿속에서 나온 것이나 다름없었다.

감정적인 엘렌은 그런 꾀를 낼 능력이 없었고, 사라는 책사 역할을 하며 자신의 입지를 굳히고 있었다.

엘렌은 어느새 비어 버린 찻잔과 과자들을 바라보며 테이블 위에 있는 종을 울렸다.

짤랑짤랑―

그러자 곧바로 문이 열리며 소피가 들어왔다.

"대화가 길어질 것 같으니, 차와 다과를 더 내오…….
뭐야? 소피 너, 아직도 내 시중을 들고 있었어?"

"으어어."

소피는 괴상한 소리를 내며 연신 허리를 숙였다.

이레나를 색녀라고 거짓 소문을 퍼뜨리는 데에 실패한 날, 엘렌이 홧김에 소피의 혀를 잘라 버렸기 때문이다.

이유는 단 하나였다.

본인의 잘못은 생각하지 못한 채, 소피가 제대로 된 증언을 하지 못했다는 것이다.

사라는 저도 모르게 그 모습을 딱한 표정으로 지켜보고 있었다.

"당장 내 방에서 나가! 다른 하녀들은 다 어디 갔어? 감히 이것들이 농땡이를 부려?"

엘렌의 패악질은 하루 이틀 일이 아니었지만, 그것을 당해야 하는 소피의 얼굴은 시커멓게 변해 갔다.

엘렌의 전속 하녀들은 농땡이를 부렸다는 이유로 모두 호되게 회초리를 맞았다.

그리고 그동안 쥐 죽은 듯이 지냈던 소피는 결국 셀비 후작가에서 쫓겨나 막일을 하는 어딘가로 끌려가 버렸다.

틸다 또한 어찌나 심하게 맞았는지 종아리가 전부 시퍼렇게 멍이 들 정도였다.

틸다는 눈물이 그렁그렁 맺힌 얼굴로 밤하늘을 올려다보며 기도했다.

'메리야, 어서 날 구해 줘.'

지금 틸다가 믿을 건 아직까지 블레이즈 저택에서 일하고 있는 메리뿐이었다.

소피의 말만 믿고 블레이즈 저택에서 나온 것을 그동안 얼마나 후회했는지 모른다.

엘렌은 자신이 소피를 통해 들어온 하녀라는 것도 완전히 잊어버린 상태였다. 만약에 기억하고 있었다면 소피의 혀를 잘랐을 때 자신 역시 무사하지 못했을 것이다.

지금은 그저 하루빨리 이 지옥 같은 셀비 저택에서 벗어나고 싶은 마음뿐이었다.

'흑흑. 이레나 아가씨, 정말 죄송해요.'

틸다는 늦었지만 진심으로 자신의 잘못을 뉘우치고 있었다.

그리고 염치없지만 이레나가 다시 자신을 구해 주기를 바랐다.

31

아파도 좋았다

이레나는 황궁 생활이 안정되자마자 결혼식 피로연장에서 약속했던 대로 여러 명에게 초대장을 보냈다.

우선 남부 지방의 마리사와 수도권 사교계의 스텔라, 그리고 프리그랑 사신단에 속해 있는 로그. 마지막으로 크라우스 가문의 후계자로 꼽히는 해리한테까지 말이다.

그중에 가장 먼저 답변이 온 것은 바로 로그였다.

곧 있으면 사신단들은 모두 본국으로 돌아가야 했기 때문에 로그가 가장 급할 수도 있는 건 맞았지만…….

그렇게 생각하기에도 너무 빨랐다.

마치 이레나가 부르기만을 기다리고 있었다는 느낌이 더 강했다.

'……내게 무슨 말이 하고 싶은 걸까?'

결혼식 피로연장에서 프리그랑의 원단을 개인적으로 선물하고 싶다는 말을 들었을 때부터 사실 궁금했었다. 어쩌면 묘하게 호감이 가는 여성이었기에 더 그런 건지도 몰랐다.

로그는 과거에 백작 영애였던 이레나가 꿈꾸던 이상적인 여성의 모습이었으니까.

여성의 몸으로도 거침없이 제복을 입고, 허리춤에 당당히 검을 찬 모습이 이레나의 눈에도 무척이나 멋있게 보였다.

아직 여성의 사회적인 진출이 어려운 루퍼드 제국에서는 쉽게 있을 수 없는 일이었다.

'내가 안 된다면…… 미라벨만이라도 그렇게 자유롭게 살았으면 좋겠어.'

미라벨만큼은 세상의 어떤 것에도 구속받지 않은 채 본인이 하고 싶은 일을 마음껏 하며 자유롭게 살기를 바랐다. 그리고 그럴 수 있도록 이레나가 물심양면으로 도와줄 생각이었다.

미라벨은 무엇을 줘도 아깝지 않은, 세상에서 가장 소중한 자신의 동생이었으니까.

불현듯 이레나의 머릿속에 해맑게 웃는 미라벨의 얼굴이 떠오르자, 그녀는 저도 모르게 입가에 흐릿한 미소를 머금었다.

그때였다.

똑똑, 노크 소리와 함께 유모가 응접실 안으로 들어왔다.

"비전하, 애쉬모어 경이 오셨습니다."

"네. 들어오라고 하세요."

이레나의 허락이 떨어지자 곧이어 로그가 응접실 안으로 들어섰다.

로그는 곧바로 깍듯하게 허리를 숙이며 예를 표했다.

"제국의 비전하를 뵙습니다. 루퍼드 제국에 무한한 영광을—"

이레나도 자리에서 일어서 가볍게 인사를 받아 주고는 부드러운 표정으로 말을 이었다.

"어서 와요. 그동안 잘 지냈나요?"

"네. 루퍼드 제국에 신기한 것들이 많아서 아주 즐거웠습니다. 우선 제가 선물로 드리려고 가지고 온 것부터 보여 드리고 싶은데 괜찮으실까요?"

그러고 보니 응접실 문 바깥에 서 있는 시종들이 양손에 가득 고급 원단을 들고 있었다.

한눈에 봐도 모두 독특하고 질이 좋은 최상품의 원단이었다.

이레나가 내심 놀란 표정으로 말했다.

"그때 선물을 주신다고 해서 알고는 있었지만…… 그 게 이렇게나 많은 양일 줄은 몰랐군요."

"비전하께 잘 보이고 싶은 제 마음이라고 생각해 주십 시오."

로그는 하얀 이빨을 드러내 보이며 씨익 웃었다. 그 호 쾌한 모습이 이레나도 썩 마음에 들었다.

그게 꼭 값비싼 선물을 줘서 드는 생각은 아니었다. 로 그의 거침없는 행동과 예의 바른 입담이 보면 볼수록 흡 족했다.

"고마워요, 덕분에 다양한 드레스들을 제작할 수 있겠 어요."

"아름다우신 비전하를 더욱 돋보이도록 하는데 저희 선물이 보탬이 된다면 오히려 영광입니다."

로그는 비굴하지 않았지만 그럼에도 듣기 좋은 말을 잘 내뱉는 편이라 왠지 장사를 하면 잘할 것 같다는 생각 이 들었다.

이레나는 간단히 로그가 선물로 가지고 온 원단들을 확인하고는 자신의 드레스 룸으로 가지고 가도록 명령을 내렸다. 그리곤 곧 로그에게 맞은편 자리를 권유하며 말 했다.

"앉으세요."

"네, 감사합니다. 비전하."

두 사람이 착석하자 기다렸다는 듯이 하녀들이 정갈하게 꾸며진 다과를 내왔다.

이레나는 그중에 담긴 독특한 모양의 과자를 가리키며 말했다.

"이건 루퍼드 제국에서 가장 많은 사람들이 즐기는 과자예요. 한번 맛보시라고 준비했습니다."

"이런, 세심한 배려에 감사드립니다. 비전하."

"식사는 하고 오셨나요? 점심 전이라면 같이 먹어요."

"그럼 염치없지만 마다하지 않겠습니다. 비전하와 같이 식사를 할 수 있는 영광을 주셔서 감사합니다."

그렇게 둘은 일상적인 대화들을 조금 나누었다.

하지만 이레나는 이미 로그가 자신에게 뭔가 하고 싶은 말이 있다는 걸 눈치채고 있었다.

언제쯤 로그가 말을 꺼내려나, 하고 기다리고 있을 때였다.

분위기가 무르익었다고 생각했는지 로그가 나지막한 목소리로 말을 건넸다.

"비전하께 긴히 드릴 말씀이 있는데, 주변의 사람들을 조금 물려 주시겠습니까?"

이레나는 짐짓 아무것도 모르는 척 되물었다.

"저한테요?"

"네, 비전하."

"그래요. 뭔지 궁금하군요."

이레나는 곧장 유모와 다른 하녀들을 보며 말을 이었다.

"로그와 단둘이 대화할 수 있게 모두 물러가세요."

이레나의 명령이 떨어지자 모두 응접실에서 일정한 거리를 벌리며 멀어졌다.

그렇게 단 두 사람만 남게 되자 로그가 진지한 눈빛으로 입을 열었다.

"제가 드리고 싶은 말씀은 하나입니다. 앞으로 루퍼드 제국과 프리그랑 왕국의 교역권을 저희 상단에 전부 맡겨 주십시오."

전혀 생각지도 못한 제안에 이레나의 붉은 눈동자가 크게 뜨여졌다.

하지만 놀람은 잠시였다. 곧이어 평정심을 되찾은 이레나가 태연한 목소리로 대꾸했다.

"그런 말씀은 황제 폐하와 나누셔야 할 이야기가 아닌가요? 왜 이런 말씀을 황태자비인 저한테 하시는지 모르겠군요."

"단도직입적으로 말씀드리자면, 현 황제 폐하와 황후 폐하께서는 이미 거절하신 조건이기 때문입니다. 제가 단언할 수는 없지만 아마도 루퍼드 제국 내의 권력 다툼 때문에 각 세력권에선 이미 지지하고 있는 상권이 있습니다. 저희는 죽었다 깨도, 그 사이를 파고들 수가 없는 실정이고요."

틀린 말은 아니었다.

루퍼드 제국의 상권은 크라우스 가문이 꽉 쥐고 있다 해도 과언이 아니었지만, 그럼에도 황제와 황후 측이 각각 쥐고 있는 자금줄이 따로 있었다.

부당하긴 했지만, 그들과 연이 닿지 않는 상단에서 교역을 하기란 힘들었다.

이레나가 말했다.

"그래서 황태자비인 내게 이런 제안을 하는 건가요?"

"네, 그렇습니다. 비전하께서 허락해 주신다면 저희가 황태자 전하의 황위 등극을 돕겠습니다."

그 말에 이레나는 다시 한 번 놀랐다.

황위 등극을 돕겠다는 말이 어떻게 들으면 별것 아닐 수도 있었지만, 이레나의 귀에는 루퍼드 제국의 사정을 손바닥 들여다보듯이 알고 있다는 것처럼 들렸다.

지금 루퍼드 제국은 암암리에 황제와 황후가 치열하게 황위 다툼을 하고 있는 상태였다.

대상은 바로 황태자인 칼라일과, 2황자인 레드필드.

만약 모든 걸 다 알고서 접근을 해 온 거라면, 로그는 그 둘 중에 칼라일에게 배팅을 한 것이나 다름없었다.

이레나가 물었다.

"그렇다면 이런 제안은 황태자 전하께 직접 가서 해야

하는 이야기가 아닌가요?"

"아, 황태자 전하께서는 저희 상단을 그리 좋아하지 않으실 것 같아서요."

"어째서죠?"

"예전에 전쟁터에서 황태자 전하가 이끄는 전투 부대와 마주친 적이 있습니다. 저희 측의 실수로 허가 없이 루퍼드 제국의 국경선을 넘었거든요."

칼라일은 결혼식 피로연장에서 로그의 얼굴을 전혀 알아보지 못한 것 같았는데, 로그는 마치 어제의 일처럼 생생한 듯 말을 이었다.

"저희가 가지고 있던 모든 물품들을 넘기는 대가로 목숨은 건졌지만, 그때 전하를 뵙고 한눈에 황제가 되실 분이라는 걸 깨달았습니다."

"그래서 미리 제게 줄을 대고 싶다는 거군요."

핵심을 짚는 이레나의 말에 로그는 어색하게 웃으며 고개를 끄덕거렸다.

"네. 하지만 정확히 저희가 선택한 사람은 황태자 전하가 아니십니다. 바로 비전하이시지요. 나중에 황후가 되시고 난 후에 루퍼드 제국의 교역권을 약조해 주신다면 저희는 앞으로 비전하의 사람이 되어서 움직일 것입니다."

사실 이레나에겐 나쁘지 않은 조건이었다. 말대로 칼라일이 황제가 된다면 국가 간의 교역권쯤이야 이레나가 마음대로 할 수 있는 권력을 얻게 될 것이다.

그리고 현재 이레나에게도 힘이 되어 줄 세력이 하나 쯤은 필요했다.

칼라일에 속해 있는 것이 아닌, 블레이즈 저택과도 연관이 없는 이레나만의 독자적인 비밀 세력이 말이다.

하지만 그게 꼭 로그의 상단이어야 하는 이유는 없었다. 더 자세히 알아봐야겠지만 프리그랑 왕국에서 파생된 상단이라는 게 마음에 걸렸다.

무엇보다 이런 부분에 대해서는 신중을 기해야 할 필요가 있었으니까.

잠시 고민하던 이레나가 로그에게 물었다.

"그쪽 상단의 이름이 뭐죠?"

"아, 저희 상단은 아스타라는 이름으로……."

상단의 이름을 들은 이레나는 저도 모르게 손에 들고 있던 찻잔을 놓칠 뻔했다.

결국 뜨거운 찻물이 살짝 흘러 손을 적셨지만 이레나의 놀란 눈은 풀어지질 않았다.

아스타.

미래에서 프리그랑을 대표하는 상단이 되는 이름이었다.

그뿐만 아니라 신의를 지키기로 유명한 상단이라 그들과의 거래는 언제나 깔끔하고 믿음직스럽다고 인망이 두터웠다.

한 번 미래를 살다 온 이레나는 누구보다 잘 아는 내용
이었다.

"비, 비전하 괜찮으십니까?"

로그가 찻물이 흐른 것을 보고 당황해서 물었다. 하지
만 이레나는 이런 작은 화상 따위 아무렇지도 않았다.

그보다 이런 행운이 자신에게 찾아왔다는 게 무척이나
마음에 들었다.

'아스타 상단이라면 내가 망설일 필요가 없지.'

로그가 먼저 제안하지 않았어도 이레나가 매달리고 싶
은 심정이었다.

가뜩이나 칼라일이 결혼식 답례품으로 준 보석들이 너
무 많아 이를 이용해 조만간 투자를 해 볼 생각이었다.

로그의 제안은 여러 가지로 지금 이레나가 처해 있는
상황과 맞물렸다.

이레나는 더 이상 망설이지 않고 고개를 끄덕이며 말
했다.

"좋아요. 제가 황후가 되면 아스타에게 독점 교역권을
줄게요. 대신에 칼라일 전하가 황위로 등극할 때까지 날
도와줘요."

로그는 갑자기 달라진 이레나의 태도에 순간 의아한
표정을 지었지만, 그것은 잠시일 뿐이었다.

곧이어 로그가 기쁜 표정으로 고개를 끄덕이며 대답했

다.

"네, 그리하겠습니다. 감사합니다."

"이 내용이 적힌 계약서를 가지고 왔겠죠? 거기에 황태자비의 직인을 찍어 약속하겠어요."

"……비전하."

감동에 찬 로그의 눈동자를 바라보며 이레나는 다시금 말을 이었다.

"또 하나, 제가 투자를 하고 싶은 게 있는데 상단 측에서 제 명의를 감출 수 있게 도와줬으면 좋겠군요."

"아, 어디에 투자를 하실 생각이십니까?"

"일단 제가 생각하고 있는 곳은……."

이레나는 그동안 혼자서 간략하게 구상하고 있던 투자 계획에 대해 로그에게 털어놓았다.

로그는 그 이야기를 듣는 내내 눈을 초롱초롱 빛내며 경청했다.

그렇게 두 사람의 대화는 예상보다 무척이나 길어졌다.

*　　　*　　　*

쿤은 칼라일에게 블레이즈 저택에서 나갈 수 있도록 도와 달라는 전언을 보냈고, 곧 그에 대한 답을 받아 볼 수 있었다.

꾸깃—

그리고 그 답변이 담겨 있는 서신이 쿤의 손안에서 구
겨졌다.

[칼라일 전하께서 휴가라 생각하고 레이디 미라벨
이 남부 지방으로 갈 때까지 거기에 있으라고 하신
다. — 제너드]

평소에 사이가 좋지 않은 쿤과 제너드는 서로의 얼굴
을 맞대고 싶지 않아 했기에 가끔 전할 말이 있으면 이렇
게 서신으로 대신하곤 했다.

이번에도 역시 마찬가지였다. 하지만 거기에 적힌 내
용이 쿤의 입장에선 무척이나 불만이었다.

'……휴가라니.'

칼라일의 수하로 들어온 이후로 쿤은 단 한 번도 휴식
을 취해 본 적이 없었다.

거동이 불편해질 정도로 부상을 당했었을 때만 어쩔
수 없이 치료받았을 뿐이다. 그럴 때조차도 쿤이 항상 자
리를 박차고 일어나는 바람에 제대로 된 휴식을 취한 적
이 없었다.

그리고 그건 쿤이 직접 원한 내용이었다. 한시라도 쉬
고 싶지 않았으니까.

아무런 임무도 없는 시간을 어떻게 보내야 할지 몰랐으며, 가만히 있는 자신만큼이나 쓸모없다고 느껴지는 것도 없었다.

쿤에겐 피 튀는 전장만이 스스로를 살아 있다고 느끼게 해 주는 유일한 탈출구였다.

'장군, 어째서…….'

지금까지는 칼라일도 쿤의 이런 마음을 잘 알았기에 웬만해선 빠르게 일을 복귀할 수 있도록 만들어 주었었다.

그런데 갑자기 왜 원하지도 않는 휴가를 준 걸까.

문득 얼마 전 황후궁에 잠입했다가 크게 다쳤을 때, 칼라일이 자신에게 건넨 말이 떠올랐다.

—가끔은 억지로라도 쉬는 것을 연습해 봐. 그렇게 죽기 위해 싸우는 것처럼 무리하지 말고.

그때는 그저 자신의 안위가 걱정이 되어서 하는 가벼운 말인 줄로만 알았다.

그런데 그게 진심이었던 걸까?

이번엔 쿤이 원하든, 원하지 않든 쉴 수밖에 없는 환경으로 내몰린 느낌이었다.

쿤은 미세하게 미간을 찌푸리며 적막한 방 안을 둘러

보았다. 블레이즈 저택에서 같은 방을 쓰던 바토리마저 황궁으로 가고, 당분간은 2인 1실을 혼자서 쓰고 있는 중이라 더욱 조용했다.

그리고 이런 고요함이…… 무척이나 싫었다.

지금처럼 몸을 움직이지 않는 순간은 죽은 것이나 다름없다고 생각했으니까.

'대체 이런 곳에서 뭘 하라고…….'

마음 같아선 블레이즈 저택에서 연기처럼 사라지고 싶었지만, 이레나와 한 약속도 있었고 지금은 칼라일의 명령까지 내려온 상황이라 함부로 움직일 수가 없었다.

쿤은 갑자기 밀려오는 두통에 한 손으로 이마를 감싸 쥐었다.

—이런 쓸모없는 놈! 나가서 죽어 버려!

왜인지 기억의 저편에 묻어 놨던 오래된 기억이 불쑥 떠올랐다. 아주 오래전의 일임에도 불구하고 당장이라도 귓가를 울릴 만큼 선명한 목소리였다.

곧이어 심장이 바짝 조여 오는 것처럼 답답한 심정이 들었다.

그때였다.

똑똑, 마침 이쪽을 향하는 작은 발자국과 함께 노크 소리가 들려왔다.

하인의 방문을 이렇게 조심스럽게 두드릴만한 사람은 많지 않았다.

쿤이 혹시나 하는 심정으로 문가를 바라보자, 문 바깥에서 이제는 제법 익숙해진 맑은 목소리가 들려왔다.

"쿤, 안에 있어요?"

바로 미라벨이었다.

지난번에 황궁으로 가겠다는 의사를 밝히면서 그녀의 부담스러운 친절에 대해 불만을 토로했더니, 이제는 나름대로 타인의 시선을 피해서 쿤에게 말을 걸고 있었다.

하지만 쿤은 여전히 이해가 되지 않았다.

굳이 이렇게까지 하면서 자신을 챙겨 줄 이유가 뭐란 말인가.

따지고 보면 이 모든 일의 원흉은 미라벨이나 다름없었다.

'어디서부터 시작된 걸까?'

자신이 미라벨을 구해 주었을 때부터? 아니면 미라벨이 부상을 입은 자신을 황궁에서 구해 주었을 때였나?

곰곰이 돌이켜 보면 미라벨과의 모든 만남은 전부 다 예기치 못한 상황에서 이루어졌다.

지금까지 살면서 이렇게나 많은 우연이 겹쳤던 적은 처음이었다.

이게 악연인지 인연인지 아직은 알 수 없었지만, 어찌 됐든 이제껏 쿤이 경험해 보지 못한 만남이라는 것만은 분명했다.

잠시 후, 요란한 소리를 내며 그의 방문이 조심스럽게 열렸다.

문틈 사이로 고개를 빼꼼 내미는 미라벨의 표정은 언제나처럼 해맑았다.

그래서일까. 쿤은 스스로 자각하지 못했지만 방금 전에 떠오른 불쾌했던 기억들이 조금씩 머릿속에서 사라지고 있었다.

"어라? 대답이 없어서 혹시 여기 없나 했어요."

보통이라면 왜 노크 소리를 듣고 대답하지 않았냐고 호통을 쳐야 마땅했다. 하지만 미라벨은 신분 차이가 극명하게 나는 쿤을 그렇게 대하지 않았다.

쿤이 대답했다.

"잠깐 다른 생각을 하느라 작은 아가씨가 부르는 소리를 듣지 못했습니다."

눈에 뻔히 보이는 거짓말임에도 미라벨은 그러냐는 듯, 일말의 의심도 없이 고개를 끄덕거리며 그가 한 말을 믿었다.

사실 이런 타입은 처음이라 조금 껄끄러웠다. 쿤은 밥 먹듯이 거짓말을 하는 데에 반면 미라벨은 모든 걸 순수하게 믿고 있었으니까.

미라벨이 여전히 따뜻한 시선으로 쿤을 바라보며 천진난만하게 물었다.

"저번에 말했던 피크닉 갈래요?"

쿤의 의사를 물어본다는 것은 피크닉을 가자는 제안을 거절해도 된다는 뜻이기도 했다. 하지만 과연 블레이즈 저택의 하인으로 일하고 있는 자신이 그 말을 거부할 수 있을까?

쿤은 스스로에게 자조적인 웃음을 지었다.

사실 칼라일의 수하가 된 지금은 그리 낮은 신분이 아니었지만, 과거에 노예로 살았던 기억들이 항상 쿤의 발목을 잡았다.

아무리 하인으로 위장하고 있는 거라지만 스스로의 위치를 잊어서는 안 되었다. 그건 어렸을 때 노예로 살아온 쿤이 누구보다 잘 아는 것이었다.

그래서 쿤은 미라벨이 준 선택의 기회를 무시한 채, 이미 정해져 있다고 생각한 대답을 내놓았다.

"네, 작은 아가씨."

＊　　＊　　＊

미라벨은 피크닉 바구니에 이것저것 잔뜩 음식을 싸

들고, 쿤과 단둘이서 꽃이 잔뜩 피어 있는 산속으로 향했다.

다른 하녀나 하인들은 단 한 명도 대동하지 않은 아주 이례적인 일이었다.

그 사실을 알고 만류하는 집사에게 미라벨은 사람들이 많으면 번잡스럽다고 핑계를 댔지만, 사실 다른 이들이 있으면 쿤과 마음 편히 대화를 나누지 못했기 때문이었다.

그리고 그러한 사실을 쿤도 어렴풋이나마 눈치를 채고 있는 상태였다. 하지만 그렇다고 해서 쿤이 직접 나서서 뭐라고 말을 꺼내기도 애매한 상황이라 그저 모르는 척하고 말았다.

"와아— 저기 개나리가 핀 것 좀 봐요. 너무너무 예쁘네요."

다행인지 불행인지 날씨는 무척이나 좋았다. 따뜻한 봄이라 그런지 살랑대는 바람마저 기분이 좋은 그런 날이었다.

미라벨은 빼곡하게 자라난 선명한 노란색의 개나리꽃을 보고 연신 감탄사를 내뱉었다. 하지만 그런 그녀와 반대로 쿤은 무감각한 시선으로 힐끔 쳐다보고 말 뿐이었다.

쿤은 원래 이런 자연 풍경을 보고 감동을 받는 성격이

아니었다.

그의 눈에 비친 꽃은 그저 꽃이고, 나무는 그저 나무일 뿐이었다.

계절이 바뀌면 자연스럽게 변화하는 광경을 보고 왜 감탄하는지 이해가 되지 않았다.

그렇게 미라벨과 쿤은 서로 정반대의 반응을 보였지만, 그렇다고 각자만의 방식을 서로에게 강요하지 않았다.

미라벨은 미라벨대로 기뻐했고, 쿤은 쿤대로 무심하게 지켜보았다.

중요한 건, 그럼에도 함께 거닐고 있다는 사실이었다.

각자 자유롭게 이 시간을 즐기고 있어서 전혀 어울리지 않는 두 사람이었지만, 그럼에도 조금도 불편하지 않은 신기한 조합이었다.

미라벨이 이번엔 커다란 나뭇가지 위에 앉아 있는 작은 새를 가리키며 말했다.

"어머, 저기 좀 봐요. 새가 진짜 귀여워요."

"그렇습니까."

무뚝뚝한 쿤의 반응에도 미라벨은 뭐가 그리 즐거운지 꺄르르 하고 웃었다.

두 사람은 이곳저곳을 걸어 다니며, 봄이 만들어 낸 자연의 경관을 구경했다.

그렇게 한참이 지난 후에야 그늘진 곳에 돗자리를 펴고 앉아서 블레이즈 저택에서부터 갖고 온 피크닉 바구니를 풀었다.

바구니 안에는 도저히 2인용이라고 믿을 수 없을 만큼 엄청난 양의 음식들이 쏟아져 나왔다.

두 사람이 앉을 자리가 부족할 만큼 많은 음식들을 돗자리 위에 꺼내 놓던 미라벨이 드디어 손을 멈추곤 쿤을 향해 웃었다.

"많이 먹어요, 쿤."

쿤은 어차피 거절해도 달라지지 않는다는 걸 이미 경험으로 익혔기에 그저 고개를 끄덕이며 감사의 말을 전했다.

"네, 잘 먹겠습니다. 작은 아가씨."

그는 아무리 맛있는 음식을 먹어도 똑같은 표정을 지었다. 자신의 감정을 드러내지 않는 건 쿤의 오래된 습관이었다.

하지만 그런 쿤의 먹는 모습이 뭐가 그리 좋은지, 미라벨은 툭하면 음식을 먹다 말고 물끄러미 쿤을 구경하곤 했다.

관심 어린 미라벨의 시선이 불편할 만도 했지만, 쿤은 아무런 말도 하지 않은 채 묵묵히 식사를 할 뿐이었다.

아마 누가 보더라도 이 사랑스러운 아가씨와 무뚝뚝한

하인의 조합은 특이할 것이다.

잠시 후, 펼쳐 놓은 음식들을 절반도 먹지 못한 채 점심 식사가 끝났다.

미라벨은 조용히 뒷정리를 하고 있는 쿤의 모습을 바라보다 입을 열었다.

"나와서 바람을 쐬니까 좀 어때요?"

"뭐가 말입니까?"

"요즘 기분이 좀 우울한 것 같아 보여서요. 사실은 일부러라도 더 데리고 나오고 싶었어요. 아무래도 좋은 풍경 보고 맛있는 거 먹는 게 최고의 휴식이잖아요."

"……그렇군요."

한 번도 제대로 쉬어 본 적이 없는 쿤이 휴식이란 게 어떤 건지 알 턱이 없었다.

하지만 문득 생각해 보니 쿤의 인생에서 이렇게 한가롭게 느껴질 정도로 여유로운 시간을 가진 적은 처음이었다.

아마 미라벨이 아니었다면 쿤은 죽을 때까지 피크닉이란 것을 가지 않았을 테니, 영영 모르고 살았을 확률이 높았다.

분명한 건, 여태까지 아무런 감흥도 없다고 생각한 꽃들과 새소리를 듣는 순간부터 머리를 지끈거리게 하던 왠지 모를 불안감이 사라졌다는 것이다.

'지금까지 내 기분을 살피고 있었던 건가?'

아마도 황궁으로 가겠다는 의사를 밝히고부터 자신의 눈치를 보고 있었던 건지도 모르겠다. 하지만 쿤은 워낙 무표정했기 때문에 다른 사람들이 그의 얼굴만 보고 기분이 좋은지 나쁜지 알아맞히는 건 쉽지 않은 일이었다.

그런데 용케도 미라벨은 그의 우울한 기분을 정확히 간파한 모양이었다.

그 사실이 조금은 신기했다.

물론 그 우울함의 원인이 바로 블레이즈 저택을 떠나지 못하게 만든 미라벨에게 있었지만 말이다.

쿤은 묘한 눈빛으로 잠시 미라벨을 쳐다보다가, 곧이어 정리하던 피크닉 바구니를 다시 마무리하기 시작했다.

"작은 아가씨, 어떻게 하시겠습니까? 조금 더 구경을 할까요? 아니면 이제 저택으로 돌아가시겠습니까?"

둘이 타고 온 마차는 산 아래에 세워 놓은 상태였다. 여기까지 쿤이 직접 마차를 몰았기 때문에 두 사람이 되돌아오기를 기다리는 다른 이는 없었다.

그 말은 즉 미라벨이 원하는 대로 충분히 일정을 조율할 수 있다는 뜻이다.

"음—"

쿤이 잠시 고민하는 미라벨을 지켜보고 있을 때였다.

우르릉! 콰가가강!

갑자기 거짓말처럼 마른하늘에 날벼락이 치기 시작했다.

방금 전까지만 해도 새파랗던 하늘에 믿기 어려울 정도로 시커먼 먹구름이 몰려오는 모습이 보였다.

"어라?"

미라벨이 당황한 표정으로 하늘을 올려다보았다.

쿤은 일말의 망설임도 없이 피크닉 바구니를 들고 자리에서 일어났다. 그리곤 멍하니 앉아 있는 미라벨을 향해 재촉했다.

"곧 소나기가 쏟아질 것 같으니 서둘러 돌아가야겠습니다."

"아, 그래요."

미라벨이 못내 아쉽다는 표정을 지으면서도 재빨리 자리를 털고 일어났다. 자칫 잘못하면 산 중턱에서 비를 쫄딱 맞을 수도 있는 상황이었기 때문이다.

그렇게 두 사람이 부지런히 마차를 세워 놓은 곳을 향해 내려가고 있을 때였다.

사아아아아—

불행히도 마차에 도착하기 전에 굵은 빗방울이 쏟아지기 시작했다.

봄이라 소나기가 올지도 모른다고 생각은 했지만, 이

렇게나 날씨가 변덕스러울 줄은 정말로 예상하지 못한
부분이었다.

어느 순간 비를 맞으며 발길을 재촉하던 미라벨의 숨
이 가빠졌다.

"하아, 하아."

비를 맞고서 몸에 체온이 떨어져서인지 안색이 파리하
게 변해 있었다.

그 모습을 본 쿤은 저도 모르게 미라벨을 처음 만난 날
을 떠올렸다.

그때의 미라벨은 바닥에 쓰러진 채로 고통을 호소했었
다. 설마 지금 다시 그러한 상태가 찾아온 건 아닐까 걱
정이 될 수밖에 없었다.

쿤은 자신이 입고 있던 겉옷을 벗어 임시방편으로나마
미라벨에게 덮어 주었다. 그러자 창백하게 질린 미라벨
의 입가가 희미하게 올라갔다.

"고마워요, 쿤."

"괜찮으십니까?"

"네."

미라벨은 최대한 태연한 척 행동했지만, 시간이 갈수
록 그녀의 상태가 좋지 않다는 것을 쿤도 바로 알아챘다.

쿤은 망설임 없이 손에 들고 있던 피크닉 바구니를 바
닥에 버렸다.

바닥에 부딪힌 바구니 안에서 쨍그랑거리며 식기가 깨지는 소리가 들렸지만, 지금은 그런 것 따위 신경 쓸 겨를이 없었다.

쿤이 재빨리 몸을 수그리며 미라벨을 향해 등을 내밀었다.

"업히십시오. 최대한 빨리 돌아가겠습니다."

"저는, 훗, 괜찮⋯⋯."

"빨리요."

쿤의 재촉에 미라벨은 점점 사그라지는 목소리로 대답했다.

"⋯⋯미안해요."

미라벨의 작은 몸체가 쿤의 등에 기대자마자, 그는 곧바로 그녀를 번쩍 업은 채 앞으로 달리기 시작했다.

생각보다 미라벨의 몸무게가 너무나도 가벼워서 쿤은 내심 놀랄 수밖에 없었다.

워낙 작고 연약한 아가씨라 가벼울 거라 예상은 했지만 이건 상상했던 것 이상이었다.

그래서일까. 마치 금방이라도 사라질 것을 등에 업은 것처럼 애가 탔다.

쿤은 자신의 이유 모를 감정에 잠시 의아했지만, 지금은 그런 것을 깊게 고민하고 있을 만큼 여유로운 상황이 아니었다.

그가 재빨리 비탈길을 헤치며 산 아래로 뛰어 내려갔다.

그 속도가 무시무시했기에 미라벨은 아픈 와중에도 깜짝 놀라고 말았다.

"쿤은, 달리기가 엄청 빠르네요. 마치 놀이기구를, 하아, 탄 것 같아요."

띄엄띄엄 말하는 미라벨의 힘겨운 목소리가 묘하게 귓가에 거슬렸다.

그뿐만이 아니었다. 비를 맞고 추워서 그런 건지 미라벨이 가늘게 떨고 있는 게 쿤의 등 뒤로 생생하게 느껴져서 바짝 조바심이 났다.

쿤이 무뚝뚝하게 대꾸했다.

"조금만 참으십시오."

거친 호흡 한 번 없이 쿤은 엄청난 속도로 미라벨을 업고 뛰었다.

그의 흔들리는 등에 매달린 채 미라벨은 고통스러운 신음 소리를 간신히 삼키고 있었다. 더 이상 쿤에게 걱정을 끼치고 싶지 않았기 때문이다.

그런데 뱃속의 모든 장기가 끊어질 것 같은 고통 속에서 미라벨은 저도 모르게 흐릿한 미소를 지었다.

당장이라도 죽을 것 같은 아픔과 별개로 쿤에게 업혀 있는 이 상태가 무척이나 좋았기 때문이다.

"제가 어떻게 됐나 봐요……."

미라벨은 어렸을 때부터 원인 불명의 병을 앓고 있었다.

특별한 원인을 찾을 수 없었기 때문에 제대로 된 치료조차 받을 수 없어서 더더욱 지독했던 병이다.

갑자기 통증이 찾아올 때마다 이대로 죽어 버렸으면 좋겠다는 생각을 숱하게 했지만…….

만약 정말로 자신이 죽을 장소를 꼽을 수 있다면 미라벨은 지금 이 순간이 좋겠다는 생각이 들었다.

"……이 길이 영원히, 끝나지 않았으면 좋겠어요."

아파도 좋았다.

쿤과 함께 있을 수만 있다면.

그렇게 미라벨은 쏟아지는 빗줄기를 맞으면서 쿤의 등 뒤에서 서서히 정신을 잃어 갔다.

마지막으로 쿤이 소리치는 목소리가 희미하게 들리는 것 같았다.

"정신을 잃으시면 안 됩니다! 아가씨!"

그의 간절한 외침에 미라벨은 괜찮다고 대답을 해 주고 싶었지만, 결국 무거운 눈꺼풀을 이기지 못한 채 까무룩 기절하고 말았다.

시간이 얼마나 지났을까.

미라벨이 희미하게 정신을 차리는 순간이었다.

여전히 눈을 감고 있었기 때문에 시야는 어두웠지만, 사람들이 이야기하고 있는 목소리가 어렴풋이 귓가에 들려왔다.

"응급 처치가 빨라서 살았습니다. 조금만 늦었어도 정말 큰일 날 뻔했어요."

누구지? 의사인가?

정체를 알 수 없는 그 목소리가 끝나자, 연이어 익숙한 목소리가 들려왔다.

"대체 내가 없는 동안 미라벨을 어떻게 돌본 것이냐? 이 여린 아이가 저택을 나서는데 고작 하인 한 명과 동행을 하게 하다니!"

바로 아버지인 알포드의 격앙된 목소리였다.

눈으로 보지 않아도 알포드가 상당히 화가 난 상태라는 걸 알 수 있었다.

옆에서 집사 마이클의 목소리도 들려왔다.

"죄송합니다. 주인님. 모든 게 다 제 불찰입니다."

마음 같아선 당장이라도 자리에서 일어나 마이클의 잘못이 아니라고 설명하고 싶었다.

미라벨이 조른 것이었다.

쿤과 단둘이서만 피크닉을 즐기고 싶어서.

다행히도 험악한 분위기가 계속 이어지기 전에 알포드를 만류하는 데릭 오라버니의 목소리가 들려왔다.

"그만하십시오, 아버지. 집사 잘못이 아닙니다. 미라벨이 그리 정한 것을 집사가 어찌 뒤바꿀 수 있었겠습니까? 앞으로 제가 더 주의 깊게 보살피겠습니다."

"쯧, 이레나가 결혼한 지 얼마나 됐다고 벌써부터 이런 사건이 벌어지는 게냐."

"……면목 없습니다."

"됐다. 일단 이레나한테는 비밀로 해 두어라. 결혼한 지 얼마 되지 않았는데 미라벨이 아프다는 소식을 들으면 당장이라도 달려오려고 할 거다. 이제는 비전하가 되었으니 우리 가문의 일에 일일이 나서는 건 좋지 않아."

마치 이레나와 선을 긋는 것 같은 알포드의 발언에 괜스레 미라벨의 마음이 섭섭해졌다.

설령 이레나가 결혼해서 성이 바뀌었다고 하더라도 그녀는 여전히 블레이즈가의 장녀였다. 미라벨이 아픈 사실과 별개로 저렇게 타인처럼 대하는 건 마음에 들지 않았다.

미라벨이 보기에 알포드는 언제나 이레나에게 더 냉정한 것 같았다.

그런 생각을 하면서 미라벨은 다시 한 번 정신을 잃었다.

그렇게 가끔씩 의식을 차릴 때마다 많은 사람들의 목소리가 들려왔다.

미라벨의 근처를 맴도는 하녀들의 정겨운 목소리, 문 바깥에서 들리는 하인들의 수다 소리, 그리고 얼굴은 보지 못했지만 이제는 귀에 제법 익숙해진 의사의 목소리까지.

하지만 그들 중에 정작 미라벨이 듣고 싶은 목소리는 없었다.

'어디 갔지?'

설마 자신이 쓰러져 있는 동안에 황궁으로 가 버린 건 아닐까?

혹시 단둘이서만 피크닉을 가자고 조르는 바람에 다른 식구들에게 혼이 나진 않았을까?

수많은 궁금증과 걱정들이 머릿속을 떠돌아다녔지만, 깊게 감긴 눈꺼풀을 움직이는 것이 쉽지만은 않았다.

'……보고 싶어.'

쿤의 무심한 잿빛 눈동자가 그리웠다.

그의 건조한 말투로 내뱉는 무뚝뚝한 목소리가 듣고 싶었다.

'쿤…… 쿤…….'

그렇게 무의식을 떠돌아다니던 미라벨이 제대로 눈을 뜬 것은 기절한 지 딱 하루가 되던 날이었다.

지금은 어두운 밤인지 희미한 불빛만이 시야를 밝혀 주었다.

하지만 그 얕은 빛에도 미라벨은 눈이 부셔서 몇 차례나 눈을 깜빡거렸다. 그리곤 마침내 초점이 맞춰지자 주변을 살펴보기 위해 고개를 돌렸다.

그때 가장 먼저 눈에 들어온 것은…….

자신의 침대 머리맡에 놓여 있는 곰 인형이었다.

벨벳 느낌의 짧은 털이 특이하게도 블루블랙으로 이루어진 곰 인형은 쿤의 머리색과 똑같은 색상이었다.

곰 인형은 미라벨이 마지막으로 건드렸던 그대로 앉아 있었다. 처음 만났을 때 쿤이 두고 갔던 재킷을 걸쳐 놓은 모습으로.

하지만 지금 미라벨이 속이 바짝 타들어 갈 것처럼 보고 싶은 건 곰 인형이 아니었다.

곰 인형과 똑같은 머리 색을 지닌 무심한 남자의 얼굴이 너무나도 보고 싶었다.

그렇게 사방으로 고개를 돌리면서 그를 불러 줄 사람을 찾던 미라벨의 눈에…… 거짓말처럼 한 남자가 들어왔다.

꿈속에서도 몇 번이나 찾아 헤맸던 남자.

짙은 블루블랙의 머리카락에 창백한 피부가 너무나도 잘 어울리는 쿤이었다.

쿤은 그답지 않게 놀란 눈빛으로 미라벨을 쳐다보고 있었다.

"정신이 드십니까?"

그의 말에 대답을 해 주기엔 목 안이 너무 칼칼해서 미라벨은 고개를 살짝 끄떡거리는 것으로 대신했다.

그것을 본 쿤의 잿빛 눈동자에 안도의 기색이 내비쳤다.

미라벨은 눈앞에 있는 쿤의 모습을 확인하고 나서야 잠을 자는 동안에도 계속해서 자신을 괴롭혔던 불안감이 사라지는 기분이 들었다.

쿤을 처음 봤을 때도 자신의 곁에 있어 달라고 애원했지만, 그는 눈을 뜨는 순간 이미 어딘가로 사라져 없어진 후였다.

혹시라도 그때처럼 다시 그가 사라졌으면 어쩌나, 마음이 조마조마했었다.

그런데 다행히도 아직까지 자신의 곁을 지키고 있는 쿤을 보니 안심이 되었다.

그건 뭐라고 표현할 수 없는 충족감이었다.

"······쿤."

"네, 말씀하십시오. 작은 아가씨."

미라벨의 애타는 마음과 달리 물도 제대로 마시지 못한 목은 쩍쩍 갈라지는 소리를 내뱉었다.

하지만 지금은 이 말을 꼭 해야만 할 것 같았다.

이게 아니고선 지금 자신의 감정을 말로 표현할 수 있는 단어는 없었다.

"쿤······."

"네. 아가씨."

"······좋아해요."

"네?"

갑작스러운 말에 쿤이 놀랐는지 당황한 표정으로 자신을 쳐다보았다.

언제나 무표정한 그의 얼굴을 자신이 변하게 만들었다는 게 왠지 모르게 기분 좋았다.

"지금 뭐라고 말씀하셨습니까?"

믿기지 않는다는 듯이 물어오는 쿤에게 미라벨은 다시 한 번 확신에 찬 목소리로 대답했다.

"제가 쿤을 좋아하게 된 것 같다고 말했어요."

아니, 어쩌면 좋아하게 된 것은 오래전부터였는지도 모르겠다.

다만 그것을 제대로 깨달은 게 지금이었을 뿐.

"좋아해요, 언제부터인지 모르겠지만 좋아하게 됐어요."

"······."

쿤은 예상치도 못한 미라벨의 고백에 아무런 말도 꺼내지 못했다.

정확히는 어떤 말을 해야 할지 모르겠다고 표현하는 게 더 맞을지도 모른다.

쿤은 그저 석상처럼 딱딱하게 굳은 채로 창백하게 변

한 미라벨의 얼굴을 가만히 내려다보고 있었다.

'나한테 지금 뭐라고 한 거지?'

순간 이해가 되지 않았다.

무엇 하나 부족할 것 없는 백작가의 아가씨가 자신을 좋아한다는 게 말이 되나?

현재 미라벨은 쿤의 진짜 정체를 모르는 상황이었다.

그녀에게 자신은 과거에 위험한 일을 했을 게 뻔한 남자이며, 지금도 저택에서 하인으로 일할 만큼 신분이 낮은 존재였다.

아니, 설령 진짜 정체를 알게 된다고 해도 두 사람의 신분 차이는 쉽게 극복할 수 없을 만큼 격차가 심했다.

귀족이라면 그 누구도 이런 하등한 존재에게 '좋아해요'라는 표현을 하지 않는다.

쿤이라고 해서 여성에게 애정 공세를 받지 않았던 건 아니었다.

다만 지금까지 그가 들었던 말들은 '그쪽이 마음에 드는데 잠깐 같이 놀까요?'라든지, '내 정부가 될 생각 없어요?' 등의 저속한 것이었다.

그 누구도 그에게 좋아한다는 고백을 하진 않았다.

쿤의 얼굴에서 서서히 당황스러운 기색이 사라졌다. 그리고 평소처럼 감정이 드러나지 않는 무표정한 얼굴이 되었다.

처음엔 놀라움을 금치 못했지만 시간이 갈수록 이성이 돌아왔기 때문이다.

"작은 아가씨, 루퍼드 제국법상 여성은 남성의 직위를 따라가게 된다는 걸 아십니까?"

"당연히 알고 있어요."

"그렇다면 아가씨가 백작보다 신분이 낮은 자작이나 남작과 결혼하면, 자작 부인이나 혹은 남작 부인이 된다는 것도 아시겠군요."

"물론이에요."

"그럼 만약 저와 이루어지게 되었을 때, 아가씨는 한낱 하인의 부인이 된다는 사실도 염두에 두고 계신 겁니까?"

미라벨이 쿤에게 당장 결혼하자고 말한 것은 아니었다. 하지만 쿤은 보다 확실한 방법으로 그녀의 마음을 정리시켜 주고 싶었다.

우리 둘은 가망이 없다고, 그렇게 명확히.

하지만 쿤의 그런 의도와 달리 미라벨은 조금도 흔들리지 않는 굳건한 눈동자로 고개를 끄덕였다.

"상관없어요. 저한테 중요한 건 하인의 부인이 된다는 게 아니라 쿤의 부인이 된다는 것이니까요."

그 말에 쿤은 순간 할 말을 잃었다.

미라벨은 가끔씩 당돌할 때가 있었는데 지금이 꼭 그랬다.

새하얀 종잇장처럼 창백해진 얼굴로도 미라벨은 전혀 움츠러들지 않고 확실하게 자신의 감정을 전했다.

"쿤이 가진 게 아무것도 없어도 좋아요. 제가 열심히 벌면 돼요."

지금까지 미라벨을 새처럼 가녀리고 자그마한 아가씨라고 생각했는데, 그 속에 이런 당찬 부분이 있는지 몰랐다.

누구도 쉽게 할 수 없는 생각을 미라벨만은 당연하다는 듯이 말하고 있었다.

쿤은 왠지 모를 감정에 휩싸였다.

'이게 지금까지 나를 붙잡아 둔 이유인가?'

미라벨이 왜 이토록 자신에게 집착하는지 모르겠다고 생각했는데, 그 이유가 무엇인지 이제는 명확하게 알게 되었다.

이 사랑스러운 아가씨는 자신을 좋아하고 있었다.

믿기지 않을 정도로 순수한 감정으로.

"콜록, 콜록."

미라벨은 정신을 차린 지 얼마 되지 않은 상황에서 말을 너무 많이 한 모양이었다. 그녀가 마른기침을 토해 내기 시작했다.

쿤이 그 모습을 가만히 지켜보다가 입을 열었다.

"우선 쉬십시오. 작은 아가씨."

그가 막 몸을 돌리려는 찰나였다.

끊어질 듯이 흘러나온 미라벨의 자그마한 목소리가 그의 발목을 붙잡았다.

"제 고백에 대한 대답이…… 우리의 신분 차이를 상기시켜 주는 것뿐인가요?"

그 말에 쿤은 몸을 돌린 상태에서 미라벨을 향해 고개만 움직였다.

"그게 가장 중요한 겁니다. 아가씨."

"만약 쿤이 귀족이었다면, 우리 사이가 더 좋은 방향으로 달라졌을까요?"

쿤의 잿빛 눈동자가 일순 일렁거렸다. 하지만 그 만약이라는 가정은 곧 쿤의 머릿속에서 사라졌다.

현실을 그런 식으로 돌이켜 보기 시작하면 끝이 없었다. 무엇을 상상하든 그건 자유였지만, 그렇다고 해서 눈앞의 현실이 바뀌는 건 아니었으니까.

쿤은 딱딱하게 굳은 표정으로 파리하게 변한 미라벨의 얼굴을 쳐다보며 차갑게 대꾸했다.

"반대로 생각해 주십시오. 제가 하인이 아니었다면 이런 불편한 고백을 듣고 있지 않았을 거라고 말입니다."

누가 들어도 명백한 거절의 말이었다. 억지로 미라벨의 고백을 들어주었다는 소리나 마찬가지였으니까.

한순간 미라벨의 맑은 진녹색의 눈동자가 상처를 받고 흔들리는 모습이 눈에 들어왔다.

하지만 쿤은 개의치 않은 채 몸을 돌려서 창밖으로 걸어 나갔다.

미라벨은 아직 어려서 무언가를 착각하고 있는 게 틀림없었다. 나중에 나이가 들어 이 순간을 다시 돌아보게 된다면, 그때 자신이 왜 그랬을까 후회하게 될 것이다.

그렇게 앞만 보고 걸어가는 쿤의 뒤에서 다시 한 번 흐릿한 목소리가 들려왔다.

"……좋아해요, 쿤."

그 직접적인 고백에 쿤의 발걸음이 저도 모르게 살짝 멈칫했지만, 곧이어 아무렇지 않은 척 다시 앞을 향해 내디뎠다. 다행히도 방 안의 불빛이 희미했기 때문에 알아차리지 못했을 것이다.

이번엔 쿤이 고개조차 돌리지 않은 채 대답했다.

"조금 전에 한 말은 못 들은 것으로 하겠습니다."

말과 동시에 쿤이 테이블 위에 놓여 있는 탁상시계를 손으로 툭 건드렸다. 그러자 탁상시계가 콰당탕, 요란한 소리를 내며 뒤로 넘어졌다.

그 시끄러운 소리 덕분에 바깥에서 꾸벅꾸벅 졸고 있던 하녀가 화들짝 놀라 재빨리 미라벨의 방 안으로 들어왔다.

"아, 아가씨! 괜찮으세요? 잠시만 기다리세요. 제가 의사 선생님을 불러올게요!"

하녀는 그제야 미라벨이 정신을 차린 걸 확인하고, 부랴부랴 의사가 머물고 있는 방으로 뛰어갔다.

갑자기 들이닥친 하녀에게 시선을 빼앗긴 미라벨이 다시 창문으로 눈을 돌렸을 땐, 이미 쿤은 사라지고 난 이후였다.

휘이이이잉―

활짝 열린 창문만이 쿤이 머물렀다는 흔적을 남기고 있었다.

32

바로 당신이라고

이레나의 황궁 생활은 나름대로 순조롭게 돌아가고 있었다.

저번에 사신단을 불러 모은 파티에서 황후가 보낸 마네라 화초에 대해 밝히는 건 실패했지만, 그 내막을 아는 이는 극소수에 불과했다.

대내외적으로 그때 주최한 파티는 지금껏 선보이지 않았던 화려한 춤사위와 볼거리가 많았기 때문에 사람들의 칭찬이 자자했다.

처음의 의도와는 전혀 다르게 흘러간 것이지만, 어찌됐든 나쁘지 않은 결과였다.

이레나는 공식적으로 첫 파티를 개최한 이후 가장 먼

저 약속했던 대로 마가렛을 황궁 시녀로 뽑았다.

오늘은 정식으로 황궁 시녀가 된 마가렛이 처음 황궁에 놀러 오는 날이었다.

"제국의 황태자비 전하를 뵙습니다. 루퍼드 제국에 무한한 영광을—"

마가렛이 정중하게 예를 갖춰 인사하자, 입구까지 마중을 나온 이레나가 서둘러 그녀의 손을 잡아채며 말했다.

"우리 사이에 이런 인사는 생략해도 괜찮아요."

"아닙니다, 비전하. 그 말씀만 감사히 받겠습니다. 그동안 잘 지내셨나요?"

이레나가 결혼하기 전 백작 영애였을 때와 루퍼드 제국의 비전하가 된 지금이 같을 순 없었다. 당연히 마가렛의 말투가 더욱 공손하게 변했지만, 그럼에도 얼굴에 한가득 지어져 있는 반가움만은 여전했다.

이레나는 변함없이 자신을 다정하게 바라봐 주는 마가렛을 향해 희미하게 웃으며 대답했다.

"네, 전 잘 지냈어요. 로렌스 영애는 별일 없었나요?"

"그럼요. 비전하의 황궁 시녀가 되었다고 갑자기 사교계에서 주목을 받는 바람에 조금 바빠진 것 빼곤 아무 일도 없었어요."

왠지 그 말에 이레나는 처음 칼라일과 연인 사이를 밝

혔을 때의 일들이 생각났다.

그 전까지의 조용한 사교계 생활이 무색할 만큼 갑자기 엄청난 양의 초대장들이 들이닥쳐서 조금 당황했었다.

이제 와서 돌이켜 보면 그것도 하나의 추억이었다.

"혹시 많은 곳에서 주목을 받으니 불편한 점은 없었나요?"

"아니에요, 전혀요! 황궁 시녀가 된 이후에 가문의 사업도 더 잘되고 있어서 아버지가 무척이나 좋아하세요. 저는 비전하께 어떻게 이 보답을 해 드려야 되나 그 생각뿐인걸요."

"다행이네요."

그렇게 이레나와 마가렛은 아름답게 꾸며진 정원을 잠시 거닐었다.

원래대로라면 응접실에서 손님을 맞이했을 테지만, 이왕 마가렛을 마중하러 나온 김에 날씨가 너무 좋아서 겸사겸사 황태자궁을 산책하고 있는 중이었다.

"참 로렌스 영애가 오면 같이 마시려고 준비한 차가 있어요."

"엇, 감사해요. 비전하."

"별말씀을요. 마음에 들면 따로 선물해 드릴 테니 나중에 꼭 가져가세요."

곧 이레나가 뒤따라오는 메리에게 준비해 놓은 차를 가지고 오라고 지시했다. 그러자 명령을 받은 메리가 재빨리 어딘가로 사라졌다.

"그럼 차는 날씨도 좋은데 야외 테이블에서 마실까요? 원하신다면 황태자궁의 이곳저곳을 다 구경시켜 드릴게요."

"정말 영광입니다. 비전하."

마가렛은 이레나의 마음 씀씀이에 어쩔 줄 모르겠다는 듯, 정말 행복한 표정을 지어 보였다.

곧이어 두 사람은 정원 한가운데에 놓인 테이블 앞에 앉았다.

잠시 후 메리가 다가와서 두 사람의 앞에 향긋한 차 세트를 놓아주었다.

마가렛이 감격에 겨운 표정으로 차를 한 모금 마시더니, 곧이어 밝은 목소리로 입을 열었다.

"와, 정말 맛있네요."

"그래요? 입맛에 맞다니 다행이에요."

마음이 맞는 사람과 함께 즐기는 여유가 얼마나 좋은지 모른다.

두 사람은 과거 남부 지방에서 있었던 일부터 시작해서 결혼식 때의 이야기까지 다양한 이야기의 꽃을 피워 나갔다.

한참이나 화기애애한 분위기로 대화를 나누고 있을 때였다.

마가렛이 깜빡했다는 듯 재빨리 입을 열었다.

"참, 혹시 최근 사교계에 황태자 전하와 관련하여 떠도는 소문을 들어 보신 적 있나요?"

"어떤 소문을 말하는 거죠?"

이레나가 아무것도 모른다는 듯이 되묻자, 마가렛이 순간 난감한 표정을 지어 보였다.

잠시 난처한 기색을 보이던 마가렛이 이내 마음의 결정을 내렸는지, 조금 전보다 더욱 진지한 표정으로 말을 이어 나갔다.

"제가 신혼 초인 비전하께 이런 말씀을 드리는 게 맞는 건지 모르겠지만, 그래도 알고 계셔야 할 것 같아서요."

"어떤 거죠?"

"그게…… 황태자 전하의 차비를 구한다는 소문이 파다해요. 비전하와의 결혼 이후에 더 인기가 많아지신 상태라 그것을 원하는 영애들도 상당하다고 들었어요."

"아……."

전혀 예상치 못한 내용이라 이레나도 상당히 놀랄 수밖에 없었다.

칼라일과 이레나가 결혼한 지 얼마나 됐다고 벌써부터 차비에 관한 이야기가 나올 줄이야…….

사실 칼라일은 황태자라고 하기엔 불운한 예언 때문에 결혼식을 너무 늦게 치렀을 뿐만 아니라, 아직 대를 이을 자식이 한 명도 없는 상태였다.

어쩌면 칼라일을 지지하고 있는 가문들이 더욱 앞다투어 차비를 들이시라고 밀고 있는 상황인지도 몰랐다.

이레나가 이미 황태자비로 정해진 상태이니 엄청난 가문과 연을 맺지는 못하겠지만, 그렇다 하더라도 늦지 않게 차비를 들이는 게 더 옳다고 판단했을지도 모른다.

'그래, 예상하지 못했을 뿐 당연한 일이야.'

황제가 될 칼라일은 절대로 이레나가 혼자서 독차지할 수 있는 남자가 아니었다.

앞으로도 많은 세력들과의 규합이 필요할 테고, 그러기 위해 가장 손쉬운 방법 중 하나가 바로 결혼이었다.

물론 황제가 되기 전 가능하면 이레나에게 권력을 몰아주기로 계약을 했기 때문에 칼라일은 당장 차비를 들이지 않을지도 모른다.

하지만 그건 임시방편일 뿐.

결국 칼라일이 다른 여성과 결혼함으로써 황제의 자리에 한 걸음 더 가까워질 수 있다면 이레나도 그것을 반대할 생각은 없었다.

하지만 그건 지극히 이성적인 생각이었고…….

마음은 그렇지 않았다.

욱신, 욱신.

그런 이야기를 들은 것만으로도 날카로운 것에 베인 것처럼 마음이 쓰라렸다. 그리고 이제는 왜 이렇게 가슴이 아픈지 너무나도 잘 알고 있었다.

"비전하, 괜찮으세요?"

문득 정신을 차리고 보니 눈앞에 마가렛이 걱정스러운 표정으로 자신을 바라보고 있었다.

이레나가 애써 얼굴에 미소를 지으며 대답했다.

"괜찮아요. 전하를 위한 결혼이라면 저도 반대할 생각은 없으니까요."

이레나는 최대한 아무렇지 않은 척하려 했지만, 마가렛의 눈에는 그렇게 보이지 않은 모양이었다.

마가렛이 조심스레 이레나의 손을 맞잡으며 다정한 목소리로 말을 건넸다.

"설령 차비를 들이신다고 하더라도 황태자 전하의 마음이 비전하를 떠나지는 않을 거예요. 저번에 셸비 영애를 상대할 때 파티에 나타나신 전하를 보고 전 그렇게 느꼈어요."

"……그런가요?"

이레나는 힘없이 웃었다.

마가렛은 알지 못했다. 칼라일과 이레나는 서로의 필요에 따라 계약 결혼을 한 사이라는 걸.

"제가 어렵게 이런 말씀을 드리는 이유는 전하의 차비로 누가 들어오는지가 중요하기 때문이에요. 사교계의 소문에 그 자리를…… 셸비 영애가 노리고 있다고 해요."

갑자기 엘렌의 이름이 거론되자, 이레나의 붉은 눈동자가 순간 서늘하게 빛났다.

엘렌은 이미 몇 번이나 이레나를 모함하려고 했던 상대였다.

결혼식 피로연장에서 이레나가 마지막으로 경고를 했음에도 불구하고, 이번에도 뉘우치는 기색 없이 똑같은 실수를 반복한다면 더 이상은 봐주지 않을 것이다.

가능한 셸비 후작가와 척을 지고 싶진 않았지만, 말귀가 통하지 않는다면 감히 맞설 생각을 하지 못하도록 밟아 주는 방법밖에 없었다.

이레나가 나지막한 목소리로 말했다.

"그 부분에 대해 충분히 알아봐야겠군요."

칼라일에게 차비가 생긴다는 것만으로도 복잡한 심정이지만, 그게 아무런 도움도 되지 않을 엘렌이라면 더더욱 용납할 수가 없었다.

셸비 후작가의 세력만 놓고 본다면 나쁘지 않았지만, 이미 황후 측의 사람이 된 엘렌이 칼라일에게 도움이 될 리 없었다.

마가렛도 크게 고개를 끄덕이며 동조했다.

"혹시 제가 도울 일이 있다면 언제든 말씀해 주세요. 비전하."

"그럴게요, 고마워요."

상대가 누가 됐든 사교계에 그런 소문이 퍼졌다면, 이미 많은 영애들이 칼라일의 눈에 들기 위해 노력할 것이다.

그렇다면 외부에 잘 모습을 드러내지 않는 칼라일이 황태자궁에서 나오기만을 기다릴 터.

가장 최근에 잡혀 있는 일정으로는 칼라일과 이레나가 함께 참석하는 공식 파티가 하나 있었다. 차비를 노리는 영애들이라면 그곳에서 움직임을 보일 확률이 높았다.

만약 엘렌도 소문대로 정말 칼라일의 차비 자리를 원한다면 그 파티에 모습을 드러내겠지.

'……대비를 해야겠네.'

아무나 칼라일의 차비로 받아 줄 생각은 없었다.

정말로 그에게 도움이 되는 여성이 아니라면 굳이 마음속의 통증을 참고 싶지 않았다.

이레나는 마가렛과 꽤 긴 시간을 함께 보냈지만, 괜스레 미안한 마음이 드는 건 어쩔 수 없었다.

최대한 감추려고 노력했지만, 차비에 관한 이야기를 듣는 순간부터 계속해서 그녀와의 대화에 집중을 하지 못했기 때문이다.

그것은 마가렛과 헤어지고 난 이후에도 마찬가지였다.

이레나는 아무리 해도 심란한 마음이 가라앉지를 않아서 칼라일의 개인 훈련장에서 혼자 검술 수련을 하고 있었다.

이곳은 블레이즈 저택에서 남몰래 수련할 때와는 달리 마음껏 무기를 쥐고 움직일 수 있어서 편했다. 덕분에 기초 체력만 단련하던 이전보다 실력도 크게 향상된 상태였다.

이대로라면 오래 지나지 않아 저번 생의 실력을 상당 부분 되찾을 수 있을 것 같았다.

그건 분명 좋은 일이었지만……

오늘은 그마저도 별다른 감흥이 없었다.

쉬익, 쉬익.

간편한 복장을 한 이레나가 날렵한 몸놀림으로 검을 움직이는 모습은 웬만한 춤사위보다 훨씬 화려하고 아름다웠다.

물론 그 검 끝에 실린 매서움을 안다면, 마냥 아름답다는 표현을 하지는 못하겠지만 말이다.

이레나가 머릿속을 비우기 위해 무의식적으로 움직이고 있을 때였다.

뚜벅뚜벅, 이쪽을 향해 오는 발걸음 소리가 들려왔다.

다른 사람에겐 검술 실력을 감추고 있는 처지였기에

이레나는 혹시나 하는 생각에 서둘러 동작을 멈추고 그쪽을 바라보았다. 그러자 모습을 드러낸 이는 다름 아닌 칼라일이었다.

큰 키의 칼라일이 휘적휘적 이레나를 향해 걸어왔다. 그의 흠잡을 데 없는 조각 같은 외모가 오늘도 눈이 부셨다.

"여기 있었군."

"……."

왠지 여태껏 자신을 찾아다닌 것 같은 말투였지만, 이레나는 어떠한 대꾸도 하지 못했다.

복잡한 표정으로 칼라일을 바라보고 있자니 그가 의아한 눈빛으로 재차 물었다.

"무슨 고민이라도 있는 건가?"

그 질문에 이레나는 저도 모르게 대답할 뻔하고 말았다.

지금 자신을 복잡하게 만드는 모든 원흉은 바로 당신이라고, 그렇게 말이다.

이성적으론 알고 있었다. 설령 칼라일이 다른 여성을 차비로 들인다고 해도 그건 그의 잘못이 아니라는 것을.

칼라일은 이레나와 마찬가지로 필요에 따라 계약 결혼을 했고, 지금도 충실히 그 계약을 이행하고 있는 중이었다.

굳이 따지자면 거기에 진심이 섞여 버린 이레나의 잘
못이었다.

그를 좋아한다는 마음을 깨닫기도 전에 결혼식을 치렀
지만, 자칫 잘못하면 이제는 제대로 표현조차 해 보기 전
에 다른 부인을 맞이하는 모습을 보게 될 판이었다.

'……싫어요.'

그러면 안 된다고 수없이 마음을 다독거렸지만, 사실
이레나의 솔직한 심정은 그거였다.

그 누구와도 칼라일을 공유하고 싶지 않다는 것.

처음에는 칼라일에게 아무런 감정이 없었기 때문에 그
와의 계약 결혼에서 이런 상황은 크게 신경 쓰지 않았었
다.

하지만 지금은 아니었다.

자신도 칼라일에게 이런 욕심을 갖게 될 줄은 몰랐지
만, 이미 감정이 생겨 버린 이상 아무렇지 않을 순 없었
다.

문제는 그렇다고 자신의 감정을 솔직하게 표현할 수도
없었다.

이레나는 자신의 가족들을 지키기 위해서, 또 칼라일을
위해서라도 그를 황제로 만들어야 하는 입장이었으니까.

그래야 파벨루크를 제거하고 모두의 미래를 바꿀 수
있었다.

'카릴은 절대 나만의 것이 될 수 없겠지.'

황제라는 지위를 가진 남자가 단 한 명의 여성과 결혼한 선례는 지금까지 없었다.

자의든 타의든 황제라는 자리를 지키기 위해서는 결국 여러 세력들의 도움이 필요했고, 그것은 자연스레 결혼이라는 것으로 이어지게 되어 있었다.

그래서 이레나의 머리는 복잡한 것이었다.

누구보다 그가 황제가 되기를 바라는 한편, 그를 온전히 자신의 남자로만 소유하고 싶은 욕심이 생겨 버렸기 때문에.

하지만 자신의 마음이야 어떻게 되던, 결국 정답은 하나였다.

칼라일은 황제가 되어야만 했다.

그러기 위해서 이레나는 스스로의 마음을 죽이는 시간이 조금 필요할 뿐이었다.

칼라일이 걱정스러운 표정으로 이레나를 바라보며 말했다.

"고민거리가 있으면 말해 봐."

"아니에요. 아무것도……."

아직 자신의 솔직한 마음을 고백하지도 못한 상황에서 그가 다른 여성과 결혼할까 봐 전전긍긍하고 있다는 말을 꺼낼 수는 없는 노릇이었다.

전부 솔직하게 털어놓으면 그는 과연 어떤 표정을 지을까?

이레나는 쓸데없는 생각을 떠올리다가 이내 피식 웃어 버리고 말았다.

상상이 잘 가지 않았지만 아마 엄청나게 놀랄 것은 분명했다.

"흐음."

칼라일이 이레나를 뚫어지게 바라보며 기분을 살피고 있다는 게 느껴졌다.

잠시 고민하는 듯 보이던 그가 나지막한 목소리로 말을 이었다.

"술이라도 한잔하면서 이야기할까?"

"……?"

저번에 이레나가 술에 취해 키스하고 싶다고 말을 한 뒤로, 칼라일은 부쩍 그녀에게 술을 마시자는 제안을 하고 있었다.

자신의 술버릇이 키스라고 생각하는 게 분명한데, 왜 이런 제안을 하는 건지 이레나는 이해가 되지 않았다.

"됐어요. 술이 필요할 정도로 고민거리가 있는 게 아니라니까요."

이레나의 거절에 칼라일이 아쉬움이 가득 담긴 눈빛으로 쳐다보며 말했다.

"언제든 술친구가 필요하면 부르도록 해. 만사를 제쳐두고 갈 테니."

"말씀만 감사히 받을게요."

이레나는 그 말을 끝으로 손에 쥐고 있던 검을 내려놓고, 이번엔 활과 화살을 어깨에 메고 과녁 앞에 섰다.

처음 칼라일을 구해 주러 갔을 때는 시위를 당기는 힘이 부족할까 봐 석궁을 사용했지만, 이제는 원래의 실력을 점차 되찾고 있는 과정이라 다시 주 무기였던 활을 이용할 생각이었다.

휘익!

이레나가 가볍게 쏘아 올린 화살 한 발이 정확히 과녁의 정중앙에 꽂혔다.

휙! 휙! 휙!

그 뒤로도 마찬가지였다.

과녁의 정 가운데에 수십 개의 화살이 촘촘하게 박혔다.

나중에는 중앙의 자리가 부족해서 이미 박혀 있는 화살의 몸통을 가르고 다른 화살이 박힐 정도였다.

그 모습을 칼라일이 흥미로운 표정으로 지켜보고 있었다.

이레나는 그렇게 무의식적으로 화살을 쏘아 올리다가 다시금 칼라일이 차비를 들이게 되는 상황에 대해 떠올렸다.

잠시나마 평정심을 되찾은 것만 같았던 기분이 순식간에 바닥으로 가라앉았다.

'……욕심내지 말자.'

이레나가 고를 수 있는 선택지는 어차피 하나였다.

그렇다면 괜히 쓸데없는 고민을 할 필요는…….

타앙!

커다란 충격음에 잠시 다른 생각을 하고 있던 이레나가 깜짝 놀라 정신을 차렸다.

한순간 활시위를 잘못 당기는 바람에 줄이 크게 출렁거리며, 하마터면 그대로 이레나의 얼굴이 맞을 뻔한 상황이었다.

그런데 그 순간!

조금 전부터 무언가 이상한 낌새를 느낀 칼라일이 재빨리 이레나의 곁으로 다가와 손바닥으로 그녀의 얼굴을 감싸는 바람에 사고를 막을 수 있었다.

"카, 카릴!"

이레나가 놀란 눈빛으로 그를 올려다보았다.

그러자 칼라일이 슬쩍 미간을 찌푸린 얼굴로 나지막이 입을 열었다.

"아무 고민도 없다면서 무슨 생각을 그렇게 하는 거야? 하마터면 다칠 뻔했잖아."

"손은 괜찮아요? 어디 한 번 봐요."

이레나는 재빨리 칼라일의 손을 빼앗아서 눈으로 확인했다.

출렁이는 활시위에 의해 일자로 붉게 달아오르긴 했지만 다행히도 피가 난다거나 뼈에 이상이 갈 정도로 깊은 상처는 아니었다.

그제야 안심이 된다는 표정으로 이레나가 다시금 칼라일을 올려다보며 말을 이었다.

"미안해요. 잠깐 다른 생각을 하는 바람에……."

"잘못하면 예쁜 얼굴에 한동안 흉이 생길 뻔했잖아. 지난번에는 찻물을 흘렸다면서 화상을 입고 오더니, 이래서야 내가 걱정되어서 부인을 떼 놓을 수나 있겠나?"

저번에 로그와 아스타 상단에 대해 대화하면서 너무 놀라는 바람에 찻물을 손에 흘려 미약한 화상을 입은 적이 있었다.

그 별거 아닌 상처에도 칼라일이 호들갑을 떨어서 발목을 다쳤을 때처럼 아주 꼼꼼히 치료를 받아야만 했다.

물론 그때와 달리 이번에 활시위를 얼굴에 맞았다면, 아마 한동안은 파티에 참석하지 못할 정도로 심한 멍이 들었을 것이다.

이레나 스스로도 이런 초보적인 실수를 했다는 게 믿기지 않을 정도였다.

"저도 제가 이런 실수를 할 줄 몰랐네요."

"알아."

칼라일이 힐끗 과녁의 정중앙에 수북이 꽂혀 있는 화살을 바라보며 다시금 말을 이었다.

"그대의 실력이라면 웬만해선 이런 실수를 하지 않았겠지. 뭐, 원숭이도 나무에서 떨어지는 날이 있다던데 그런 건가?"

"⋯⋯어쨌든 미안해요."

풀이 죽은 이레나의 사과에 칼라일도 더 이상 나무라지 않았다.

그는 그저 이레나의 머리를 쓰다듬으며 나지막이 말했다.

"무슨 고민을 하는 건지 모르겠지만 대충 털어 버려. 그래도 안 되겠으면 내게 털어놔. 그게 뭐든 그대가 원하는 방향으로 만들어 줄 테니까."

칼라일의 말을 들은 이레나는 저도 모르게 흐릿하게 웃고 말았다.

누구 때문에 고민하는 줄도 모르고⋯⋯.

하지만 한 가지는 명확해졌다. 이런 남자이기 때문에 자신이 그토록 욕심이 났던 것이다. 그리고 이런 남자이기 때문에 마음속을 꽉 채우던 욕심을 버릴 수도 있을 것 같았다.

그만큼이나 좋았다.

이레나는 다친 칼라일의 오른손을 쥐고 한쪽 무릎을

굽혔다. 이건 기사들이 자신의 주군에게 정식으로 서약을 맺을 때 취하는 동작이었다.

가냘픈 몸이었지만 한순간 이레나의 작은 체구에서 뿜어져 나오는 아우라는 대단했다.

이레나는 깍 잡힌 동작으로 다친 칼라일의 손등 위에다 가볍게 입을 맞췄다. 그리곤 다시 고개를 들어 그를 똑바로 쳐다보았다.

이레나의 짙은 붉은색의 눈동자가 한 치의 흔들림도 없이 칼라일을 향하고 있었다.

"다시는 다치지 않도록 제가 지켜드릴게요."

자신만을 위한 남자가 아니라도 좋았다. 설령 다른 여자를 또 아내로 맞이한다고 해도 이 감정은 변함없을 것만 같았다.

그러니까 양보할 수 있었다.

더 이상 욕심내지 않을 수 있었다.

칼라일을 황제의 자리에 앉히고, 그가 자신을 필요로 하지 않을 때까지 곁에 있을 것이다.

그 기한이 언제까지일지 모르겠지만, 칼라일이 지금처럼 다정하게 자신을 바라봐 준다면 그 기억들을 가지고 살아갈 수 있을 것 같았다.

어차피 정해진 선택지는 하나였지만, 이레나는 다시 한 번 완전히 수긍할 수 있었다.

그를 위해서, 그리고 자신의 가족을 위해서.

칼라일을 황제로 만들 것이다.

한순간 이레나에게서 느껴지는 기백과 예상치 못한 발언에 칼라일은 잠시 놀란 눈빛으로 그녀를 쳐다보고 있었다.

하지만 더 이상 못 참겠다는 듯, 그가 그대로 상체를 숙여 이레나의 작은 체구를 와락 끌어안았다.

"앗!"

이레나의 깜짝 놀란 듯한 반응에도 칼라일은 미동조차 하지 않았다.

숨이 막힐 정도로 이레나를 으스러지게 끌어안은 칼라일이 조금 쉰 목소리로 입을 열었다.

"그런 기특한 말은 어디서 배워 오는 거야?"

"배, 배워 오다니요."

"여기서 날 더 이상 빠지게 만들어 봤자 곤란한 건 부인이야."

"네?"

그의 영문 모를 소리에 이레나가 재차 반문했지만, 칼라일은 더 이상 자세히 가르쳐 줄 생각이 없는 모양이었다.

그렇게 칼라일의 단단한 품에 꼼짝없이 안겨 있던 이레나가 참지 못하고 입을 열었다.

"좀 놔주세요, 카릴."

두근두근, 이대로라면 세차게 뛰고 있는 자신의 심장 소리를 들킬 것만 같았다.

요즘은 칼라일과 눈빛만 마주쳐도 심장 박동이 빨라져서 큰일인데, 이렇게 가까이서 끌어안고 있으니 도저히 주체할 수 없을 지경이었다.

이레나가 그의 품 안에서 빠져나오기 위해 꼼지락거리자, 갑자기 칼라일이 앓는 소리를 내뱉었다.

"아아."

"왜 그래요? 어디 아파요?"

"아까 활시위에 맞았던 손이 아파."

"많이 아파요? 이거 좀 봐 봐요. 자세히 한 번 볼게요."

"못 움직이겠어."

칼라일이 아프다는 소리와 정반대로 이레나를 더욱 세게 끌어안으며 말을 이었다.

"그러니까 이대로 잠시만……."

처음엔 어쩔 줄 몰라 하던 이레나도 결국 온몸에 힘을 풀고 칼라일에게 안겨 있을 수밖에 없었다. 그러자 자신을 감싸는 단단한 그의 가슴팍과, 굳건한 그의 팔뚝이 더욱 생생히 느껴졌다.

이젠 커다랗게 뛰는 심장 소리가 귓가에까지 들릴 정도였다.

이레나는 어쩔 수 없는 상황이라 스스로에게 변명하며, 붉게 물든 얼굴로 살포시 칼라일의 어깨에 머리를 기댔다.

그 미약한 스킨십에 칼라일의 팔에 더욱 힘이 들어갔다는 사실은 모르고 말이다.

*   *   *

칼라일은 그 후로도 툭하면 활시위에 맞은 손이 아프다는 말로 이레나를 곤란하게 만들었다.

탁, 그가 들고 있던 숟가락을 식탁 위로 내려놓으며 말했다.

"손이 아파서 들고 있을 수가 없군."

"그 정도예요? 주치의가 심각한 정도는 아니라고 했는데……."

이레나의 걱정 어린 시선을 한몸에 받으며 칼라일이 희미한 웃음을 지었다.

"괜찮아졌다가 갑자기 안 좋았다가 그래. 하지만 심각한 건 아니라고 하니 곧 좋아지겠지."

"그렇다면 다행이지만, 큰일이네요."

"조금 있으면 나아지겠지만 지금은 식사를 할 수가 없군. 누가 먹여 주면 좋을 텐데 말이지."

칼라일이 다른 한 손으로 턱을 괸 채로 이레나를 물끄러미 바라보았다. 그 시선의 의미가 무엇인지 절대로 모를 수가 없을 만큼 말이다.

이레나가 당황한 표정으로 식당에서 일하고 있는 고용인들을 한 차례 둘러보고는 다시 칼라일을 쳐다보았다.

"그 말은……."

"부인이 싫다면 강요는 안 해."

하지만 칼라일은 그 말이 끝나자마자 다친 오른손을 쫙 펼쳐서 보여 주며 말을 이었다.

"아아, 왜 이렇게 아프지."

이레나는 결국 얼굴을 마주 보던 맞은편의 자리에서 일어나 칼라일의 바로 옆으로 다가갔다. 그리곤 그가 먹을 수 있게 알맞은 크기로 스테이크를 썰어서 포크로 찍어 주었다.

당연히 그가 멀쩡한 다른 손으로 포크를 집을 거라고 생각했는데, 칼라일은 그대로 고개를 숙여서 이레나가 쥐고 있는 스테이크를 받아먹었다.

얼떨결에 먹여 주는 모양새가 되어 버리자 쑥스러움에 이레나의 볼이 발갛게 달아올랐다.

하지만 칼라일은 아무렇지 않은 표정으로 눈가를 누그러트리며 웃을 뿐이었다.

"그대가 먹여 주니까 더 맛있군."

"그럴 리가 있어요?"

"정말이야. 이런 호사를 계속 누릴 수 있다면 오른손 하나쯤은 영영 없어도 괜찮을 것 같아."

장난인지 진담인지 모를 칼라일의 말에 이레나가 슬쩍 얼굴을 찡그리며 대답했다.

"농담으로라도 그런 말은 하지 마세요."

"그러지, 부인이 원한다면."

칼라일은 섬뜩한 말과는 달리 부드럽게 웃으면서 이레나가 건네주는 음식들을 잘도 받아먹었다.

이레나는 처음으로 다른 사람에게 음식을 먹여 주면서 새롭게 깨달은 사실이 하나 있었다. 바로 남자가 음식을 먹는 모습이 무척이나 섹시하다는 것이다.

칼라일의 붉은 입술이 벌어지며 이레나가 건네주는 음식을 베어 물 때면 저도 모르게 시선을 회피하게 되었다.

그는 이래저래 심장에 좋지 않은 남자인 게 틀림없었다.

*   *   *

이레나가 칼라일과의 식사를 마치고 잠시 방 안에서 쉬고 있을 때였다.

똑똑, 누군가 문을 두들기는 소리가 들려왔다.

"들어와."

이레나의 허락이 떨어지자 방 안으로 들어온 사람은 다름 아닌 블레이즈 저택에서부터 친정 하녀로 따라온 메리였다.

평소와 다른 심각한 분위기의 메리를 보고 이레나가 의아한 표정으로 물었다.

"무슨 일 있어?"

"아무래도 비전하께 말씀을 드려야 할 것 같아서 찾아 왔어요."

메리의 손에는 두 개의 편지 봉투가 들려있었다.

메리는 그것을 모두 이레나의 앞으로 내밀며 재차 입을 열었다.

"처음에 이 편지를 받았을 때는 무시하려고 했어요. 아 무래도 저를 꾀어내려고 거짓말을 하는 것 같아서요. 하 지만 오늘 도착한 두 번째 편지를 보고 마음을 바꿨어 요."

"누가 보낸 편지인데?"

"예전에 블레이즈 가문에서 일했던 틸다를 기억하시 죠? 비전하의 무도회 드레스를 찢고 도망쳤던 하녀요."

메리의 설명에 이레나의 머릿속에 떠오르는 얼굴이 있 었다.

틸다 역시 적지 않은 시간을 블레이즈 저택에서 일했

기 때문에 벌써 잊어버릴 리 없었다. 다만 이레나를 배신하고 가문에서 나간 하녀였기에 딱히 기억하고 있지 않았을 뿐이다.

"틸다가 네게 보낸 편지라는 거야?"

"네. 비전하께서 직접 한 번 읽어 봐 주세요."

메리는 결연한 표정으로 두 개의 편지 봉투를 이레나에게 건넸다.

이레나는 일단 메리가 건넨 편지 봉투를 받아들고, 가장 위에 있는 편지부터 펼쳐서 눈으로 읽어 내려가기 시작했다.

[안녕, 메리야. 오랜만에 연락하네.

갑자기 이런 연락을 하는 게 염치가 없어 보이겠지만, 지금의 나에겐 이런 부탁을 할 사람이 너밖에 없었어.

부디 옛정을 생각해서라도 내 이야기를 꼭 들어 주었으면 좋겠어.]

그렇게 시작한 틸다의 편지에는 처음에 소피의 꾀임에 빠져 이레나를 배신하게 된 경위와, 그 후로 셀비 후작가에서 하녀로 취직하게 된 자세한 이야기가 적혀져 있었다.

담담하게 내용을 읽어가던 이레나의 눈이 어느 한 지점에서 잠시 멈췄다.

　　[소피는 그때 엘렌 아가씨의 눈 밖에 나는 바람에 지금 혀가 잘린 상태고, 워낙 아가씨의 성격이 괴팍해서 나도 어떻게 될지 몰라.
　　그래서 염치를 불고하고 이레나 아가씨께 도움을 요청하고 싶은데, 네가 대신 내 말을 좀 전해 주었으면 좋겠어.
　　지금 엘렌 아가씨가 파티장에서 꾸미고 있는 계략에 대해서 내가 몰래 엿들은 게 있는데…….]

거기에는 틸다가 엿들었다는 엘렌의 계략과 함께, 이것을 이레나에게 전해서 자신을 셀비 후작가에서 꼭 빼내어 달라는 당부가 담겨져 있었다.

첫 번째 편지를 다 읽은 이레나가 흥미로운 표정으로 지금까지 자신의 곁을 지키고 있는 메리를 쳐다보았다.

메리는 성격이 착한 만큼 남들에게 잘 휘둘리는 타입이었다.

그런 메리가 구구절절한 틸다의 편지에도 현혹되지 않고, 이레나에게 먼저 이 사실을 알렸다는 게 새삼 대견하게 느껴졌다.

"이 첫 번째 편지를 받고 혹시 널 속이려고 하는 건지도 모른다고 판단해서 내게 말하지 않았다는 거야?"

"네, 아가씨. 아무래도 소피가 과거에 이런 편지를 보내서 틸다를 꾀어낸 적이 있었기 때문에 혹시라도 저를 통해서 가짜 정보를 흘리는 게 아닐까 염려되었어요."

틀린 말은 아니었다.

처음부터 이 편지를 가져왔더라도 이레나가 보고 판단을 했겠지만, 메리의 입장에서는 그들과 자신이 이렇게 연락을 주고받을 수 있다는 사실을 알리는 것 자체가 꺼림칙할 수도 있었다.

이레나가 어떻게 생각할지는 메리의 입장에선 모르는 일이었을 테니까.

그런데 메리가 이제 와서 이 편지를 가져왔다는 건, 두 번째 편지에 그만큼 중요한 내용이 담겨 있다는 뜻이었다.

이레나는 조용히 두 번째 편지지를 꺼내어 읽기 시작했다.

[메리야, 네가 편지를 받아 봤음에도 불구하고 아무런 답변이 없어서 조급한 마음에 다시 한 번 편지를 보내.

소피는 얼마 전에 셀비 후작가에서 쫓겨나 어딘가로 끌려가 버렸어.

이제는 나도 어떻게 될지 모른다는 불안감에 잠
도 제대로 이루지 못하고 있는 상황이야.

혹시라도 내 말을 믿지 못할까 봐 최근에 엿들
은 내용을 추가로 적어 보낼게.]

그 부분을 읽는 이레나의 붉은 눈동자에 이채가 어렸
다.

첫 번째 편지에는 간략하게 엘렌이 파티장에서 어떻게
행동할 거라는 두루뭉술한 내용이 적혀 있었다면, 두 번
째 편지에는 그에 대한 아주 디테일한 계획이 포함되어
있었다.

그리고 이건 이레나가 최근에 마가렛에게 들었던 내용
과도 일치했다.

결론적으로 말하자면, 엘렌은 현재 사라의 도움으로
남성의 성욕을 자극하는 최음제를 구입한 상태였다.

그 사실을 엿들은 틸다는 그들이 최음제를 구입하게
된 경로에 대해서 보다 구체적으로 두 번째 편지에 기재
함으로써 이레나가 직접 확인해 볼 수 있게끔 만든 것이
다.

사실 헛웃음이 나올 정도로 치졸한 계획이었지만, 실
제로 성공하게 된다면 결과는 엘렌이 원하는 대로 이뤄
질 가능성이 농후했다.

어찌 됐든 앞뒤의 상황이 딱 들어맞았기 때문에 이게 함정일 가능성은 많지 않아 보였다. 무엇보다 이런 사실을 이레나에게 알림으로써 엘렌이 이득을 볼 이유는 없었으니까.

하지만 생각만으로 결론을 내릴 수는 없었다.

"편지에 적혀 있는 내용이 맞는지 직접 한 번 확인해 봐야겠구나."

"네, 제가 봐도 그러시는 게 좋을 것 같아요."

"그동안 네가 마음고생이 심했겠어. 틸다가 이런 편지를 보낸 걸 보고도 마냥 무시하기가 쉽지만은 않았을 텐데."

"아니에요. 틸다가 조금 딱한 건 사실이지만…… 그렇다고 제가 아가씨를 배신할 수는 없는 노릇이니까요."

메리의 충직한 답변에 이레나는 저도 모르게 희미한 웃음을 지었다.

"그렇게 생각해 주었다니 고맙구나."

메리가 심성이 착한 걸 알기에 그동안 곁에 두었지만, 항상 마음이 약해서 남들한테 휘둘릴까 봐 걱정이 되었던 아이였다. 그런데 이레나도 모르는 사이에 메리도 조금은 성장을 한 모양이었다.

마치 젊은 시절의 유모를 보는 것처럼 오늘따라 메리가 무척이나 든든하게 느껴졌다.

"제가 친정 하녀로 이렇게 황궁까지 따라오게 되었는데, 미력한 힘이나마 아가씨께 도움이 되어 드려야지요."

"너를 봐서라도 이 편지의 내용이 사실이라고 밝혀진다면 틸다를 셸비 후작 가문에서 빼내어 주도록 할게."

"저, 정말이세요?"

메리도 말은 그렇게 했지만 속으로는 틸다를 꽤 불쌍하다고 여겼는지 표정이 눈에 띄게 밝아졌다.

그 알기 쉬운 태도에 이레나는 옅은 웃음을 머금은 채로 고개를 끄덕거렸다.

"그래. 내가 언제 거짓말을 하는 거 봤어?"

"아뇨. 우리 비전하가 거짓말을 하실 리가 없지요. 정말 감사해요!"

"나중에 틸다한테도 똑똑히 전해. 모든 건 다 메리, 네 덕분에 이루어진 거라고 말이야."

"네! 틸다도 이 이야기를 듣는다면 정말로 감사해할 거예요."

"일단은 모든 자초지종을 확인할 때까지 지금처럼 아무한테도 발설해선 안 돼. 알겠지?"

"네! 비전하!"

메리가 씩씩하게 대답했다.

이레나는 이번 일을 어떻게 알아볼지 고민하다가 이내 마음을 정했다.

얼마 전, 로그와 손을 잡기로 계약을 한 상태였다. 이번 기회에 아스타 상단의 힘을 한번 시험해 보는 것도 나쁘지 않았다.

평상시에는 이레나가 일부러 찾지 않아도 아스타 상단 측에서 주기적으로 찾아와 보고를 하기로 되어 있었지만, 지금처럼 급작스럽게 도움이 필요할 때에는 어떻게 행동해야 하는지 미리 정해 둔 내용이 있었다.

이레나가 메리를 향해 말했다.

"메리야, 내 부탁 좀 하나 들어줘야겠구나."

"무엇이든 말씀만 하세요."

"시장에 나가면 네이 상회라는 곳이 있을 거야. 거기에 아이작이라는 남자를 찾아서 황태자궁으로 데리고 와 줬으면 해."

"아이작이라는 분이요?"

"그래. 그에게 내가 보내서 왔다고 하면 알 거야. 봄꽃을 좀 구하고 싶다고 전해 주렴."

"알겠습니다."

메리는 가타부타 말도 없이 고개를 끄덕거렸다.

어떻게 보면 조금은 이상한 명령이었지만, 이레나에 대한 맹목적인 신뢰가 있었기 때문에 아무런 거리낌 없이 받아들일 수 있었다.

이레나 역시 메리의 그런 충성심을 믿기에 다른 누구

도 아닌 그녀에게 부탁을 한 것이었다.

아스타 상단은 현재 아무도 모르는 이레나만의 독자적인 세력이었다. 이번 기회에 그들의 실력을 한번 보고, 앞으로 어떻게 사용할지 정하는 게 좋을 듯싶었다.

이레나는 무심코 틸다가 보낸 편지를 다시 한 번 내려다보곤 서늘하게 눈을 빛냈다.

'아무리 그래도 최음제까지 구입해 놓다니. 셀비 영애, 도저히 그냥 두고는 못 봐주겠군요.'

만약이라도 엘렌의 계획이 성공해서 칼라일과 그녀가 뜨거운 밤을 보냈다고 상상하면, 온몸의 털이 삐쭉 서는 기분이었다.

필요에 따라 언젠가는 차비를 들이게 될지도 모르겠지만……

그게 아직은 아니었다.

아직은…….

＊　　　＊　　　＊

다음 날, 메리는 이레나의 명령에 따라 네이 상회에서 아이작이라는 남자를 찾았다. 그리곤 황태자궁으로 사람들의 눈을 피해 몰래 데리고 들어왔다.

아이작과 이레나는 지금까지 로그를 통해 이야기를 들

었을 뿐, 직접 얼굴을 대면한 것은 이번이 처음이었다.

시정잡배같이 생긴 아이작은 특유의 껄렁껄렁한 걸음걸이로 안으로 들어왔지만, 이레나를 마주하는 순간 예의 바르게 고개를 수그리며 인사했다.

"제국의 비전하를 뵙습니다. 루퍼드 제국에 무한한 영광을."

이레나는 가볍게 고개를 끄덕이는 것으로 우아하게 인사를 받아 주곤, 아이작을 데리고 온 메리를 향해 먼저 입을 열었다.

"수고했다, 메리야."

"네. 그럼 편안히 대화 나누세요."

메리는 그 말을 끝으로 조용히 바깥으로 사라졌다. 두 사람이 대화를 나눌 수 있게 자리를 비켜 준 것이다.

이레나가 따로 메리에게 명령을 내리진 않았지만, 이 근처로 사람들이 함부로 드나들지 못하도록 입구를 지키고 있을 게 분명했다.

아이작도 메리가 사라진 방향을 힐끔 쳐다보다 다시 눈앞에 있는 이레나를 보았다. 메리의 그런 충성심이 느껴져서일까. 왠지 아이작의 눈동자에 흥미로운 빛이 스쳐 지나간 것 같았다.

이레나가 먼저 맞은편의 자리를 가리키며 입을 열었다.

"앉으세요."

"네, 감사합니다."

아이작은 군말 없이 이레나가 가리킨 자리에 가서 앉았다.

그가 쓸데없이 예의를 차린답시고 사양을 하면 어떡하나 걱정했는데, 아이작의 성격이 생각보다 시원시원한 것 같아서 이레나는 마음에 들었다.

이레나가 말했다.

"미리 이야기는 전해 들었지만, 이렇게 만나기는 처음이군요."

"네. 아이작 포드라고 합니다. 편하게 아이작이라고 불러주십시오."

"그럴게요. 아이작."

"실례가 안 된다면 무슨 일 때문에 저를 부르셨는지 먼저 여쭤도 되겠습니까?"

아이작은 갑자기 자신을 황태자궁으로 부른 이유가 궁금한 모양이었다.

이레나는 정식으로 황태자비가 된 이후 주변에서 아첨을 떠는 사람들이 많아졌다. 그래서 무슨 이야기를 하든 괜한 인사말로 대화를 질질 끄는 것이 불만이었는데, 아이작은 그런 부분에서 아주 깔끔하기 그지없었다.

이레나는 속으로 아이작이란 남자에 대한 평가를 조금 더 높였다.

"일단 이 편지를 한 번 읽어 보는 게 대화가 빠를 것 같 군요."

본격적으로 설명하기에 앞서 이레나는 틸다에게서 온 편지를 아이작에게 내밀었다.

아이작은 곧바로 편지를 받아들고 빠르게 눈으로 훑어 내려가기 시작했다.

순식간에 편지의 내용을 다 읽은 그가 다시 입을 열었 다.

"여기에 적혀 있는 최음제를 구입한 경로에 대해 조사 해 드리면 될까요?"

그 말에 이레나의 눈에 이채가 어렸다.

짧은 시간 동안 정확히 이레나가 원하는 것을 간파해 냈다. 중요한 건 더 두고 봐야 알겠지만, 아이작은 이레 나가 짐작했던 것보다 훨씬 능력이 출중해 보였다.

"맞아요. 거기에 적혀 있는 대로 최음제를 구입한 게 사실인지, 만약에 사실이라면 그에 대한 증거도 필요한 상황이에요."

"알겠습니다. 바로 확인해서 알려 드리도록 하겠습니 다."

"기한은 언제까지 가능하죠?"

"삼 일이면 정확한 결과물을 가지고 올 수 있을 것 같 습니다."

정말로 삼 일 안에 이 모든 내용을 조사하고 증거까지 확보할 수 있다면 이레나의 예상보다 훨씬 빠른 수준이었다.

생각보다 시원한 일 처리에 이레나는 흡족한 표정을 감추지 않은 채 입을 열었다.

"아스타 상단은 프리그랑 왕국에서 만들어진 것일 텐데, 루퍼드 제국의 일에도 상당히 빠른 정보력을 가지고 있는 모양이군요."

"네. 오랫동안 루퍼드 제국의 진출을 노려 왔기 때문입니다. 사실 루퍼드 제국은 파벌 싸움이 심해서 끼어들기가 여간 어려운 게 아니지만, 한번 파고들기 시작하면 벌이가 아주 쏠쏠한 곳이거든요."

아이작은 손을 동그라미 모양으로 만들며 금화 흉내를 내보였다.

루퍼드 제국의 황태자비인 이레나를 면전에 두고 한 행동이라기엔 어찌 보면 무례하다 싶을 정도로 거침이 없는 것이었다.

하지만 이레나는 그마저도 마음에 들었다. 자신의 눈치만 살피는 심약한 남자보다 훨씬 낫다는 판단이 들었기 때문이다.

이 정도는 솔직해야 쓸데없는 탐색전을 피할 수 있었다.

이레나가 희미하게 웃으며 대꾸했다.

"앞으로도 제 일만 잘 처리해 주신다면 더 쏠쏠하게 만들어 드리죠."

"오오, 그거 듣던 중 반가운 소리군요."

아이작은 본심을 감추지 않은 채 하얀 이를 드러내 보이며 웃었다.

서로의 목적이 명확한 관계는 이래서 좋았다. 괜한 감정 소모를 할 필요가 없었으니까.

"대신에 그만한 가치가 있는지, 이번에 아스타 상단의 실력을 한번 보겠습니다."

단호한 이레나의 말에 아이작이 앓는 시늉을 하며 대답했다.

"아이고, 그럼 저는 이 자리에서 일어서자마자 무척이나 바빠지겠군요. 나중에 조사한 결과는 보고서로 작성해서 비전하께 전달 드리겠습니다."

"그러도록 하세요. 그리고 이왕 일을 시키는 김에 하나 더 부탁하죠."

이레나는 말과 동시에 미리 작성해 두었던 편지를 하나 건넸다. 황가의 인장이 찍혀 있지 않은 편지 봉투는 어디서 보내온 것인지 겉모습만 보고는 구별을 할 수 없을 만큼 지극히 평범했다.

아이작은 얼떨결에 그것을 받아들고는 궁금하다는 표정으로 물었다.

"이게 뭡니까?"

"제너 영애에게 작성한 편지입니다. 그것을 아무도 모르게 전달해 주세요."

사라 제너.

그녀는 남부 지방에서부터 엘렌의 옆에 찰싹 붙어 온갖 나쁜 짓을 동조했다. 이번 최음제 건에 사라도 연루되어 있으니, 잘만하면 엘렌과 함께 엮어서 처벌을 할 수도 있었다.

하지만 이레나는 그보다 다른 방법을 사용할 생각이었다.

"이 편지를요?"

아이작의 표정이 기묘하게 변했다.

아무리 자작 가문이라지만 귀족 영애인 사라에게 어디서 보낸 건지도 모를 편지를 직접 읽어 보게 만드는 건 쉬운 일이 아니었다.

그리고 아까 틸다가 보낸 편지의 내용을 확인하고, 아이작 역시 사라가 이번 최음제 사건에 얽힌 인물이라는 것쯤은 이미 파악한 상태였다.

대체 이레나가 사라에게 전하고 싶은 말이 무엇일까?

개인적으로 호기심이 생길 수밖에 없었다.

"혹시 이 편지에 무슨 내용이 적혀 있는 건지 여쭤봐도 되겠습니까?"

"제가 굳이 알려 주지 않아도 나중에 자연스레 알게 될 거예요."

하지만 이레나는 여기에 적힌 내용을 아이작에게 미리 말해 줄 생각이 없는 듯했다.

아이작은 아쉬움에 입맛을 다시면서 고개를 끄덕거렸다. 편지를 전달하는 게 쉬운 일은 아니었지만, 그렇다고 최음제에 대한 단서를 찾는 것보다 어려운 것은 아니었으니까.

"알겠습니다. 그럼 이것도 책임지고 전달하겠습니다."

맡은 일이 많았기에 아이작은 서둘러 자리에서 일어났다. 그리곤 이레나를 향해 고개를 숙였다. 이만 물러가겠다는 뜻이었다.

이레나는 그 모습을 빤히 쳐다보다가 차분한 목소리로 입을 열었다.

"삼 일이에요, 늦지 말아요."

아이작은 그 말이 왠지 무섭게 들려서 저도 모르게 힐끔 아름다운 이레나의 얼굴을 쳐다보았다.

애초에 삼 일이라는 기한을 정한 건 아이작이었으나, 그렇다고 그게 쉬운 일정이라는 소리는 아니었다. 아이작의 입장에서도 이번 기회에 아스타 상단이 가진 힘을 이레나에게 보여 주려고 나름대로 무리를 한 것이다.

약속된 기한을 지키지 못하면 신용이 깎이는 건 당연

했기에 불가능할 정도로 빠듯한 일정은 아니었지만, 왠지 조금이라도 늦었다간 큰일이 날 것만 같은 기분이 들었다.

'더 서둘러야겠어.'

아이작은 첫눈에 이레나가 만만치 않은 여자라는 것을 직감했다.

33

사랑하고 있었으니까

사라는 평소처럼 엘렌의 저택에 들렀다가 다시 돌아가는 길이었다. 그런데 오늘따라 길목에 구걸을 하는 거지들이 많았다.

사라가 탄 마차 밖에서도 거지들이 동냥하는 목소리가 적나라하게 들려왔다.

"도와주십쇼."

"이틀을 굶었습니다요."

사라는 그 목소리만 들어도 왠지 퀴퀴한 냄새가 마차 안에까지 풍기는 것 같아 한 손으로 코를 막았다. 그리곤 마차를 몰고 있는 마부에게 말을 건넸다.

"조금 더 속도를 내서 달리지 못하겠어?"

"죄송합니다, 아가씨. 지금 사방이 거지들로 막혀서 도저히 속도를 낼 수가 없습니다."

"으으."

사라가 질렸다는 듯이 표정을 구길 때였다.

휘익!

갑자기 마차의 창문이 열리며 손 하나가 불쑥 안으로 들어왔다.

그것을 본 사라가 너무 놀라서 차마 비명조차 지르지 못하고 있을 때였다.

그 짧은 순간.

마차 안으로 침입한 손이 순식간에 편지 한 장을 남기고 감쪽같이 사라져 버렸다.

"꺄, 꺄아악!"

뒤늦게 사라가 소리를 질렀지만, 그때는 이미 모든 게 다 지나가고 난 이후였다.

마차를 몰던 마부가 깜짝 놀라서 뒤를 돌아보며 물었다.

"무, 무슨 일이십니까? 아가씨."

"그게……."

사라가 무언가를 설명하려고 손가락으로 마차 안에 떨어진 편지를 가리켰다. 하지만 머릿속에 점차 이성이 돌아오기 시작하면서 어딘가 이상하다는 생각이 강하게 들었다.

지금까지 엘렌의 저택을 셀 수도 없이 방문했었다.

그런데 단 한 번도 이 골목에 이토록 거지가 많았던 적이 없었다. 오늘따라 왜 이렇게 사라가 타고 있던 마차를 에워싸고 있었던 걸까?

더구나 갑자기 침입한 손은 사라를 해코지하려고 한 것이 아니었다.

구걸을 하지 않았던 걸 보면 바깥에 있는 거지가 아닐 수도 있었다. 아니면 거지로 위장한 누군가든가. 진실이 무엇이든 목적이 있어서 접근한 게 틀림없었다.

'설마…….'

사라의 짐작이 맞는다면, 그 손은 저 편지를 건네기 위해서 들어온 것이라고 봐야 했다.

거기까지 생각한 사라가 재빨리 정신을 차리고 마차의 창문을 열었다. 그러자 끈질기게 마차를 에워싸고 있던 거지들이 마치 볼일이 끝났다는 것처럼 뿔뿔이 흩어져 가는 모습이 눈에 들어왔다.

의심은 확신으로 변했다. 이 모든 건 누군가 사라에게 편지를 전달하기 위해 준비한 하나의 수단이었다.

'대체 누가 보낸 편지기에?'

처음엔 혼란스러웠던 사라의 머릿속이 이제는 궁금증으로 가득 차올랐다.

아무런 사실을 모르는 마부는 걱정스러운 목소리로 재차 입을 열었다.

"아가씨, 괜찮으십니까?"

"으응. 아무것도 아니야."

사라는 망설이지 않고 바닥에 떨어진 편지를 주웠다. 뭔지 몰라도 이 안의 내용을 직접 확인해 보면 알게 될 일이었다.

처음엔 석연치 않은 표정으로 편지를 읽기 시작했지만, 시간이 지날수록 점차 사라의 안색이 어둡게 변해 갔다.

나중에 사라가 머무르는 저택에 도착했을 때는…….

"아가씨!"

마차의 문을 열어 주러 다가온 시종이 깜짝 놀라서 소리를 질렀다.

마차 안의 사라가 완전히 탈진한 표정으로 창백하게 질려 있었기 때문이다.

제너 가문의 고용인들이 서둘러 다가와 사라를 부축했지만, 정작 사라는 새하얗게 질린 입술을 깨물며 편지를 품 안에 감출 뿐이었다.

이 안에 든 내용은……

아무도 알아선 안 되었다.

      *   *   *

어느덧 이레나와 칼라일이 참석해야 하는 파티의 날짜가 다가왔다.

아이작은 약속한 대로 정확히 삼 일째가 되던 날, 이레나가 시킨 일에 대한 결과물을 황태자궁으로 보내왔다.

모든 건 계획대로 순조롭게 진행이 되어서 이제 남은 건 직접 파티장으로 나가서 엘렌의 꼬리를 잡는 것밖에 없었다.

스윽, 스윽.

이레나는 외출하기 전 칼라일의 목에 크라바트를 손수 매 주었다.

언제부턴가 하루의 일과처럼 하게 된 일이라 지금은 처음의 어색했던 솜씨에 비해 꽤나 실력이 좋아진 상태였다.

이레나는 위에서 자신을 강렬하게 내려다보는 칼라일의 시선을 애써 태연하게 넘기며, 야무지게 크라바트를 든 손을 움직였다.

칼라일이 나지막한 목소리로 말했다.

"무슨 심경의 변화라도 있었나?"

갑작스러운 그의 질문에 이레나는 괜스레 뜨끔할 수밖에 없었다.

혹시 그에 대한 자신의 감정이 너무 얼굴에 티가 나진 않았을까, 걱정을 하면서 이레나가 조심스럽게 입을 열었다.

"갑자기 그런 건 왜 물어요?"

그 말에 칼라일이 평상시보다 더욱 화려하게 치장한 이레나의 드레스와 액세서리들을 눈으로 훑고는 대답했다.

"평소보다 더 예쁘게 꾸민 것 같은데, 그게 내 눈에만 그렇게 보이는 건 아닌 것 같아서."

"아……."

그제야 이레나는 칼라일의 말뜻을 이해했다.

틀린 말이 아니었다. 오늘 이레나는 할 수 있는 한 가장 아름답게 치장하려고 노력을 한 상태였다.

칼라일에게서 받은 보석 중에 제일 독특한 색깔을 지닌 귀한 에메랄드를 착용했으며, 미라벨이 미리 코디해 준 드레스들 가운데 가장 눈에 띄고 화사한 것을 골라서 입었다.

차비에 대한 이야기가 나돌고 있는 지금 칼라일이 파티 장소에 나타나면 모두가 어떤 시선으로 바라볼지 뻔한 거였으니까.

유치하지만, 다른 영애들의 앞에서 기죽고 싶지 않았다.

"그냥요……. 카릴은 모르겠지만 여자들에게 사교계는 가끔 전쟁터나 다름없기도 해요. 화려한 치장은 무기와 같죠."

이레나의 말에 칼라일이 픽 하고 웃으며 대꾸했다.

"그대를 완전히 무장하게 할 만큼 긴장시킬 상대는 없을 텐데."

그건 아무것도 모르는 소리였다. 이레나를 긴장시킨 상대는 다름 아닌 칼라일, 바로 그 자체였으니까.

검은색의 연미복을 차려입은 그는 아마 파티장의 어디에 서 있어도 뭇 여성들의 시선을 단번에 사로잡을 게 뻔했다.

모두가 탐을 내는 칼라일의 옆자리에 이레나는 가능한 가장 아름다운 모습으로 서 있고 싶었다. 어찌 됐든 지금 칼라일의 옆자리는 온전히 이레나만의 것이었으니까.

"다 됐어요."

이레나는 잘 매인 크라바트를 손으로 한 번 조심히 쓸고는 자신을 쳐다보는 칼라일을 무의식적으로 올려다보았다.

그 순간 그가 자신을 바라보며 눈가를 누그러트리고 웃는 모습이 눈에 들어왔다.

두근, 두근.

주책없이 떨리는 가슴을 느끼며, 이레나는 자신도 모

르게 희미한 미소를 짓고 말았다.

칼라일이라는 남자는 매 순간순간이 이렇게 선물 같았다. 그에 대한 감정을 순순히 인정하고 나니 이런 설렘조차도 온전히 기쁘게 받아들일 수 있었다.

칼라일이 말했다.

"오늘 파티가 끝나면 둘이서 잠깐 바람이라도 쐬러 나갈까?"

"바람이요?"

이레나가 의아하다는 듯이 되묻자, 칼라일이 부드럽게 말을 이었다.

"결혼하고 황궁에서 벗어난 적 없잖아. 말타기를 좋아하는 그대가 답답할까 봐 염려되는군."

"글쎄요……. 생각보다 황궁 생활에 바빠서 그런 감정을 느낄 겨를도 없었네요."

정확히는 가뜩이나 여유 없는 이레나의 마음속에 칼라일이 비집고 들어오는 바람에 그런 생각을 할 틈조차 없었다.

"그럼 한 번 생각해 봐."

칼라일은 그 말과 함께 근사한 표정으로 이레나에게 손을 내밀었다.

이레나는 말없이 그의 에스코트를 받으며, 고개를 살짝 끄덕거렸다.

이제 모든 준비를 끝냈으니 파티가 열릴 장소로 이동을 해야 할 때였다.

그렇게 두 사람이 황태자궁 바깥으로 나오자 입구에서 기다리고 있던 제너드가 큰 목소리로 외쳤다.

"황태자 전하와 비전하의 행차이시다!"

그 말에 황궁의 안팎에 있던 사람들이 양옆으로 쭈욱 갈라지면서 길을 내주었다. 그리곤 모두가 고개를 숙이며 우렁차게 인사를 건넸다.

"제국의 황태자 전하와 비전하를 뵙습니다! 루퍼드 제국에 무한한 영광을!"

마치 한목소리처럼 들리는 함성을 들으며, 이레나와 칼라일은 천천히 황금으로 된 마차 안으로 탑승했다.

처음엔 요란하다고만 느껴졌던 이런 행차도 이제는 조금씩 적응이 되고 있었다.

그리고 단순히 목적에 의한 관계였을 뿐인 칼라일과의 만남도 지금은 오래도록 함께할 수 있기를 소원하고 있었다.

이레나가 저도 모르게 칼라일의 옆모습을 빤히 쳐다보고 있어서일까?

잠시 마차의 창밖을 쳐다보던 칼라일의 시선이 다시금 이레나를 향해 돌아왔다.

한쪽 팔꿈치를 마차의 창문에 기댄 채 따사로운 오후

의 햇살을 받고 있는 그의 나른한 모습은 마치 한 폭의 그림과도 같았다.

알 수 없는 열기가 가득 담긴 푸른색의 눈동자가 이레나를 똑바로 직시하며, 곧이어 부드럽게 눈꼬리를 휘었다.

"너무 예쁘게 보지 마, 부인. 자꾸 그러면 다른 데로 새고 싶잖아."

그의 말에 이레나는 작은 실소를 머금을 수밖에 없었다.

지금 심장이 간질거릴 정도로 달콤하게 쳐다보고 있는 게 누구인지 묻고 싶을 지경이었다.

＊　　＊　　＊

엘렌에게 오늘의 파티는 결전의 날이나 다름없었다.

칼라일의 눈에 들기 위해 최음제까지 마련한 상태였지만, 그 이전에 누가 보더라도 아름다워야 했다.

사실 엘렌은 외모로 어디서 꿀려 본 적이 없었다. 어찌됐든 무도회의 마돈나 후보로도 뽑혔으며, 남부 지방을 대표하는 미녀 중 한 명으로 당당히 이름을 올릴 정도였으니까.

그런 엘렌이 오늘을 위해 프리그랑 왕국에서 만든 최고급 드레스를 구매했다. 뿐만 아니라 가지고 있는 가장 값비싼 보석을 착용하고, 수도에서 제일 유명한 미용 숍에서 헤어와 화장까지 마친 상태였다.

오늘만큼은 그 누구보다 아름다울 거라고 자신할 수 있었다.

달리는 마차 안에서 연신 거울을 들여다보던 엘렌이 나지막이 중얼거렸다.

"아무래도 헤어 장식을 왼쪽으로 바꾸는 게 나을 것 같아."

처음에 미용 숍에서 해 주었던 장식을 그녀가 자신은 오른쪽 얼굴이 예쁘다고 바꿔 달라고 요구한 것이었다.

그런데 가만히 거울을 보다 보니, 아무래도 왼쪽에 장신구가 있는 게 더 나아 보였다.

지금은 마차를 타고 파티장으로 가고 있는 상황이었기에 엘렌은 하는 수 없이 마부석에 앉아 있는 하녀를 불렀다.

"이리 와서 내 머리 좀 만져 봐."

"저, 저요? 아가씨."

오늘 엘렌의 시중을 들기 위해 파티장으로 함께 나온 하녀는 바로 틸다였다.

"그럼 너 말고 누가 있니? 마부한테 내 머리를 만지라고 할까? 응?"

"아, 아닙니다. 아가씨."

잠깐 마차가 멈춘 틈을 타서 틸다는 서둘러 마부석에서 엘렌이 앉아 있는 마차의 안으로 이동해 왔다.

"제가 머리를 어떻게 만져 드리면 될까요?"

"여기에 꽂혀 있는 장신구를 빼서 왼쪽으로 바꿔 주면 돼."

"네, 네."

틸다가 조심스럽게 헤어 장신구를 빼내려고 할 때였다.

"아!"

갑자기 엘렌이 인상을 찌푸리며 소리를 질렀다. 그리곤 말보다 먼저 손바닥으로 짜악, 틸다의 뺨을 한 대 갈겼다.

"제대로 못 해? 오늘이 어떤 날인데, 감히 내 머리를 망칠 셈이야?"

"죄, 죄송합니다. 아가씨."

갑작스러운 폭행에 틸다의 몸이 한쪽으로 쓰러졌지만, 정신을 차리자마자 서둘러 몸부터 똑바로 세웠다. 어차피 제대로 해내지 않으면 손찌검이 여기서 멈추지 않는다는 걸 오래된 경험으로 알고 있었기 때문이다.

틸다는 어깨를 잔뜩 움츠러트린 상태로 더욱 조심스럽게 엘렌의 머리카락을 매만지기 시작했다.

그렇게 잠시 후.

엘렌은 자신이 원하던 대로 헤어 장신구의 위치를 왼쪽으로 바꿀 수 있었다.

여전히 거울을 빤히 들여다보며 엘렌은 일을 마친 틸

다에게 시선도 주지 않은 채 말했다.

"쯧, 만약 오늘 일이 잘못되면 다 네 탓인 줄 알거라."

"죄, 죄, 죄송합니다."

모든 건 엘렌이 요구한 대로 됐지만, 그럼에도 틸다는 좋은 소리를 들을 수 없었다.

할 일을 마친 틸다는 다시 원래의 마부석으로 돌아가려고 했지만, 어느새 마차의 속도가 점점 느려지고 있는 게 파티장에 가까이 온 모양이었다.

엘렌도 현재의 위치를 확인했는지 틸다를 향해 표독스럽게 눈을 빛내며 말했다.

"어딜 가? 바닥에 몸을 구기고 숨어 있어. 누가 천한 너와 함께 마차를 타고 왔다고 생각하면 어떡해."

"네, 아가씨."

틸다는 재빨리 몸을 동그랗게 말아서 마차의 창문에서 보이지 않도록 몸을 숨겼다.

엘렌은 그런 틸다를 힐끔 보더니, 곧이어 창문을 통해 파티장 바깥에 서 있는 귀족들을 눈으로 한번 스윽 훑어보았다.

"사라는 이럴 때 어디 간 거야? 재깍재깍 내 앞에 나타나도 시원치 않을 판국에……."

엘렌이 못마땅하다는 듯 표정을 구기며 다시금 틸다를 내려다보았다.

"너, 사라를 찾아서 내게 데리고 오도록 해."

"제가요?"

"그래. 나중에 사라가 타고 온 마차를 찾으면 될 거 아니야."

"네, 네, 알겠습니다."

"쯧. 귀찮게 말을 꼭 두 번 하게 만드는구나."

엘렌이 짜증스러운 기색을 내비치자, 틸다는 저도 모르게 다시 사죄의 말을 내뱉으려다가 입을 다물었다. 엘렌은 천한 신분의 하녀와 오랫동안 말을 섞는 걸 싫어했기 때문이다.

어느 순간 성대한 파티장에 도착한 마차가 완전히 멈춰 섰다.

엘렌은 순식간에 틸다에게 보인 표독스러운 표정을 감추고, 아무 일도 없었다는 듯 입가에 부드러운 미소를 지은 채 마차에서 내렸다.

틸다는 이미 그러한 변화에 익숙해진 상태라 점점 멀어지는 엘렌의 뒷모습을 두려움에 떨면서 바라보고 있을 뿐이었다.

또각또각—

엘렌이 파티장 안에 등장하자 사방에서 수많은 영애들이 다가와 먼저 인사를 건넸다.

"어머, 셀비 영애 아니에요? 오늘따라 너무 아름답네요."

"어디서 맞추신 드레스예요? 세상에나, 너무 예뻐요."

황후의 황궁 시녀가 된 엘렌에게 밉보이고 싶은 사람은 아무도 없었다.

엘렌은 득의양양한 감정을 감추지 않은 채, 자신에 찬 표정으로 짙은 웃음을 지어 보였다.

"워낙 고가의 제품이라 아무나 구매할 수 있는 게 아니에요. 아마 제가 어디서 샀는지 말해 줘도 소용없을 거예요."

엘렌의 말에 순간 분위기가 어색하게 얼어붙었지만, 곧이어 능숙한 사교계의 여인들답게 호호호 웃으면서 마무리를 지었다.

파티장에 모여 있는 수많은 귀족 남성들의 시선이 자신에게 꽂히는 걸 느끼며, 엘렌의 기분은 한껏 고조되었다.

'전하는 어디 계시지?'

어서 칼라일에게 자신의 이 아름다운 모습을 보여 주고 싶은 마음이었다.

그렇게 엘렌이 혼자서 파티장을 잠시 거닐고 있을 때였다.

벌컥, 입구의 문이 열리면서 어떤 남성이 큰 목소리로 외쳤다.

"황태자 전하와 비전하가 입장하십니다!"

그 말에 파티장 안에 있던 모두가 허리를 숙이며, 칼라일과 이레나에게 예를 갖춰서 인사를 건넸다.

장관처럼 펼쳐지는 인사 행렬의 끝에 칼라일이 우뚝 서 있었다. 오늘따라 더욱 눈부시게 아름다운 이레나와 함께 말이다.

근사하기 짝이 없는 칼라일의 모습을 바라보며 엘렌은 저도 모르게 가슴을 쥐었다.

'역시 저 자리는 내 것이어야 해.'

모두에게 우러러 받는 저 자리의 주인은 이레나가 아닌, 바로 자신이어야 마땅했다.

훤칠한 칼라일과 아름다운 이레나의 모습은 질투심이 생길 만큼 잘 어울렸지만, 오늘은 자신 또한 뒤처지지 않는다고 생각했다. 그만큼 지금 입고 있는 드레스와 보석에 쏟아부은 금액이 천문학적인 숫자였기 때문이다.

엘렌은 두근거리는 마음으로 저도 모르게 손목에 차고 있는 팔찌를 매만졌다.

지금 이 팔찌는 보석을 돌리면 최음제가 쏟아지도록 특수 제작된 것이었다.

그리고 오늘 밤…….

이걸로 칼라일을 자신의 남자로 만들 것이다.

　　　　　＊　　　　＊　　　　＊

　이레나는 파티장에 입장하는 순간부터 엘렌이 어디 있는지 가장 먼저 파악했다. 오늘따라 더욱 눈에 띄는 드레스를 입고 있었기에 그녀의 위치는 손쉽게 알 수 있었다.

　사전에 입수한 정보에 의하면 엘렌은 오늘 칼라일에게 최음제를 먹이기 위해 움직일 것이다.

　그리고 그 상황을 빼도 박도 못하게 잡으려면……

　엘렌이 최음제를 탈 때까지 기다렸다가, 그 현장을 급습하는 게 가장 확실했다.

　상대는 셀비 후작 가문의 무남독녀 외동딸인 데다, 현재 루퍼드 제국의 양대 산맥이라 불리는 황후 오펠리아의 비호를 받고 있는 상태였다.

　절대로 빠져나갈 수 없게 확실하게 옭아매지 않으면, 어떻게든 이 상황을 무마시키려고 할 게 뻔했다.

　그래서 이레나는 엘렌이 세운 더러운 계획을 알면서도 그것을 실행할 때까지 조용히 때를 기다리고 있는 중이었다.

　'경고는…… 그때가 마지막이었어요. 셀비 영애.'

　더 이상은 자신에게 악의를 품고 있는 상대를 봐줄 생각이 없었다.

　이미 한 번 엘렌이 말도 안 되는 소문을 퍼뜨린 것을 눈감아 준 적이 있었다.

물론 엘렌을 위해서라기보단 칼라일이 황제가 되는 데에 만에 하나라도 피해가 갈까, 걱정이 되었기 때문이지만…….

그럼에도 엘렌은 뉘우치는 기색 없이 또다시 이레나에게 적의를 드러내고 있었다. 계속 이런 상황이 반복된다면 후환을 남겨두는 것은 어리석은 짓이었다.

이레나는 이번 기회에 더 이상은 허튼 생각을 하지 못하도록 완전히 짓뭉개 줄 생각이었다.

'그러기 위해선…….'

엘렌이 낚일 수 있게 미끼를 풀어 줘야 했다.

짧은 순간 이레나의 붉은 눈동자가 어둡게 그늘졌다. 그 시선이 향하는 곳은 바로 자신의 옆자리에 있는 칼라일이었다.

칼라일이 이레나의 묘한 시선을 눈치채곤 의아하게 물었다.

"왜 그렇게 보는 거지? 부인."

"아무것도…… 아니에요. 결혼하고 첫 공식 행사에 참석했으니 다른 부인들을 만나서 인사를 좀 나눠야겠어요."

"그러도록 해."

칼라일의 허락이 떨어졌지만 이레나의 발걸음은 쉬이 움직이지 않았다. 자신이 그의 곁에서 멀어지는 순간, 엘렌뿐만 아니라 수많은 영애들이 그의 주변을 맴돌 거라는 것을 알기 때문이었다.

이레나가 저도 모르게 머뭇거리고 있는 사이, 칼라일이 먼저 다른 곳을 향해 한 걸음을 내디뎠다.

그때였다.

덥석, 이레나가 무의식적으로 칼라일의 팔을 붙잡았다.

"저……."

이레나 스스로도 갑자기 벌인 자신의 행동에 놀라 순간 무슨 말을 해야 할지 말문이 막혀 버리고 말았다.

정말 의도한 것이 아니었다. 자신도 모르게 그의 뒷모습을 보니 무심코 손이 나가 버렸다.

칼라일은 그 미약한 손길에 붙잡혀 발길을 멈추고 이레나를 돌아보았다. 무언가 망설이는 이레나의 표정을 가만히 들여다보다가 그가 짓궂은 웃음을 지었다.

"이거, 내 곁에서 떨어지기 싫다는 의미로 받아들여도 되는 건가?"

그의 농담에 이레나의 얼굴이 확 붉어졌다.

예상보다 더 강렬한 이레나의 반응에 칼라일조차 조금 놀란 눈치였다.

이레나는 애써 얼굴에 몰리는 뜨거운 열기를 무시하며 태연한 표정으로 대꾸했다.

"아니에요. 전 그저…… 당신 옷에 뭐가 묻어 있어서 그랬던 거예요."

이레나는 괜히 깨끗하기만 한 칼라일의 옷소매를 가볍게 털어 주곤, 떨어지지 않는 발걸음을 옮겼다.

그 자리에 서서 여전히 자신을 처다보는 칼라일의 시선이 느껴졌지만, 이레나는 차마 뒤를 돌아볼 수가 없었다.

'……말할 수 있을 리가 없잖아요.'

당신을 한순간도 다른 여자의 곁에 두고 싶지 않았다고…….

*   *   *

칼라일은 슬슬 짜증이 나고 있었다.

오늘따라 파티장의 어디를 가도 여자들이 끈질기게 따라붙었다.

갑자기 나이 많은 귀부인이 다가와서 자신의 딸을 소개시키질 않나. 여태까진 근처에도 접근하지 못했던 영애들이 불쑥 말을 걸어올 뿐만 아니라, 일부러 비틀거리며 넘어지려는 둥 가관도 아니었다.

칼라일은 평상시와 다른 파티장의 분위기에 슬슬 기분이 안 좋아지려 하고 있었지만…….

그 와중에 묘하게 신경에 거슬리는 부분이 하나 있었다.

다른 여성들이 접근할 때마다 누군가의 시선이 느껴져서 고개를 돌려보면, 이레나가 자신을 쳐다보고 있다는 점이다.

뭔가 못마땅하다는 듯 치켜뜬 붉은 눈동자가 마치……질투를 하는 것처럼 느껴졌다.

'그럴 리가.'

이건 너무 자신의 희망 사항이 아닌가 싶었다. 하지만 이런 상황이 몇 차례 반복이 되다 보니 아무리 칼라일이라고 해도 의문이 생길 수밖에 없었다.

곰곰이 돌이켜 보면 최근 이레나가 수상한 행동을 보인 적도 있었다.

'설마 날…….'

칼라일은 상상하는 것만으로도 기분 좋아지는 것 같았다.

아니라고, 아직은 그럴 리 없다고. 그렇게 여기면서도 마음 한편으론 기대가 되는 걸 어쩔 수가 없었다.

칼라일이 잠시 우두커니 서서 이레나에 대한 생각에 잠길 때였다.

다다닥, 쿠웅!

어떤 여자가 일부러 칼라일에게 다가와서 손에 들고 있던 와인을 흘렸다.

너무도 뻔히 보이는 행동이었기에 칼라일의 미간이 단번에 찌푸려졌다.

"어머나, 이걸 어떻게 한담."

어쩔 줄 모르겠다는 그녀의 가식적인 표정을 바라보며, 칼라일은 가뜩이나 치솟았던 짜증이 폭발을 할 것만 같았다.

하지만 그 전에 먼저 칼라일의 푸른 눈동자가 힐끔 이레나가 있는 방향을 향했다.

이번에도 역시나 이레나는 이곳을 뻔히 쳐다보고 있었다.

더구나 지금까지보다 더욱 심각하게 굳은 표정이 꽤나 이 장면을 주시하고 있다는 사실을 눈치챌 수 있었다.

'……왜지?'

어째서 그런 시선으로 자신을 바라보는지 칼라일은 궁금해졌다.

그래서 일부러 접근한 여자가 하는 대로 가만히 내버려 두었다. 이레나가 어떤 태도를 보일지 궁금했기 때문이다.

"죄송해요, 전하. 제가 와인이 묻은 상의를 다시 원상 복귀해 드리는 것으로 실수를 만회하고 싶은데 허락해 주시겠어요?"

칼라일은 와인으로 오염된 연미복 상의를 힐끗 쳐다보

곤 퉁명스럽게 대꾸했다.

"그렇게 해."

그의 허락이 떨어지자 여자의 얼굴에 화색이 돌았다.

"그럼 잠시 저를 따라오시겠어요? 여기에는 사람이 너무 많아서 옷을 세탁할 때까지 위층에 있는 룸으로 모실게요."

평상시라면 절대로 허락할 리 없는 행동이었다. 하지만 칼라일의 푸른 눈동자가 다시금 이레나가 있는 방향을 한 번 쳐다보곤 순순히 고개를 끄덕거렸다.

"……그러지."

그 대답에 눈앞에 있는 여자의 미소가 더욱 짙어졌다.

그녀의 정체는 바로 엘렌이었다.

한창 파티가 벌어지고 있을 때, 칼라일과 엘렌은 단둘이서만 위층에 마련된 룸으로 향했다.

이 장소는 미리 엘렌이 마련해 놓은 공간으로 여기서 무슨 일이 벌어지든 아침까지 아무에게도 방해받지 않도록 손을 써 둔 상태였다.

두 사람은 이곳에서 아주 기나긴 밤을 보내게 될 테니까.

엘렌은 그 생각만으로도 무척이나 기분이 좋았기에 남몰래 웃음을 흘렸다.

"전하, 그럼 상의를 벗어서 주시겠어요?"

엘렌의 말에 칼라일이 아무런 대꾸 없이 연미복의 상의를 벗어 주었다.

하얀 셔츠를 입고 있는 칼라일의 실루엣만 봐도 그 안의 몸이 얼마나 훌륭한지 충분히 짐작할 수 있었다. 은연중에 드러나는 그의 꽉 짜인 근육들을 눈으로 훑어보며 엘렌은 저도 모르게 마른침을 꿀꺽 삼켰다.

"전 서둘러 세탁을 맡기고 올 테니, 여기서 잠시만 기다려 주세요. 전하."

엘렌은 칼라일이 건네준 상의를 들고 후다닥 바깥으로 나왔다.

문 앞에는 사라가 초조한 표정으로 미리 준비해 놓은 다과를 들고 기다리고 있었다.

뒤늦게 파티장에 도착한 사라는 어딘가 계속 불안한 기색이었지만, 잔뜩 마음이 들뜬 엘렌은 그런 걸 눈여겨볼 겨를이 없었다.

"아무래도 전하께서 내게 반하신 것 같아."

"네?"

사라의 얼빠진 반응에도 엘렌은 황홀한 표정을 지으며 말을 이었다.

"와인을 쏟았는데도 화를 내기는커녕 내 얼굴만 쳐다보시더라고, 남자들이란 참······ 그러니까 여기까지 따라오셨겠지."

"그, 그렇군요."

사라의 반응은 평소보다 시원치 않았지만, 그럼에도 엘렌의 기분은 하늘을 치솟았다.

"어쩌면 준비한 것을 사용하지 않아도 나한테 넘어오실지 몰라."

"그럼 그걸 사용하지 않을 생각이세요?"

"말이 그렇다는 거지! 시간을 들인다면 당연히 전하가 내게 안 넘어오실 리가 있어? 하지만 오늘 밤에 승부를 보려면 어쩔 수 없잖아."

엘렌은 하는 수 없다는 식으로 말하며, 팔찌에 달린 보석을 돌려서 최음제를 찻물에다가 떨어트렸다.

그렇게 최음제가 섞이는 걸 바라보며 엘렌의 눈빛이 탐욕스럽게 빛났다. 이제 이걸 칼라일이 마시게 만들면 모든 게 끝이었다.

그는 짐승처럼 자신의 몸을 탐할 것이고, 엘렌은 한순간 칼라일에게 억지로 순결을 빼앗긴 불쌍한 영애가 되는 것이다.

칼라일은 오늘 밤의 일을 책임지기 위해서라도 엘렌을 차비로 들이는 수밖에 없었다. 더군다나 엘렌의 뒤에는 셀비 후작가와 황후 오펠리아가 있었다.

제아무리 칼라일이라고 해도 이미 하룻밤을 치른 이상, 엘렌을 거부할 수는 없었다.

그리고 황궁으로 들어간 후에는 현 황태자비인 이레나를 독살시켜서라도 언젠가 그 자리를 빼앗고 말 생각이었다.

'오늘 밤, 아이가 생긴다면 좋을 텐데…….'

칼라일의 첫 아이를 낳을 수만 있다면 그보다 더한 권력도 없을 것이다.

오늘을 위해 임신에 좋다는 온갖 것들을 먹었으니 운만 따라 준다면 불가능한 일은 아니었다.

엘렌은 짙은 웃음을 지으며 사라가 들고 있던 다과를 빼앗았다.

"이제 가 봐도 좋아. 아무도 여기에 접근하지 못하도록 잘 감시해야 해. 알겠어?"

"그, 그럼요."

사라는 고개를 위아래로 세차게 끄덕거렸다.

평상시보다 미지근한 사라의 반응이 어딘가 이상했지만, 엘렌은 그저 눈앞에 펼쳐질 장밋빛 미래에 심취되어 있을 뿐이었다.

엘렌은 최음제를 넣은 다과를 들고, 칼라일이 기다리고 있는 룸 안으로 들어갔다.

이제 드디어 기다리고 기다리던 때가 온 것이다.

하지만 그녀가 다시 방 안으로 돌아왔음에도 불구하고, 칼라일은 일인용 소파에 앉아서 무언가 골똘히 생각에 잠겨 있었다.

긴 다리를 꼬고 생각에 잠겨 있는 모습이 무척이나 근사했지만, 엘렌은 자신의 존재가 안중에도 없는 것 같아서 기분이 상하기도 했다.

그런 감정을 드러낼 순 없었기에 엘렌이 작게 헛기침을 했다.

"흠흠!"

그제야 칼라일의 푸른 눈동자가 슬쩍 움직였다.

그가 미간을 찡그린 채로 엘렌을 쳐다보며 나지막이 말했다.

"아직도 안 갔나?"

"네?"

"세탁이 끝나면 갖다 주도록 해. 귀찮게 알짱거리지 말고."

"……!"

차가운 칼라일의 반응에 엘렌은 순간 할 말을 잃고 말았다.

방금 전까지 그가 자신에게 어느 정도 호감이 있다고 여겼는데, 지금 와서 보니 전혀 그렇지 않은 모양이었다.

엘렌의 표정이 서서히 구겨지기 시작했다.

"전하, 제가 누군지 뻔히 아시면서 이리 대하시면 섭섭합니다."

그 말에 칼라일의 눈동자에 불쾌한 빛이 어렸다.

"네가 누군데?"

"저와 마주친 적이 있으시면서 벌써 잊어버린 척하시는 건······."

"네가, 누구냐고 묻잖아."

스산할 정도로 낮아진 칼라일의 목소리에 엘렌은 순간 움찔할 수밖에 없었다.

칼라일은 어느 곳에 있어도 단번에 시선을 사로잡을 만큼 근사했지만, 그만큼 그가 내뿜는 카리스마도 상당히 강렬했다.

엘렌은 지금까지 까맣게 잊고 있었던 장면 하나가 머릿속에 떠올랐다. 바로 그가 아무렇지 않게 남자의 잘린 목을 들고 나타나서 파티장 안을 경악으로 만든 주범이라는 사실 말이다.

"저, 저는······."

엘렌은 대답을 하면서도 머릿속이 혼란스러웠다.

이레나와 함께 파티장에서 다툴 때 분명 칼라일과 마주친 적이 있었다. 그런데 벌써 잊어버렸다는 게 믿기지 않았다.

자신의 존재가 그만큼이나 희미하다는 사실이 무척 자존심 상했다.

지금까지 칼라일에게 자신의 첫인상이 안 좋을 거라고

만 생각했지, 자신의 얼굴 자체를 아예 잊어버렸을 거라고는 꿈에도 생각하지 못했었다.

엘렌이 입술을 세게 깨물고는 다시 웃는 얼굴로 말을 건넸다.

"엘렌 셀비라고 합니다. 전하께서 혼자 기다리시기 적적할 것 같아 들어왔는데 싫으시다면 어쩔 수 없네요. 다만……."

엘렌은 은쟁반을 테이블 위로 내려놓으며, 곧이어 칼라일의 앞으로 최음제를 탄 차를 따라 주었다.

"전하의 옷을 더럽힌 걸 사죄하는 마음으로 준비해 온 것이니 한 모금이라도 마셔 주세요. 아니면 제 마음이 불편할 것 같습니다. 전하께서 성의만 받아 주신다면 저도 더 이상 군말 없이 이곳에서 나가겠습니다."

나긋나긋한 엘렌의 태도에도 칼라일의 차가운 표정은 조금도 풀어지지 않았다.

하지만 그런 표정과 달리 칼라일은 엘렌이 따라 준 찻잔을 들어 올렸다. 더 이상 말을 섞는 것조차 귀찮았기 때문이다.

막 차를 입으로 가져가려던 순간이었다.

찻물에서 풍기는 희미한 냄새에 칼라일이 동작을 멈췄다. 이건 그도 무척이나 잘 아는 성분의 냄새였다.

그 순간 칼라일의 눈빛이 매섭게 변했다.

칼라일 이내 기가 막힌다는 듯 비틀린 웃음을 지으며, 엘렌을 향해 지독히도 서늘해진 목소리로 입을 열었다.

"감히……."

하지만 그 말이 끝나기도 전이었다.

그때 마침 이곳의 방문이 벌컥, 열렸다.

거기에는 이레나를 선두로 황궁의 근위병들이 가득 서 있었다.

그들뿐만이 아니었다. 무언가 사건이 터졌다는 소식에 이곳을 구경하려고 모인 귀족들의 숫자도 상당히 많았다.

이레나는 단둘이 오붓하게 앉아 있는 칼라일과 엘렌을 한차례 쳐다보고는 뒤편에 있는 근위병들을 향해 말했다.

"체포하세요."

전혀 예상치 못한 돌발 상황에 엘렌의 눈동자가 크게 흔들렸다.

"이, 이게 무슨 짓이죠?"

"변명할 말이 있으면 황궁의 심문실에서 직접 하세요. 셸비 영애."

이레나의 말이 끝나자마자 뒤편에 서 있던 근위병들이 다가와서 엘렌의 양쪽 팔을 움켜쥐며 제압했다. 그리곤 테이블 위에 있는 다과를 증거품으로 챙겼다.

엘렌이 발악하며 소리쳤다.

"이거 놔라! 감히 내가 누군 줄 알고! 비전하, 제게 어찌 이러시는 겁니까?"

악에 받친 엘렌의 모습을 이레나가 무심한 눈빛으로 쳐다보며 나지막이 대답했다.

"전하의 찻잔에 약을 탄 사실을 제보받았어요. 그게 어떤 성분인지는 이제부터 조사해 보면 나오겠지만, 감히 그런 짓을 벌인 것만으로도 황족살인죄를 물을 수 있다는 사실을 알고 있겠죠?"

"화, 황족살인죄?"

엘렌의 눈동자가 경악으로 물들었다.

엘렌은 그저 최음제를 탔을 뿐이다. 설령 이 사실이 밝혀져도 지난번처럼 지독한 수모를 당하고 사교계에서 매장을 당할 뿐이지 살인죄와는 연관이 없었다.

더군다나 황태자를 살해하려고 한 죄목은 가문이 멸문을 당할 수도 있는 큰 죄였다.

"무, 무슨 말도 안 되는 소리를 하시는 거예요? 저는 전하를 살해하려고 한 적이 없습니다. 저는 그저…… 그저……."

너무 놀라서 차마 말을 잇지 못하는 엘렌을 쳐다보며 이레나가 차갑게 말을 이었다.

"그 찻물에 뭘 탔든 만약 셸비 영애가 나쁜 마음을 먹

었다면 그게 치사량의 독이 될 수도 있는 겁니다. 아무도
모르게 전하에게 무언가를 먹이려 했다는 것 자체만으로
도 살인죄를 물을 수 있는 거예요. 아시겠어요?"

"아니에요! 정말 억울해요! 저는 그저 전하를 연모하는
마음에 최음제를 탄 것밖에……."

어차피 최음제가 섞인 찻물도 증거품으로 압수당한 상
황에서 엘렌이 더 이상 감출 건 없었다.

하지만 엘렌의 억울하다는 주장에 뒤편에서 구경을 하
고 있던 귀족들에게서 크게 수군거리는 목소리가 흘러나
왔다.

"맙소사, 지금 하는 말 들었어?"

"셸비 영애가 황태자 전하께 최음제를 타서 먹이려고
했나 봐."

앞뒤 상황이 어찌 됐건 간에 이런 광경은 구경하는 사
람들에게 엄청난 재미를 선사했다.

아마 내일 아침에 일어나면 온 사교계에 파다하게 소
문이 퍼져 있을 게 분명했다.

엘렌은 혼란스러운 눈동자를 굴리면서 재빨리 말을 이
었다.

"저, 저도 누군가에게 억지로 지시를 받은 것뿐이에요!"

"그게 누구죠?"

차가운 이레나의 질문에 엘렌이 머릿속에서 생각나는

인물을 내뱉었다.

"사라예요! 사라 제너가 저에게 이런 방식으로 황태자 전하께 접근하라고 시키는 바람에……."

또각또각, 엘렌의 말이 끝나기도 전에 입구에서 사라가 참담한 표정으로 걸어 나왔다.

현재 사라의 표정은 무척이나 복잡했다. 배신감에 치를 떠는 것 같으면서도 무서워서 떨고 있는 듯한 그런 다양한 감정이 엿보였다.

갑작스러운 사라의 등장에 엘렌이 영문을 모르겠다는 듯 중얼거렸다.

"네, 네가 어떻게……."

엘렌이 놀란 모습을 빤히 지켜보고 있던 이레나가 나지막이 입을 열었다.

"셀비 영애가 이런 흉악한 범죄를 계획했다는 것을 알려 준 이가 바로 제너 영애예요."

"뭐, 뭐라고요?"

엘렌의 눈동자가 다시 한 번 경악으로 물들었다.

엘렌은 갑자기 사라가 자신을 배신한 것을 이해할 수 없었다. 방금 전 본인이 살기 위해 사라의 이름을 팔았다는 사실은 이미 머릿속에서 지워져 있었다.

"네가 감히! 나를 모함해? 이러고도 네가 무사할 것 같아!"

엘렌이 순식간에 분노에 차올라 소리를 질렀지만, 사라는 어두운 표정으로 아무런 대꾸조차 하지 않았다.

그리고 더 이상 말을 섞을 필요가 없다는 게 맞았다. 이미 상황이 이렇게 흘러간 이상 여기서 무언가를 떠들어 봤자 아무런 의미도 없었으니까.

이레나는 일부러 이러한 장면들을 다른 귀족들에게도 보여 줬다. 사교계에서 이슈가 되어야지 더욱 공정하게 처벌을 내릴 수가 있을 테니까.

많은 이들에게 주목을 받는 사건일수록 허투루 처리할 수는 없는 법이었다.

이미 처음에 의도한 바는 충분히 달성한 상황이었기에 이레나는 엘렌을 결박하고 있는 근위병들에게 명령했다.

"황궁으로 끌고 가서 심문하세요."

혹시라도 황후 측이나 셀비 후작 가문에서 개입하지 못하도록 이레나가 미리 심문관까지 직접 지정해 놓은 상태였다. 이번엔 아무리 엘렌이라 해도 지금까지처럼 쉽게 발을 빼지 못할 것이다.

이 기회에 그동안의 일들에 대해 혹독하게 죗값을 치르게 할 생각이었다.

"명을 받듭니다."

근위병들은 깍듯한 인사와 함께 엘렌을 끌고 바깥으로 나갔다.

"이거 놔! 놓으란 말이다!"

엘렌이 온몸으로 저항했지만, 근위병들은 꿈쩍도 하지 않았다. 곧이어 사라가 말없이 이레나를 향해 꾸벅 인사를 올리곤 그 뒤를 따라갔다.

사라는 이미 이레나에게 매수를 당한 상태였기 때문에 사전에 약속한 대로 엘렌에게 불리한 증언을 해 줄 것이다.

그게 아니더라도 아이작을 통해 엘렌이 최음제를 구입하게 된 경로에 대해서 철저하게 조사를 해 놓았으니, 증거 또한 넘쳐났다.

그렇게 사건이 일단락되자, 주변에서 삼삼오오 모여 구경하던 귀족들이 다시 수군거리며 파티장 안으로 돌아갔다.

어느새 방 안에는 칼라일과 이레나만 덩그러니 남게 되었다.

묘한 분위기를 느낀 시종이 조용히 방문을 닫고 사라지는 것으로 이곳은 완전히 두 사람만의 공간이 되었다.

둘 다 평상시에도 말수가 많은 편은 아니었지만, 지금 이 순간에 흐르는 침묵은 어딘가 남달랐다.

먼저 입을 연 건 칼라일이었다.

"부인은 내게 누군가가 최음제를 먹일 거라는 걸 알고 있었다는 건가?"

"……네."

"그래서 그렇게 뜨겁게 쳐다봤던 거야?"

"네?"

칼라일의 질문에 이레나가 영문을 모르겠다는 표정으로 쳐다보았다.

"다른 여자가 다가오는 걸 질투하는 것처럼, 날 바라봤잖아."

그 말에 이레나는 순간 깜짝 놀랄 수밖에 없었다. 잘 감춘다고 감췄는데도 칼라일에게 자신의 속마음을 들킨 것 같았다.

이레나가 재빨리 대답했다.

"제가 그럴 리 없잖아요. 당신한테 언제 손을 쓸지 몰라서 계속…… 지켜보고 있었던 거예요."

"……하."

갑자기 칼라일이 한숨 같은 낮은 웃음을 토해 냈다. 묘하게 찡그려진 미간과 어울리지 않는 실소가 지금 칼라일의 기분이 꽤나 좋지 않다는 사실을 알려 주는 것만 같았다.

"난 그런 것도 모르고 괜한 상상을 하고 있었네."

혼잣말처럼 중얼거리는 그의 말이 무슨 뜻인지 이레나는 정확히 알 수 없었다.

하지만 자괴감처럼 느껴지는 그 말이 끝나자마자 칼라

일은 앉아 있던 자리에서 벌떡 일어나 이레나에게 성큼 성큼 다가왔다.

그의 푸른 눈동자에서 언뜻 불꽃이 내비친 듯했다.

"왜 내게 미리 말하지 않았지?"

"사전에 아무리 계획을 알고 있었다고 해도, 사건 현장을 덮치는 것만큼 확실한 건 없었으니까요."

"만약 내가 최음제를 마셨다면?"

칼라일의 말에 이레나는 재빨리 가지고 있던 조그만 유리병을 꺼냈다.

"그걸 마신 거예요? 그렇다면 얼른 이 해독제를 드세요. 혹시 몰라서 준비해 놓았어요."

칼라일은 가만히 이레나가 건네는 해독제를 바라보며 더욱 미간을 찌푸렸다.

그가 복잡한 표정으로 한 손으로 거칠게 머리카락을 쓸어 올리더니, 곧이어 타오를 것 같은 푸른색의 눈동자로 이레나를 쳐다보았다.

"나도 내가 왜 이렇게 화가 나는지 모르겠어."

"뭐 때문인지는 모르겠지만, 기분 나쁘셨다면…… 제가 사죄드릴게요."

이레나의 말이 끝나자마자 칼라일이 순간 그녀의 가녀린 어깨를 양손으로 잡았다.

그리곤 고개를 아래로 내려 이레나와 눈을 맞추며 잔

뚝 가라앉은 목소리로 말했다.

"……이레나."

그의 부름에 눈치도 없는 이레나의 심장이 쿵쿵쿵, 큰 소리로 뛰면서 제 존재를 드러내고 있었다.

예전에 함부로 이름을 부르지 말라고 매몰차게 선을 그었던 건 바로 자신이었다. 그래서인지 그 후로 칼라일 이 자신의 이름을 불러 주는 것은 아주 오랜만이었다.

처음 알았다. 누군가의 입에서 나온 이레나라는 이름 이 이토록이나 설렐 수 있다는 걸.

"만약에 그대가 이 계획을 몰랐고, 내가 멍청이처럼 최 음제에 당해서 다른 여인과 하룻밤을 보냈다면 어땠을 것 같아?"

이레나는 그 질문의 의미를 이해할 수 없었다. 하지만 만약 그런 일이 벌어진다면 해결할 방법은 하나밖에 없 었다.

"……상대를 차비로 들이셔야죠."

그 대답에 순간 그녀의 어깨를 쥐고 있던 칼라일의 손 아귀 힘이 강해졌다.

"읏."

이레나가 미약한 신음 소리와 함께 얼굴을 찡그리자, 거짓말처럼 칼라일의 손아귀에 들어간 힘이 풀어졌다. 그조차 의도치 않게 힘이 들어간 모양이었다.

칼라일이 미안하다는 기색으로 이레나를 바라보며 서글프게 말을 이었다.

"그대는 내가 다른 여자를 들여도 질투조차 나지 않는 건가?"

"……."

그 질문에 이레나는 말문이 막히고 말았다. 당연히 이레나라고 해서 질투조차 생기지 않는 건 아니었다.

매일 욕심이 났고, 매일 그 욕심을 비워 내고 있었다.

그저 가족들이 살아 있고, 칼라일이 황제가 된다면 그걸로 만족하자고 하루하루 스스로를 타이르는 중이었다.

그에게 욕심이 나지 않을 리가 없었다.

이레나가 복잡한 표정을 숨긴 채 말했다.

"제 생각이 뭐가 중요하겠어요? 중요한 건 카릴이 황제가 되는 데에 차비라는 존재가 도움이 되느냐겠죠."

그 대답을 들은 칼라일의 푸른 눈동자가 어둡게 변했다.

"그대가 그리 걱정하지 않아도 나는 황제가 될 거야. 그러니까 쓸데없는 걱정하지 말고, 날 좀 봐 줘."

"……?"

"다른 황실의 여인들처럼 나한테 꼬리 친 상대를 쥐도 새도 모르게 독살해도 좋고, 나 모르게 고문을 해서 아예 병신을 만들어 놔도 좋아."

"……네?"

이레나가 영문을 모르겠다는 듯 눈을 동그랗게 떴다.

그러자 칼라일이 그 놀란 눈빛을 바라보며 애달프게 웃었다.

"그대가 그렇게 모질게 굴어도 내 눈엔 어여쁘기만 할 테니, 나한테 욕심 좀 부려 보라고."

생각지도 못한 칼라일의 말에 이레나의 머릿속이 혼란스러워졌다.

보통은 그렇게 패악을 부리면 희대의 악처라고 불리면서 기피를 당했다.

아마 누구라고 해도 그렇게 질투가 강한 여자를 달가워하진 않을 것이다.

도대체 이걸 무슨 의미로 받아들여야 할지 감이 잡히지 않았다.

"……그게 무슨 뜻인지 잘 모르겠어요."

이레나의 혼란스러운 눈동자를 똑바로 마주하며, 칼라일이 한층 더 가라앉은 표정으로 대답했다.

"예전에도 한 번 말했지만, 난 욕심쟁이라서 그대가 이제 와서 거부한다고 해도 물러설 생각이 없어."

불현듯 그 말에 이레나의 머릿속에 떠오르는 기억이 있었다.

바로 둘이서 함께 나룻배를 타면서 나눴던 대화였다.

─내가 원하는 걸 입 밖으로 꺼내는 순간 거절을 당할지도 몰라. 그런데 말했다시피 난 욕심쟁이라…… 거절 따위 용납할 수 없으니까.

당시에 칼라일이 그 대상을 맞춰 보라고 했지만, 이레나는 그가 그토록 가지고 싶어서 안달이 난 생물체가 당연히 물고기라고 생각했다.

그런데 왜일까.

지금 문득 그때 했던 말들이 떠올랐다.

잠시 생각에 잠긴 찰나, 칼라일이 이레나의 얼굴을 도망치지 못하도록 양손으로 고정시키며 더욱 가깝게 다가왔다.

어느새 숨을 쉬면 닿을 만큼 두 사람의 간격이 바짝 좁혀졌다.

이레나는 바로 눈앞에서 보이는 칼라일의 불꽃 같은 푸른 눈동자에 순간 빨려 들어갈 것만 같다는 착각이 들었다.

"난 분명히 경고했어. 하지만 이런 나한테 겁도 없이 먼저 다가온 건 그대였지."

그건 과거로 돌아와서 칼라일을 처음 구해 줬을 때 들었던 말이었다.

—이거 하나만 잊지 마. 내게 먼저 다가온 것은 그대였음을.

하나도 잊지 않았다.

지금까지 그와 나눴던 대화, 전부.

그런데 그때에는 영문을 모르겠다고 생각했던 말들이 왜인지 지금 이 순간 하나씩 떠오르면서 그것에 대한 답을 가르쳐 주고 있는 느낌이었다.

머릿속에 많은 생각들이 떠올랐다. 그리고 그 생각들이 계속해서 꼬리를 물며 길어졌다.

그렇게 마지막엔 지금까지 그럴 리가 없다며, 부정하고 있었던 사실 하나가 불쑥 튀어나왔다.

'……말도 안 돼.'

칼라일이 자신을 좋아하고 있을 리 없었다.

어렸을 때 잠깐 인연이 있기는 했지만, 그런 짧은 만남으로 이런 깊은 감정이 생긴다는 건 말이 되지 않았다.

더구나 칼라일이 뭐가 부족해서?

저 얼굴이라면 숱한 여성들을 사랑의 포로로 만들 수 있었다.

그뿐인가. 부유하고, 매너 좋고, 하물며 황태자라는 지위까지 가지고 있는 남자였다.

그만큼 칼라일이 가지고 있는 장점들은 하나하나 나열할 수 없을 정도로 많았다.

그렇게나 치명적일 정도로 매력적인 남자였기에 조금의 빈틈도 없던 이레나의 마음속에까지 비집고 들어온 것이었다.

그런 칼라일이…… 설마……!

이레나의 눈동자가 크게 떠졌다. 그와 동시에 입을 열어 말했다.

"카릴, 혹시 나를 좋아해요?"

"……."

이레나의 단도직입적인 질문에 칼라일이 순간 딱딱하게 굳었다.

그가 아무런 말도 못 한 채 입술만 달싹거리자, 곧이어 이레나가 민망한 표정으로 재빨리 말을 이어 나갔다.

"아니죠? 제가 참 쓸데없는 생각을……."

착각한 스스로가 부끄러워서 이레나가 재빨리 시선을 다른 방향으로 돌리려고 하는 찰나였다.

휘익, 칼라일의 커다란 손이 이레나의 얼굴을 움켜쥐고 다시 자신에게 똑바로 맞췄다.

생각보다 그의 표정은 무척이나 진지했다. 그의 푸른 눈동자 안에는 의미를 알 수 없는 진득한 열기가 맴돌고 있었다.

그 이글거린다고 느껴질 정도로 강렬한 시선으로 칼라일은 똑바로 이레나를 쳐다보며 입을 열었다.

"세상에 어떤 남자가 좋아하지도 않는 여자한테 이렇게나 잘해 주겠어? 그걸 이제야 알아차린 건가?"

"……아."

이레나는 너무 놀라서 저도 모르게 입을 벌렸다.

설마 했지만 정말로 확답을 들으니 한순간 사고가 마비되는 느낌이었다.

그럼 그동안 연기라고 생각했던 게 진짜로 자신을 좋아해서 표현한 것이란 말인가?

그의 입을 통해 들어도 믿어지지 않았다.

"나를 언제부터 좋아했어요? 말이 안 되잖아요. 우리가 처음 만났을 때는 아주 어렸을 때인데……."

칼라일이 자신을 좋아한다고 눈치채지 못하는 건 당연했다.

남들은 어떻게 생각할지 몰라도 이레나의 입장에선 당당하게 말할 수 있었다.

칼라일은…… 처음부터 너무 잘해 줬으니까.

감정이란 게 생기면서 조금씩 달라지는 모습이 보여야 하는데, 그는 처음부터 지나치게 자신에게 자상했다. 그래서 그냥 그런 성격인 줄로만 알았다.

여자들의 마음을 잘 아는 바람둥이겠거니, 라고 생각했던 것이다.

그걸 자신에게 특별한 감정이 있어서 잘해 줬다고 믿

기에는 아무런 기억도, 또 감정의 교류도 없었으니 당연했다.

"그게 왜 말이 안 되지? 나는 처음 만났을 때부터 그대가 좋았어."

"어떻게 그게 말이 돼요? 우리는 아주 오래전에 만났고 그 후에 못 본 세월이 얼마인데요. 그리고…… 저는 백작가의 영애예요. 사정상 결혼을 안 했지만 카릴을 만나기 전에 시집을 갔을 수도 있었어요."

칼라일이 어렸을 때부터 자신을 좋아했다면, 그동안 단 한 번도 찾아오지 않았다는 건 말이 안 된다.

의문이 가득 담긴 이레나의 눈동자를 바라보며, 칼라일이 피식하고 흐리게 웃었다.

"나한테 그런 건 상관없었어. 설령 그대가 다른 남자의 아내가 되었다고 해도 어떻게든 찾아내서 내 걸로 만들었을 테니까."

"……."

"그대를 맞이하러 올 상황이었다면 진즉에 달려왔겠지만, 당장 내 목숨 하나 건사하기도 힘들었던 상황이었거든."

칼라일의 긴 손가락이 이레나의 눈가와 코, 그리고 입술을 어루만졌다.

"우리가 어떤 모습으로 다시 만났든 간에…… 나는 변

함없이 그대에게 반했을 거야. 물론 그대가 철갑옷을 입고 나타난 건 꽤나 의외였지만 말이야."

"……어떻게 그렇게 확신할 수 있어요?"

"그대의 모든 게 다 내 눈엔 눈부실 만큼 예쁘니까. 눈도, 코도, 입술도, 전부 다 너무 예뻐서 눈을 뗄 수가 없을 지경이야."

거침없는 칼라일의 발언에 이레나는 아무런 대꾸도 하지 못한 채 얼굴만 붉게 물들였다.

그러자 곧 칼라일의 입술이 이레나의 단정한 이마에 부드럽게 닿았다가 떨어졌다.

깃털처럼 가벼운 입맞춤이었지만, 그 입술에 닿은 부위가 낙인을 찍은 것처럼 뜨겁게 느껴졌다.

"이제 내 마음을 알았으니 도망갈 텐가?"

칼라일은 질문을 하고 있었지만, 눈빛은 한 치의 흔들림도 없었다.

"그대와 한 계약을 어길 생각은 없지만, 이제 와서 계약 결혼을 빌미로 그대와 감쪽같이 결혼식을 올린 날 원망한다고 해도 놓아줄 생각은 없어."

그리고 칼라일의 입꼬리에 짙은 미소가 맺혔다.

"세상 끝까지 도망간다고 해도, 나는 어떻게든 그대를 내 옆에 붙잡아 놓을 생각이거든."

협박 같은 말이었다. 아니, 절대로 도망치지 못한다는

협박을 당하는 게 맞는 건지도 몰랐다.

그런데 어처구니없게도 이레나의 귓가에는 그의 지독한 소유욕이, 마치 운명이라고 속삭이는 것처럼 들려왔다.

이레나가 어떤 모습이든, 어느 곳에 있든 칼라일이 반드시 데리러 왔을 거라고 마치 그렇게 말하는 것만 같았다.

달콤했다.

분명 처음에 이런 말을 들었다면 도망치려 했을지도 모르겠다.

하지만 지금은 너무나도 다디달아서 온몸이 녹아 버릴 것만 같았다.

"부인은 내 거야."

절대로 놓치지 않겠다는 듯 으르렁거리며 위협하는 칼라일을 보고 있자니, 이레나는 더 이상 참을 수가 없었다.

이레나는 재빨리 손을 뻗어 칼라일의 뒷목을 세게 부여잡았다.

갑작스러운 그녀의 행동에 칼라일의 눈동자가 크게 떠지는 그 순간, 이레나는 망설임 없이 그대로 까치발을 들어 입술을 포갰다.

전혀 예상치 못했다는 듯 딱딱하게 얼어붙은 칼라일의

몸이 느껴졌지만, 이레나는 개의치 않은 채 진한 키스를 퍼부었다.

자세는 순식간에 역전되었다.

곧이어 칼라일이 마치 이레나를 잡아먹을 것처럼 농도 짙은 키스로 화답했다.

지금 두 사람은 숨 막힐 것 같은 뜨거운 키스를 나누고 있었지만, 이 순간만큼은 마음속에서 차오르는 열기가 더욱 뜨거웠다.

서로의 입술을 거칠게 탐하던 두 사람이 잠시 숨을 고르기 위해 떨어질 때였다.

이레나가 칼라일을 똑바로 직시하며 말했다.

"저 미쳤나 봐요."

"왜?"

"이런 당신이 너무 귀엽게 보여서요."

칼라일의 눈동자가 믿을 수 없다는 듯이 크게 뜨여졌다. 그 순간 이레나가 칼라일의 손가락 사이에 깍지를 끼며 말했다.

"제가 당신한테서 도망칠 일은 없어요."

곧 칼라일이 그답지 않게 떨리는 목소리로 입을 열었다.

"……다시 말해 봐."

"도망치지 않는다고요."

"다시."

"저 많이 이상해요?"

"아니, 조금 더 이상해져도 돼."

"카…… 흡!"

칼라일이 더 이상은 못 참겠다는 듯 다시 입술을 집어삼켰다.

서로가 서로를 탐닉하는 키스가 오래도록 이어졌다.

이레나는 지금 이 순간만큼은 마치 세상을 다 가진 것처럼 행복했다.

칼라일이 이레나를.

그리고 이레나가 칼라일을.

거짓말처럼 사랑하고 있었으니까.

34

선택은 당신의 몫입니다

셀비 후작가는 발칵 뒤집혔다.

엘렌이 황태자를 살해하려고 한 죄로 황궁에 끌려갔기 때문이다.

한밤중임에도 불구하고 엘렌의 아버지이자, 셀비 후작인 오스왈드가 곧바로 저택으로 돌아왔다.

정신없이 마차를 타고 온 오스왈드는 저택의 입구에 마중을 나온 집사를 보자마자 곧장 문을 열고 내려서 버럭 소리를 질렀다.

"이게 대체 어떻게 된 일이야!"

"죄, 죄송합니다. 주인님. 이번에 아가씨께서 크게 사고를 치신 것 같습니다."

"엘렌이 사고를 치는 게 한두 번도 아니고, 어떻게 된 일인지나 빨리 설명해 봐."

"그게…… 어둠의 경로로 최음제를 구입해서 황태자 전하가 마시는 찻물에 몰래 탄 모양입니다. 최근에 하녀들에게 들어보니 황후 폐하께서 전하의 차비로 밀어주겠다고 약조를 하셔서 무척이나 들뜬 상태였다고 합니다."

"그렇다면 황후 폐하가 움직일 때까지 얌전히 기다릴 것이지, 뭐가 그렇게 급해서 혼자서 행동을 한 거야?"

오스왈드의 질책에 집사는 송구하다는 듯이 고개를 숙였다.

"죄, 죄송합니다. 제가 아가씨를 더 잘 보살폈어야 했는데……."

"됐어. 어차피 벌어진 일인데 누구를 탓해 봐야 달라질 것도 없지. 일단 황궁의 심문관부터 우리 쪽 사람으로 집어넣어."

그 말에 늙은 집사의 표정이 더욱 어둡게 변했다.

"안 그래도 주인님이 오시기 전에 제가 미리 손을 좀 써 두려고 했는데…… 이미 늦었습니다."

"늦었다고?"

"네, 비전하께서 자신의 사람으로 심문관을 지정해 놓으셨다고 합니다."

"……빌어먹을."

오스왈드의 표정이 와락 구겨졌다.

평상시에 심문관이라는 존재는 무척이나 하찮았지만, 이런 상황에 놓이게 되면 상당히 중요한 인물로 급부상했다. 그들이 어떤 사람이냐에 따라서 증거를 조작할 수도 있고, 감옥 안에서 받는 대우도 완전히 달라졌기 때문이다.

오스왈드의 입김이 닿지 않는 심문관으로 정해졌다면 보나 마나 황궁 안에서 엘렌은 꽤나 고생을 하고 있을 게 분명했다.

오스왈드가 짜증스럽다는 목소리로 말했다.

"설마 증거와 증인도 벌써 확보가 된 상태인가?"

"정확한 것은 지금 알아보는 중이지만, 아가씨와 자주 어울려 다니던 제너 영애가 배신을 하고 증인으로 나섰다고 합니다."

"쯧, 그러기에 내 아무도 믿지 말라 가르쳤거늘. 이래서 같은 귀족이라 해도 신분이 낮은 것들과는 상종을 하는 게 아니야."

오스왈드는 저택으로 들어가려던 걸음을 다시 돌려서 마차에 탑승했다.

자세한 내용은 더 조사를 해 봐야 알겠지만, 이미 지금의 정황만 봐도 엘렌에게 무척이나 불리하다는 사실을 짐작할 수 있었다.

그렇다면 저택 안에서 괜히 골머리를 썩는 것보다 당장 힘을 빌려줄 수 있는 세력을 찾는 게 더 시급했다.

오스왈드가 괜히 남부 지방에서 커다란 권력을 잡고 있었던 게 아니다. 그는 그만큼이나 상황을 판단하는 능력이 뛰어났다.

"우선 현재 가문에서 마련할 수 있는 여유 자금이 얼마나 되는지 파악해 봐. 자칫 잘못하면 지금 보유하고 있는 재산을 전부 다 쏟아부어야 할지도 모르겠어."

오스왈드의 말에 집사가 참담한 표정으로 대답했다.

"네, 알겠습니다. 주인님."

대답을 듣자마자 오스왈드는 대기하고 있는 마부를 향해 나지막이 명령을 내렸다.

"당장 황후궁으로 출발해."

막 마차가 다시 출발하려고 하는 찰나였다.

오스왈드가 마침 생각났다는 듯이 집사를 향해 한 번 더 말을 꺼냈다.

"이 시간부터 엘렌의 부탁 때문에 제너 자작가와 함께 추진하고 있던 일들을 전부 다 끊어. 이번 사건만 마무리되면 배신에 대한 대가를 톡톡히 치르게 해 줄 테니까."

"네. 주인님."

집사는 대답과 함께 깊이 허리를 숙였다.

그 인사를 받으며 마차는 다시금 서서히 저택에서 멀

어져 갔다.

*　　　*　　　*

이레나는 칼라일의 그런 뜨거운 고백을 받고 난 뒤, 언제나처럼 서로 같은 공간에서 잠들어야 한다는 게 어쩐지 민망했다.

어느샌가 결혼을 하고부터는 자연스럽게 그런 생활이 이어졌다.

낮에 무슨 일이 벌어졌건 저녁이 되면 항상 얼굴을 봐야 했다.

칼라일과 뜨거운 키스를 나눠서 쑥스러울 때에도, 아니면 그에 대한 마음을 깨닫고 기피하고 싶은 순간에도 말이다.

매일 밤 칼라일과 함께 잠자리를 해야 한다는 건 여전히 적응이 되지 않았다.

'너무 불그스름한 거 같은데.'

이레나는 파우더 룸 안에 있는 거울을 들여다보며, 새빨갛게 달아오른 자신의 얼굴을 매만졌다.

무슨 정신으로 칼라일과 그렇게 진한 키스를 나누고 다시 황태자궁으로 돌아왔는지 모르겠다.

돌아오는 마차 안에서 칼라일이 말없이 이레나의 손을

잡아 주었는데, 그런 적이 처음이라 심장이 미친 듯이 요동쳤다.

두근, 두근.

그 장면을 다시 머릿속에 떠올리는 것만으로도 마치 그 시간으로 돌아간 것처럼 가슴이 떨렸다.

나란히 앉은 상태로 칼라일의 날카로운 옆모습을 바라보는 시간이 좋았다.

아무런 대화를 나누지 않아도 그의 따뜻한 손에서 전해지는 마음이 간질거릴 정도로 기분 좋았다.

이게 이렇게 좋아도 되는 건가, 문득 겁이 날 만큼 말이다.

'카릴은 처음부터…… 날 좋아하고 있었어.'

그 생각만으로도 얼굴이 방금 전보다 더욱더 붉게 달아올랐다.

이레나는 양손으로 얼굴을 가리며 스르륵 화장대 위로 쓰러졌다.

'어떡하지, 너무 좋아서 미칠 것 같아.'

이런 감정을 스스로에게 허락해도 되는지 모르겠다.

아직 해야 할 일들이 너무 많았는데…….

가족들의 안전이 확보된 것도 아니고, 파벨루크를 완전히 제거한 것도 아니었다.

그런데 이 감정을 멈출 수가 없었다.

머리보다 심장이 먼저 반응해 버리는 이 터질 듯한 마음을 이제는 도저히 제어할 수 없었다.

이레나는 다시 고개를 들어 거울 속에 비친 자신의 붉은 얼굴을 바라보았다. 그리곤 나지막이 혼잣말을 중얼거렸다.

"……이런 얼굴로 어떻게 카릴을 봐."

아직도 그가 자신에게 했던 말이 귓가에 맴돌았다.

―그대의 모든 게 다 내 눈엔 눈부실 만큼 예쁘니까. 눈도, 코도, 입술도, 전부 다 너무 예뻐서 눈을 뗄 수가 없을 지경이야.

불현듯 떠오른 그 말에 이레나는 다시금 달아오른 얼굴을 쥐고 화장대 위로 쓰러졌다.

죽을 것 같았다.

너무 좋아서.

이레나가 잠잘 준비를 마치고 침실로 들어온 시간은 무척이나 늦었다.

그럴 수밖에 없었다. 다시 칼라일의 얼굴을 본다는 것만으로도 심장이 미친 듯이 쿵쾅거렸으니까.

마음 한편으로는 그가 벌써 잠들어 있기를 바랐다. 도

대체 어떤 얼굴로 그를 마주해야 할지 감이 잡히지 않았기 때문이다.

하지만 그런 바람과 달리, 칼라일은 언제나처럼 소파에 비스듬히 앉아서 이레나를 기다리고 있었다.

먼저 고백한 건 칼라일이었지만, 정작 그는 태연한 표정이었다.

이 상황이 민망해서 어쩔 줄 모르는 건 바로 이레나였다.

"주, 주무시고 계시지 그랬어요."

"그대가 돌아오지 않았는데 먼저 잠들 리 없잖아."

아무렇지 않게 대꾸하는 칼라일의 말에도 이레나는 눈을 똑바로 마주칠 수가 없었다.

파우더 룸에서 간신히 진정시킨 얼굴이 다시 붉어지기 전에, 이레나는 재빨리 침대 안으로 쏙 들어갔다.

"그럼 시간이 늦었는데 어서 주무세요."

이레나는 서둘러 인사를 마치고 잠자리에 들려는 계획이었지만, 칼라일은 전혀 그럴 생각이 없는 모양이었다.

그는 침대에 누워 있는 이레나를 가만히 바라보다가 갑자기 소파에서 일어나 천천히 이쪽을 향해 걸어오기 시작했다.

결혼식을 올리고 난 뒤 칼라일은 이레나가 누워 있는 침대에 함부로 접근한 적이 없었다.

얼마 전 이레나가 술에 취해 정신을 잃었을 때, 딱 한 번 칼라일이 옆자리에 누워 있긴 했지만 그것이 처음이자 마지막이었다. 그리고 그때는 아침이었기에 지금처럼 한밤중과는 느낌이 사뭇 달랐다.

서로 굳이 말하지 않아도 자연스럽게 지켜오던 것이었기에 이레나는 갑자기 다가오는 칼라일의 모습을 보고 당황할 수밖에 없었다.

"뭐, 뭐 하는 거예요?"

이레나가 저도 모르게 떨리는 목소리로 칼라일을 향해 물었다.

그러자 칼라일의 나른한 얼굴에 일순 희미한 미소가 감돌았다.

"오늘은 그대의 옆자리에서 자고 싶어서."

생각지도 못한 그의 당돌한 발언에 이레나의 붉은 눈동자가 한없이 커졌다.

진도가 너무 빨랐다. 지금 이레나는 그의 마음을 확인한 것만으로도 심장이 터질 것 같은데, 벌써부터 잠자리를 같이하고 싶다는 제안은 허용치를 초과한 것이었다.

칼라일을 좋아하는 감정이 생겼다고 해서 이레나의 어깨에 짊어지고 있던 무거운 짐들이 사라지는 건 아니었다.

칼라일이 황제가 되기 전까지 이레나는 여자이고 싶지 않았다.

그때까지 이레나는 그에게 가장 날카로운 검이어야만 했다. 그 마음은 처음이나 지금이나 조금도 변함없었다.

"그건, 안 돼요."

이레나의 단호한 거절에 칼라일의 얼굴에 지어진 옅은 미소가 조금 짓궂게 변했다.

"무슨 생각을 하는 거야, 부인. 나는 그저 그대의 곁에서 단순히 잠을 자고 싶다는 뜻이야."

"……!"

그 말에 이레나는 자신이 너무 앞서나갔다는 것을 깨달았다.

민망함에 얼굴로 뜨거운 열기가 몰려들었다. 거울을 보지 않아도 보나 마나 침실로 들어오기 전처럼 새빨갛게 달아올랐을 게 분명했다.

그사이 칼라일은 벌써 이레나가 누워 있는 침대의 바로 앞까지 다가와 있는 상태였다.

칼라일이 정중한 목소리로 재차 입을 열었다.

"그대가 싫어할 만한 짓은 절대로 안 해. 아까도 말했다시피 우리의 계약을 어길 생각도 없고 말이야."

"그럼 왜 갑자기……."

"갑자기는 아니야. 난 언제나 그대의 옆자리를 탐내고 있었거든."

칼라일의 말투는 신사적이었지만, 그의 푸른 눈동자는

먹잇감을 눈앞에 둔 맹수처럼 위험하게 빛나고 있었다.

그래서일까. 왠지 달콤한 말로 유인해서 결국엔 빠져나올 수 없는 수렁에 가둬버리는 악마의 유혹을 받고 있는 느낌이었다.

"자고 일어나면 오늘 일어난 일이 꿈일 것만 같아서 그래. 그러니 오늘 하루만 그대의 곁에서 잠들게 해 줘."

이레나도 쑥스러워서 그렇지, 오늘 같은 날 칼라일의 곁에 조금이라도 더 머물고 싶은 마음은 마찬가지였다. 그래서 굳이 잠만 자겠다는 그를 거부해야 되는 건지 고민이 되는 게 사실이다.

하지만 쉽게 허락하기엔 칼라일을 옆자리에 두고 잠이 오지 않을 것만 같았다. 가뜩이나 혼란스러운 상태에서 그의 존재는 더욱더 자신의 마음을 어지럽힐 게 분명했다.

이레나가 말없이 고민하는 기색이 보이자, 칼라일은 그 기회를 놓치지 않고 다시 한 번 입을 열었다.

"그렇게 오래 고민할 거 뭐 있어. 그 정도로 고민이 되면 그냥 받아 주면 되잖아. 안 그래? 부인."

칼라일은 더 이상 기다리지 않고, 이레나의 침대 옆자리로 성큼 들어왔다.

갑자기 그의 무게가 더해지자 침대가 크게 출렁거려서 이레나는 화들짝 놀랄 수밖에 없었다.

"아니……."

이레나가 순간 할 말을 잃고 그의 모습을 쳐다보고 있을 때였다.

칼라일이 뻔뻔한 표정으로 이레나를 바라보며 픽 웃었다.

"더 이상의 거절은 사양하지."

이레나는 막무가내로 밀어붙이는 칼라일이 어처구니없기도 했지만, 한편으론 그가 이렇게까지 무언가를 강하게 요구하는 모습을 보는 건 처음이었다.

그런데 그 이유가 다른 것도 아닌, 자신의 옆자리에서 자고 싶다는 것이다.

이레나는 가뜩이나 뜨거운 얼굴에 더더욱 열기가 몰리는 것 같았다.

'이 상황에서 기분이 좋아지면 어쩌자는 거야.'

이런 칼라일의 모습을 만들어 낸 게 바로 자신이라는 사실이 왜 이렇게 기쁜 건지 모르겠다.

결국 이레나는 구렁이 담 넘어가듯 자신의 옆자리로 들어온 칼라일을 눈감아 주기로 결정을 내릴 수밖에 없었다.

그렇게 말없이 어색하게 누워 있을 때였다.

갑자기 이레나의 목 뒤로 칼라일의 단단한 팔이 불쑥 들어왔다.

생각지도 못한 팔베개에 이레나는 놀란 눈빛으로 칼라

일을 쳐다보았다.

쿵쿵쿵쿵쿵.

갑작스러운 스킨십에 이레나의 심장이 미친 듯이 뛰기 시작했다.

하지만 칼라일은 거기서 그치지 않고 이레나가 누워 있는 방향으로 고개를 기울였다. 그리곤 가느다랗게 뜬 눈동자로 가만히 이레나의 얼굴을 내려다보며 말했다.

"부인은 어쩜 이렇게 예쁘지?"

그 속삭이는 듯한 낮은 목소리에 이레나의 심장이 강하게 쿵, 내려앉았다.

칼라일은 말과 동시에 팔베개를 하고 있지 않은 다른 손으로 이레나의 가는 허리를 끌어당겨 품에 안았다. 덕분에 그의 단단한 상반신 근육들이 적나라하게 느껴졌다.

그뿐만이 아니었다.

두근, 두근, 두근, 두근, 두근.

자신의 심장보다 더욱 거칠게 뛰고 있는 칼라일의 심장 박동 소리가 그대로 전해져 왔다.

칼라일이 한층 더 탁해진 목소리로 말을 이었다.

"지금은 이걸로 충분해……."

이레나는 온몸이 긴장되어서 손가락 하나 까딱할 수가 없었다.

이제는 더 이상 미친 듯이 뛰고 있는 게 그의 심장 소리인지, 아니면 자신의 심장 소리인지 구분이 가지 않았다.

이레나는 눈을 꽉 감았다가 떴다.

'……이러다 정말 죽을지도 모르겠어.'

지금처럼 심장이 뛰다간 얼마 안 가 터져 버릴지도 모르겠다는 생각이 들었다.

그저 칼라일의 품에 안겨 있다는 것만으로도 구름 위를 걷는 것처럼 기분이 붕 떴다.

문제는 이만큼이나 그에게 빠져들고도 시간이 갈수록 더 좋아지고 있다는 점이다.

세상에 이런 행복이 존재하고 있다는 걸 처음 알았다. 그저 같은 공간에서 숨을 쉬고 있다는 것만으로도 마음이 벅찼다.

이레나가 나지막한 목소리로 말했다.

"숨이…… 막히는 것 같아요."

그 말에 곧바로 이레나를 안고 있던 칼라일의 팔에 힘이 풀렸다.

"내가 너무 세게 안았나?"

"아니요. 심장이 너무 빨리 뛰어서요."

이레나의 말을 듣자마자 칼라일의 미간이 단숨에 좁혀졌다.

그가 더는 못 참겠다는 듯 이레나의 가녀린 몸을 팔로 교차해서 꽉 끌어안았다. 방금 전보다 훨씬 더 강한 포옹

이었다.

"너무 솔직하게 말하지 마, 부인. 미치겠잖아."

*　　　*　　　*

엘렌에 대한 조사는 착실하게 이루어지고 있었다. 절
대로 빠져나갈 수 없도록 이레나가 세심하게 손을 써 둔
상황이었기에 모든 건 계획대로 착착 진행되었다.

지금 이레나의 앞에는 증인으로 조사를 끝마치고 나온
사라가 서 있었다.

사라는 간사한 미소를 지으며 과할 정도로 깊게 허리
를 숙였다.

"제국의 비전하를 뵙습니다. 루퍼드 제국에 무한한 영
광을."

이레나는 그저 우아하게 고개를 끄덕거리는 것으로 인
사를 받아 주곤, 맞은편에 있는 의자를 눈짓으로 가리켰
다.

"앉으세요."

"네, 감사합니다. 비전하."

사라는 내심 쌀쌀맞은 이레나의 태도에 긴장이 된 상
태였지만, 겉으로는 그런 티를 내지 않은 채 연신 웃고
있을 뿐이었다.

현재 사라는 이레나에게 단단히 약점을 붙잡힌 상태였다.

그렇기에 하루아침에 엘렌을 배신하고 이레나에게 붙은 것이다.

이 모든 것은…… 이레나가 보내온 한 통의 편지에서 시작되었다.

그 편지에는 그동안 제너 자작 가문이 남몰래 해 왔던 수많은 더러운 일에 대해 낱낱이 기재가 되어 있었다.

그뿐만 아니었다. 얼마 전 엘렌을 도와서 사라가 최음제를 구입한 경로에 대해서도 상세하게 적혀 있어서 두 사람을 공범으로 몰아갈 수도 있는 상태였다.

물론 실제로도 최음제에 대한 건 엘렌과 사라가 같이 공모를 했었기 때문에 아예 죄가 없는 것도 아니었다.

그런 사라의 약점이 적나라하게 적힌 편지의 끝부분에 이레나가 요구한 건, 바로 이것이었다.

[이 모든 사실을 함구해 주는 조건은 두 가지입니다.

첫 번째, 셀비 영애가 최음제를 구입한 것에 대해 증언하세요. 그리고 두 번째, 최음제에 대한 해독제를 구해서 내게 가져오세요.

선택은 당신의 몫입니다.]

만약 그 편지에 적힌 내용이 공개된다면 제너 가문은 다신 일어설 수 없을 정도로 치명타를 입게 될 게 분명했다.

입지가 약한 제너 자작 가문의 사라와 상당한 권력을 지니고 있는 셀비 후작 가문의 엘렌은 달랐다.

이대로 황태자에게 최음제를 먹이려 했다는 대형 사건에 휘말리면 아무도 사라를 구해 줄 수 없었다.

고민은 길지 않았다.

사라는 뒤도 돌아보지 않고 엘렌을 배신하는 것을 선택했다.

그래서 사라는 파티장의 한쪽에 숨어 있다 이레나에게 몰래 구해 온 최음제의 해독제를 넘기고 모습을 드러냈다.

뿐만 아니라 엘렌에게 준비해 놓은 다과를 건넨 후, 곧장 이레나에게 달려가 그 사실을 알려서 제시간에 맞춰 그녀가 근위병을 이끌고 들어갈 수 있도록 도운 것이었다.

이제 사라는 원하든 원하지 않든, 이레나에게 기생을 해야지만 지금까지처럼 살아남을 수가 있었다.

현재 셀비 후작 가문에서 받던 원조도 전부 다 끊긴 상태였기에 지금 제너 자작 가문을 든든하게 돌봐 줄 수 있는 이는 단 한 명, 이레나뿐이었다.

사라는 지금까지 엘렌을 상대했던 것처럼 이레나의 환심을 사기 위해 입을 열었다.

"방금 증언을 하면서 셸비 영애를 잠깐 보았는데 몰골이 말이 아니더라고요. 그렇게 잘난 체를 하더니 꼴좋게 됐어요."

"그렇군요."

이레나의 간결한 대답에 사라는 잠깐 당황했다.

하지만 곧이어 사라가 더욱 짙은 미소를 지으며 나지막이 말을 이었다.

"그동안 셸비 영애가 뒤에서 얼마나 비전하를 무시했는지 몰라요. 이번 기회에 비전하의 위엄을 똑똑히 가르쳐 줄 필요가 있을 것 같아요."

"……."

이레나의 표정은 아무런 변화도 없었지만, 사라는 왜인지 방금 전보다 더욱 한기가 풍긴다는 느낌을 받았다.

사라는 고개를 갸우뚱거리며 생각에 빠졌다.

'이게 아닌가?'

지금까지 사라가 상대한 수많은 영애들은 이런 감언이설을 좋아했다. 언제나 상대방을 헐뜯고 음해하며, 뒤에서 남몰래 웃음 지었던 이들이다. 그리고 엘렌 역시도 그들 중 하나였다.

가난한 제너 자작 가문에서 태어난 사라는 지금껏 이

런 방식으로 수많은 권세가의 영애들에게 비위를 맞추면서 살아왔다.

그런데 이레나만큼은 어딘가 달랐다.

사라가 혼란스러운 시선으로 이레나를 쳐다보고 있을 때였다.

이레나가 무겁게 닫고 있던 입을 열었다.

"말대로 이번 일을 저지른 셀비 영애를 용서해 줄 생각은 없어요. 그 누가 도움을 준다고 해도 절대로 쉽게 빠져나가지 못할 거고요."

사라는 머릿속에 든 생각을 멈추고, 재빨리 고개를 끄덕이며 동조했다.

"네. 이 모든 게 전부 영민하신 비전하의 계책 덕분이지요."

"그래요……. 그동안 제너 영애가 많이 수고해 줘요."

"물론입니다. 저는 이번 일뿐만 아니라 앞으로도 비전하의 손발이 되어서 움직일 거예요."

생각보다 더 빠른 사라의 태세 전환에 이레나는 저도 모르게 쓴웃음을 머금었다.

"기대하죠."

그 대화를 끝으로 이레나는 먼저 앉아 있던 자리에서 일어났다.

"제너 영애, 그럼 다음번에 다시 만나도록 하죠. 오늘은 몸이 좋지 않아서 이만 쉬어야겠어요."

이제 그만 나가 보라는 명백한 축객령이었다.

사라는 자신의 뜻대로 흘러가지 않는 상황에 순간 조바심이 생겼다.

지금까지 사라와 이레나는 좋지 못한 사이였으니, 쉽게 마음이 열리지 않는 것은 당연한 건지도 몰랐다. 하지만 사라는 여기서 순순히 물러날 수 없었다.

엘렌이란 끈이 사라진 지금, 사라에게 가장 큰 이득을 줄 수 있는 건 바로 이레나였으니까.

뭐라고 더 말을 이어 가려던 사라는 가까스로 그런 감정을 참아 냈다. 지금 이런 속내를 드러내는 건 어리석은 짓이었다.

사라는 속마음을 감춘 채 여전히 가식적인 미소를 지으며 말했다.

"이런, 몸이 좋지 않으시다니 큰일이네요. 제가 저택으로 돌아가면 비전하의 몸을 보신할 수 있는 영양제를 챙겨서 궁으로 보내드리겠습니다."

"괜찮아요. 말이라도 고맙군요."

"별말씀을요. 한배를 탔으니 이제부턴 비전하의 건강을 제 몸처럼 챙겨야지요."

은연중에 이제 같은 편이 되었으니 멀리하지 말아달란 뜻이었다.

이레나는 곧바로 그 숨은 뜻을 간파할 수 있었고, 사라 또한 그녀가 알아차릴 거란 걸 믿어 의심치 않았다.

"그럼 다음에 다시 찾아뵙겠습니다."

더 이상 억지로 머물러 봐야 좋은 평가를 받을 리 없다고 판단한 사라는 순순히 자리에서 일어나 인사를 건넸다.

그렇게 바깥으로 걸어 나가는 사라의 뒷모습을 이레나가 물끄러미 바라보았다.

지금 이레나의 심정은 뭐라고 한마디로 표현할 수 없을 정도로 복잡 미묘했다.

이레나라고 해서 지난날 자신을 괴롭힌 사라에게 좋은 감정을 가지고 있을 리 만무했다.

하지만 사교계에서 권력을 잡으려면 마가렛 같이 온전히 자신의 편이 되어 주는 친구 말고도, 상황에 따라 사라처럼 기회를 놓치지 않는 간교한 성격의 타입도 필요했다.

그래서 마음에 들지는 않았지만, 사라의 약점을 잡은 김에 엘렌과 같이 벌을 받게 하는 것보단 같은 편으로 흡수를 하는 방법을 선택한 것이다.

'제너 영애의 도움으로 이번 일이 더욱 손쉬워진 것도 사실이지.'

앞으로도 사라를 신뢰할 일은 없겠지만, 어제의 적이

오늘은 같은 편이 된다는 게 한편으로 우스운 건 어쩔 수 없었다.

이레나가 말없이 걸음을 옮기자, 어느새 유모가 그림처럼 따라붙었다.

"비전하, 어디로 행차하시겠습니까?"

"……셀비 영애가 구금되어 있는 곳이 어디라고 했지?"

지금 엘렌을 만나서 직접 묻고 싶은 말이 있었다.

*　　*　　*

엘렌은 어둡고 음습한 지하 감옥에 갇혀 있었다.

심문관에게 귀족이라고 따로 특혜를 주지 말라고 했더니, 정말로 다른 죄인들과 공평하게 처리를 한 모양이었다.

제국의 황태자를 살해하려고 했다는 것은, 엄청난 중죄였으니까.

이레나는 지하 계단을 내려가면서 많은 생각들이 머리를 스쳤다. 사실 엘렌과 이레나는 저번 생에서 크게 얽힌 적이 없었다. 오죽하면 이레나의 기억 속에 엘렌이란 존재는 남아 있지도 않았었으니까.

미라벨의 말을 들어보면 그동안 남부 사교계에서 몇 차례 괴롭힘을 당한 것 같기는 했지만, 이미 한 번 미래를 경험한 이레나에게 그 정도는 정말 우스운 수준이었다.

그런데 어쩌다 이렇게 됐을까?

지금의 엘렌은 마치 이레나를 못 잡아먹어 안달이 난 사람 같았다.

이레나는 차가운 기운을 내뿜는 철창 앞에서 걸음을 멈추었다.

그 안에는 지금까지 예쁘장한 미모를 뽐내던 엘렌이라고는 믿기지 않을 정도로 초라하게 변한 한 여자가 쇠사슬에 묶여 있었다.

고된 감옥 생활을 하면서 군데군데 찢어진 드레스와 헝클어진 머리카락이 눈에 들어왔다.

이레나가 다가오는 발소리를 들은 엘렌이 숙이고 있던 고개를 들어 올렸다. 그러자 두 사람의 시선이 허공에서 마주쳤다.

엘렌의 눈동자에 순식간에 시퍼런 독기가 차올랐다.

"호호, 나를 비웃으러 왔나 보지?"

엘렌이 대놓고 비아냥거렸다. 더 이상 억지로라도 이레나에게 격식을 차릴 생각이 없어 보였다.

하지만 이레나 또한 개의치 않았다. 어차피 대접을 바라고 온 것이 아니었으니까.

"여기서 꽤나 고생을 한 모양이군요."

"그래. 네 눈으로 직접 보면 모르겠어? 날 이렇게 만든 게 바로 너잖아! 이레나 블레이즈!"

악에 받친 비명 소리에도 이레나는 눈 하나 까딱하지 않았다.

"이제 내 이름은 이레나 블레이즈가 아니라 이레나 루퍼드예요. 그리고 입은 삐뚤어져도 말은 바로 하랬다고, 당신을 이렇게 만든 건 내가 아니라 본인 스스로겠죠."

"뭐라고!"

"결혼식 피로연장에서 분명히 경고했었죠? 다시 한 번 나를 건드리면 봐주지 않을 거라고."

"……!"

엘렌도 그날 했던 대화가 기억나는지, 아무 말도 못 한 채 눈을 크게 치켜떴다.

이레나는 덤덤한 목소리로 말을 이었다.

"난 당신의 악의를 받아 주는 사람이 아니에요. 계속해서 도발하는데 얌전히 당해 주기만을 바랐나요?"

"내가 잘못한 게 도대체 뭔데? 모든 건 네가 시작한 거잖아!"

엘렌은 진심으로 억울하다는 듯 소리 질렀다.

이레나가 궁금한 게 바로 이것이었다. 도대체 엘렌은 자신의 무엇이 그토록 미웠던 걸까?

"내가 대체 당신한테 잘못한 게 뭐죠?"

엘렌이 어떻게 받아들일지 모르겠지만, 사실 이레나는

가족을 지키는 데에 바빠서 그녀를 안중에 두어 본 적이 없었다.

진심으로 궁금하다는 듯 물어보는 이레나의 질문에 엘렌이 기가 차다는 듯이 대답했다.

"남부 사교계에서도 항상 사람들의 시선을 네가 빼앗아 갔어. 처음부터 내가 괴롭히는 대로 순순히 당해 주었다면 지금처럼 너를 미워하진 않았겠지. 난 셀비 후작가의 영애야! 고작 백작 영애인 너와는 급이 다르다고!"

설마 했지만 고작 이런 이유일 줄은 예상치 못했다.

이레나가 기가 막힌다는 표정으로 대답했다.

"정말로 그게 다예요? 셀비 영애, 당신이 날 부러워할 게 뭐가 있죠? 말대로 가문도 좋을뿐더러 충분히 예쁜 얼굴이잖아요."

"그래! 난 어디서나 주인공이어야만 마땅한 사람이야! 그런데 네가 감히 내 앞길을 막았어! 황태자 전하도 그대로 두었다면 날 사랑하셨을 게 분명하단 말이야!"

철컹철컹, 엘렌의 거친 몸부림에 따라 그녀를 묶고 있던 쇠사슬이 요란하게 울렸다.

이레나는 저도 모르게 말문이 막히고 말았다.

자신의 상식으로는 도저히 엘렌의 머릿속을 이해할 수가 없었다. 그리고 엘렌 말처럼 굳이 따지자면, 이레나보다 그녀가 가진 게 더 많았다.

엘렌은 말대로 백작가인 이레나보다 직위도 더 높았고, 무남독녀 외동딸이라 부모님의 사랑을 한 몸에 받고 자란 케이스였다.

그대로만 유지했더라도 좋은 가문의 남성을 만나서 행복한 삶을 살아갔을 것이다.

그런데 엘렌은 이레나가 조금이라도 자신을 앞지르는 게 싫어서 이처럼 발버둥 친다는 게 쉬이 납득이 가지 않았다.

'확실하진 않지만, 당신의 이름을 미래에서 들어 본 적이 없어요. 그리고 그 이유를 이제야 알겠군요…….'

엘렌은 굳이 이레나가 아니었더라도 미래의 다른 누군가에게 이처럼 시기심을 느끼고 패악을 부렸을 게 분명했다. 항상 자신보다 더 많이 가진 것을 질투하는 엘렌이 만족이라는 걸 할 리가 없었으니까.

그때 엘렌의 말로가 어땠을지 알 수 없지만, 아마 지금처럼 제 명을 재촉했을 것이다.

이번 생에서는 그 대상이 이레나였을 뿐이다.

만약 이레나가 아니었더라도 엘렌은 끊임없이 누군가를 질투하며 살아갔을 테니까.

"……처음으로 당신이 딱하게 느껴지네요."

"뭐?"

이레나가 그녀를 불쌍하다는 듯 표현하자, 엘렌의 눈

이 표독스럽게 번뜩거렸다.

언제나 엘렌은 모두에게 부러움의 대상이었지, 지금처럼 동정 어린 말을 들어 본 적은 단 한 번도 없었다.

엘렌이 어처구니없다는 듯 소리쳤다.

"네가 날 이렇게 대하고도 무사할 것 같아! 황태자비가 되었다고 해서 쉽게 생각하나 본데, 내 뒤에는 황후 폐하와 셸비 후작 가문이 있어! 이대로 끝날 거라고 생각하면 오산이야! 알아듣겠어?"

철커덩, 철커덩!

더욱 거세진 엘렌의 발버둥에 따라 쇠사슬의 소리 또한 거칠어졌다.

이레나는 아무런 대꾸 없이 그런 엘렌의 몸부림을 가만히 쳐다보다가 이내 발길을 돌렸다.

또각또각, 점점 멀어지는 이레나의 뒷모습을 향해 엘렌은 끊임없이 소리쳤다.

"내가 여기서 나가면 어떻게든 널 망가뜨릴 거야! 감히 나를 이 꼴로 만들고 무사할 거라고 생각하지 마! 기필코 내 발밑에서 기어 다니게 만들어 주겠어!"

이레나는 그대로 뒤도 돌아보지 않은 채 지하 감옥을 빠져나갔다.

이제는 그저 엘렌이 불쌍하게 느껴질 뿐이었다.

*　　*　　*

그 시각, 황후궁.

엘렌의 아버지인 오스왈드의 안색은 초췌하기 그지없었다.

그는 모든 상황이 엘렌에게 무척이나 불리하게 돌아간다는 것을 알고 있었지만, 파고들면 들수록 짐작했던 것보다 더욱 좋지 않다는 사실만 깨닫고 있는 중이었다.

아무리 많은 금화를 불러도 누구 하나 선뜻 나서려 하지 않았다. 그만큼 모든 정황이 이미 돌이킬 수 없을 정도로 확실했기 때문이다.

오스왈드가 참담한 표정으로 말했다.

"제 딸내미가 철이 없어서 전하의 찻물에 최음제를 타긴 했지만, 아무리 그래도 그걸 가지고 황족살인죄로 몰아가는 건 너무 과한 처사가 아닙니까?"

마음이 조급한 오스왈드와 달리, 오펠리아는 기다란 소파에 편안하게 누워서 언제나처럼 입에 곰방대를 물고 있었다.

"그러게 영애는 겁도 없이 어떻게 그런 생각을 한 겁니까?"

마치 책망하는 듯한 오펠리아의 말에 오스왈드는 으득, 이를 갈았다.

먼저 칼라일의 차비로 만들어 주겠다고 엘렌에게 바람을 넣은 게 바로 오펠리아였다.

하지만 지금은 그런 원망을 내비칠 수 없었다. 이 상황에서 누구보다 오펠리아의 도움이 절실하게 필요했기 때문이다.

"황후 폐하, 꾸중은 나중에 하시고 일단 제 딸내미부터 살려 주시지요. 그동안 많이 예뻐하시지 않았습니까?"

"말 잘하셨습니다. 영애를 예쁘게 봐서 황궁 시녀로 들였더니 이게 뭡니까? 셀비 경의 딸 때문에 내 꼴조차 우습게 되었습니다."

오펠리아는 이미 한 번 한밤중에 찾아온 오스왈드를 취침에 들었다는 핑계로 만나 주지 않음으로써 선을 딱 그어 버린 상태였다.

하지만 더 이상은 방도가 없었기에 오스왈드가 또다시 황후궁을 찾아온 것이다.

오스왈드는 서둘러 준비했던 수표를 품에서 꺼내어 내밀었다.

"폐하, 그러지 마시고 다시 한 번만 생각해 주십시오. 셀비 후작 가문은 절대로 이 은혜를 잊지 않을 것입니다."

오펠리아는 그가 내민 수표에 적힌 금액을 바라보곤 코웃음을 쳤다.

"고작 그런 금액으로 나를 움직일 수 있을 거라고 생각한 겁니까?"

"폐, 폐하……!"

오스왈드가 내민 금액은 결코 적지 않았다. 웬만한 가문의 몇 년 치 생활비는 충분히 감당하고도 남을만한 금액이었다.

"내가 경을 안 도와주고 싶어서 움직이지 않는 게 아닙니다. 정말로 방법이 없어요. 황태자비가 치밀하게 짠 덫에 빠졌는데 내가 어떻게 구해 주겠습니까?"

거듭된 거절에 오스왈드의 표정이 어둡게 변했다.

바로 그때였다. 오펠리아가 힐끗 시선을 돌려 그를 쳐다보면서 말을 이었다.

"방법은 하나뿐이에요. 아예 이 일의 시발점부터 없애 버리는 거죠."

"그, 그 말씀은……?"

오펠리아의 입가에 슬쩍 미소가 맺혔다.

"황태자의 목을 내게 가져오세요. 그러면 우리 레드필드가 황제가 될 테니, 경을 일등공신으로 삼아 주겠습니다."

"그, 그런……!"

생각지도 못한 제안에 오스왈드의 눈동자가 경악으로 물들었다.

하지만 오펠리아는 태연하게 곰방대를 빨며, 하얀 연기를 공중으로 내뱉었다.

"선택하세요. 딸내미를 죽게 내버려 두든가."

느릿하게 말하는 오펠리아의 눈동자가 어느 순간 뱀처럼 빛났다.

"아니면…… 내게 황태자의 목을 바치든가."

〈다음 권에서 계속〉